第四届《安徽古籍叢書》編審委員會

主任委員

黄德寬

副主任委員

諸偉奇

丁　放

彭君華

委員（按姓氏筆畫順序）

卞　利　方錫球　牛繼清　王啓才

吴先伍　施立業　胡傳志　紀健生

陳　林　張玉才　曹小雲　曹天生

程德和　楊　軍　楊應芹　趙國華

鮑　恒　樊嘉禄

安徽古籍叢書萃編

翠微南征録北征録合集

宋・華岳 撰
馬君驊 點校

黄山書社

图书在版编目(CIP)数据

翠微南征录北征录合集 / (宋) 华岳撰；马君骅点校. —合肥：黄山书社，2014.1

(安徽古籍丛书萃编)

ISBN 978-7-5461-4280-7

Ⅰ.①翠… Ⅱ.①华… ②马… Ⅲ.①中国文学-古典文学-作品综合集-南宋 Ⅳ.①I214.422

中国版本图书馆 CIP 数据核字(2014)第 006165 号

翠微南征录北征录合集

出 版 人　任耕耘
策　　划　任耕耘 赵国华 汤吟菲
执行策划　汤吟菲 徐娟娟
责任编辑　任耕耘 徐娟娟 张元婷

装帧设计　未　氓
责任印制　戚　帅

出版发行　时代出版传媒股份有限公司(http://www.pressmart.com)
　　　　　黄山书社(http://www.hspress.cn)
　　　　　官方直营书店(http://hsssbook.taobao.com)
　　　　　营销部电话:0551-63533762 63533768
　　　　　(合肥市政务文化新区翡翠路 1118 号出版传媒广场 7 层　邮编:230071)
经　　销　新华书店
印　　制　安徽联众印刷有限公司

开本　880×1230　1/32　　印张　10.25　　字数　220 千字
版次　2014 年 9 月第 1 版　　2014 年 9 月第 1 次印刷
书号　978-7-5461-4280-7　　定价　120.00 元

序

黄德寬

值此《安徽古籍叢書萃編》編輯出版之際，欣逢新時期安徽古籍整理出版工作步入而立之年！三十年來安徽的古籍整理出版工作，很值得認真地進行一番回顧總結。

一九八一年，中共中央發布《關於整理我國古籍的指示》，成立了以李一氓同志爲組長的國家古籍整理出版規劃領導小組，正式拉開了新時期古籍整理出版工作的序幕。一九八四年，中共安徽省委決定建立安徽省古籍整理出版領導小組，由時任省人大常委會副主任魏心一同志挂帥，聯合了省新聞出版局等政府部門和安徽大學等高等院校、研究單位，正式啓動安徽省古籍整理出版工作。同年，安徽專業古籍出版單位黄山書社也宣告成立。安徽古籍整理出版工作由此翻開了嶄新的一頁。

三十年間，安徽省古籍整理出版工作堅持初衷，克服困難，在政府部門的支持和社會賢達的關心下，經過學者們的艱辛努力，取得了豐碩成果，其最有代表性的成果就是《安徽古籍叢書》的編纂出版。

《安徽古籍叢書》凝結了當代安徽傳統文化研究領域衆多學者與專家的心血和汗水。以吴孟復先生爲代表，組成《安徽古籍叢書》第一届編審委員會，賡續安徽先哲編刊地方叢書盛業，梳理文獻綫索，擬訂叢書子目，擘劃編纂體例。遵循嚴格的學術規範，《安徽古籍叢書》自一九八九年三月刊出第一種——《舊聞隨筆》，截至二〇一三年底，連同修訂再版，出版已突破百種，成爲我國當代古籍整理一個有影響力的品牌。

收入《安徽古籍叢書》的各類古籍，既有朱熹、戴震、俞正燮、凌廷堪、程瑶田、黄生、包世臣、楊仁山、吴汝綸等學術巨擘的著作，也有張孝祥、錢澄之、方苞、方文、施愚山、姚鼐、吴敬梓等文學名家的作品；此外，包拯、朱升、朱元璋、阮大鋮、姚瑩、方孝標、劉銘傳等皖籍著名歷史人物的著述也盡在其中。正是因爲歷代賢哲創造的精神財富，使得《安徽古籍叢書》一經出版即蜚聲海内外，産生了廣泛的社會影響。李一氓同志曾經撰文，欣喜地表示：

『現在有一個好現象，安徽要編印新的《安徽叢書》。』當代著名學者金克木、胡道静、張岱年、程千帆等先生稱道『這是安徽文化事業的一項盛舉』。法國漢學家戴廷傑也對《安徽古籍叢書》堅持嚴格的學術規範稱賞不已。

《安徽古籍叢書》的順利編輯出版，還因爲改革開放帶來的時代機遇。改革開放三十多年來，我國經濟文化繁榮昌盛，使得《安徽古籍叢書》能够得到有關方面的財力支持。上個世紀八十年代，《安徽古籍叢書》編纂在發軔之時，就不斷有項目入選國家古籍整理出版規劃，得到國家各方面的有力支持。最新公布的《二〇一一—二〇二〇年國家古籍整理出版規劃》中，包括《方以智全書》在内的新列《安徽古籍叢書》項目品種就多達四十八種。安徽古籍的整理編纂工作，正是在改革開放的大背景下，在全國古籍整理出版工作的大格局中，取得了突出的成就并展現着美好的未來。

《安徽古籍叢書》的編纂出版，安徽大學『省古籍整理出版辦公室』發揮了重要作用。古籍辦的同志們長期堅守在古籍整理出版崗位，甘於清苦，默默奉獻，辛勤耕耘，爲《安徽古籍叢書》的編纂和安徽古籍整理出版工作做出了突出的貢獻。二〇一〇年，在『全國專業古籍出版社社長年會暨全國優秀古籍圖書評獎會』上，時任國家新聞出版總署副署長鄔書林同志作題爲《無愧歷史 珍惜時代 出好精品》的講話，指出：『安徽是堅持地方古籍整理工作最好的省份。不少地方古籍辦幾乎都撤了，或名存實亡，安徽則堅持不輟，并做了大量工作。』

黨的『十八大』從戰略層面提出扎實推進社會主義文化强國建設，豐富人民精神文化生活，『建設優秀傳統文化傳承體系，弘揚中華優秀傳統文化』。《安徽古籍叢書》立足鄉邦文獻的整理編纂，因應了國家文化建設的宏偉規劃，是文化强省乃至文化强國建設事業的題中應有之義。這項事業遠非一兩代人所能完成，正如一九八一年中央三十七號文件所指出的，『整理古籍是一件大事，得搞上百年』。

《安徽古籍叢書》煌煌巨制，結構開放，歷時久遠。回顧過去，出版較早的圖書有些已經絶版；叢書版式、裝幀也屢經變更。爲適應集中展示、收藏和研究的需要，對已經出版的《安徽古籍叢書》進行階段性的集中梳理，適當遴選，統一版式，影印出版本套叢書是十分必要的。

作爲首套《安徽古籍叢書》選編本，我們希望通過這套書的出版發行，能使更多的讀者瞭解、認識和利用好《安徽古籍叢書》，有更多的皖籍、非皖籍專家學者參與到安徽地方歷史文獻的研究整理工作中來，讓《安徽古籍叢書》在未來不斷發展壯大。這是我們在新時期安徽古籍整理出版事業三十年之際的殷殷屬望！

二〇一四年六月

凡例

一、本編從二〇一〇年（包括二〇一〇年）以前出版的《安徽古籍叢書》中選取文獻資料價值大、校點整理質量上乘、學界仍有需求的圖書進行重印。

二、二〇一〇年以後出版者因市場上新書尚多，此次不復列入。早期所版《文學研究法》《舊聞隨筆》《桐城文學淵源考・撰述考》《桐城耆舊傳》《爾雅翼》等雖均爲叢書的中堅，因已有修訂新版，此次亦不復列入。《安徽古籍叢書附輯》整體不予列入。

三、所選圖書按初版時間先後順序編排。

四、采用原版掃描影印，不重新録排，儘量保存原書面貌。原書頁眉中的明顯編輯錯誤，逕改不出校；《竇山公家議校注》《康輶紀行 東槎紀略》兩種原書無頁眉，現統一補加。

五、重新設計製作封面，統一規格、工藝。一律采用大三十二開本，精裝。《説文假借義證》一書原版爲十六開，一個頁面放兩個中國頁，此次按統一開本重新排版，一個頁面放半個中國頁。

并新附《説文假借義證索引》於該書書末，以方便讀者檢索。《毛詩後箋》《吴汝綸全集》《田間詩學》《説文假借義證》等原書規模較大，爲方便讀者閲讀，現重新分册。另，《竇山公家議校注》保留原書西式裝訂方式。

六、收録叢書文獻由於各種原因，還存在這樣那樣的不足，請讀者批評指正。

第四届《安徽古籍叢書》編審委員會

二〇一四年六月

翠微南征録北征録合集

〔宋〕華岳 撰 馬君驊 點校

黄山書社

皖新登字 05 号

丛书常务编辑·诸伟奇
责 任 编 辑·周 雷
装 帧 设 计·蒋万景

安 徽 古 籍 丛 书

翠微南征录北征录合集
〔清〕 华 岳 撰 马君骅 点校
何庆善 审订
安徽省古籍整理出版规划委员会办公室编
黄山书社出版 (合肥市金寨路 283 号)
新华书店经销 安徽省巢湖地区印刷厂印刷
安徽经纬科技开发公司照排
开本:850×1168 1/32 印张 10.375 字数 218,000
1993 年 11 月第 1 版 1993 年 11 月第 1 次印刷
印数:0001－2,000

ISBN7－80535－651－3/G·207 定价:7.30 元

本书承宿县地区行署资助出版谨致谢忱

安徽省古籍整理出版规划委员会

顾　　问　丁继哲　王惠鹏　杜维佑　李广涛　张立一　郑　锐　郑淮舟　胡　坦　胡云龙　侯　永
　　　　　陶若存　崔剑晓　傅大章　潘锷镎

主　　任　魏心一

副 主 任　陈基余　赵应铎　陶有法　鹿世金

委　　员　刘景龙　吴孟复　金隆德　祖保泉　贾文昭　黎　洪

安徽省古籍整理出版基金会

理 事 长　崔剑晓

副理事长　丁继哲　杜维佑　胡　坦　潘锷镎

秘 书 长　朱　扬　汪慎琳

理　　事　马素英　卞兆龙　田照临　朱邦福　孙伯耀　吴存心　吴孝雨　汪石满　张其果　张振明
　　　　　季昌清　郑英保　郑贤明　钮　涟　钱　进　陶显斌　潘培咸　穆建科

安徽古籍丛书编审委员会

学术顾问　王子野　吴小如　吴作人　吴组缃　周一良　周绍良　金克木　宛敏灏　胡道静　殷焕先
　　　　　常任侠　蒋元卿　舒　芜

主任委员　吴孟复

副主任委员　刘永年　祖保泉　施培毅　贾文昭

委　　员　朱一清　朱世力　任弘毅　刘学锴　孙文光　纪健生　杨应芹　汪福润　沙宗复　夏秀流
　　　　　徐凌云　诸伟奇　梁垣祥　傅玉璋

按姓氏笔画排列

安徽古籍丛书编印缘起

伟大祖国，历史悠久，典籍丰富。我省地处南北之交，学术尤擅其盛。数千年来，哲学、史学、文学、艺术、语言、科技，作者辈出，著述如林，或自名一家，或蔚然成派，多为中华民族文化之精华，有裨于社会主义文化之建设。允宜及时整理，以广流传。

粤自明清，以至近世，南北郡邑已有泾川丛书、龙眠丛书、贵池先哲遗书、南陵丛书诸刻。一九三一年，复有安徽丛书之编印，所收皆皖人著作，分期影印。出至第六期，以抗战军兴而中止。盛业未竟，论者惜之。

今者，中央倡导整理古籍，我省领导对此尤为关心。省古籍整理出版规划委员会几经商讨，决定编印安徽古籍丛书。最其体例，约有数端：一、所收皆为历代皖人著作。地域，以现行省区为准。时间，一般以成书于「五四」之前为限。内容，以文、史、哲为主。二、整理方式：包括辑、校、标点或注释，尤注意于稿本、稀见本之搜辑与传布。校勘，力求采用善本为底本，校以他书，或加补辑、编次。标点，采用新式标点。注释，务求精确，但不作烦琐考证。整理中，尽量吸收国内外研究的新成果。三、先秦、两汉著作及文字、训诂之书，皆用繁体字；其余则多用简体字。版皆竖排，以期一律。四、凡热心于本丛书编印及捐赀助刊者，得于书内题名。

安徽古籍丛书编审委员会

一九八九年七月

目次

卷四　五言排律

七言律诗

卷五　七言律诗

卷六　七言律诗

卷七　七言律诗

卷八　七言律诗

卷九 五言律诗

七言绝句

卷十　七言绝句

补遗

翠微北征录

卷一　平戎十策

卷二　治安药石

卷三　治安药石世珩案：翠微北征录止平戎十策、治安药石两书，不知何时分为十一卷，抄本第六以下始以治安药石标题，其实前三卷亦应有此四字，今为增

前言

一

翠微南征录、北征录是南宋爱国志士华岳的诗文集。华岳，字子西，号翠微，池州贵池县（今安徽池州市）人。他的生平，文献鲜有记载，宋史本传叙得也很简略，谓其「轻财好侠」，为武学生时，上书皇帝，因忤奸相韩侂胄，被「下大理，贬建宁（即建安。今福建建瓯县）」。「侂胄诛，放还，复入学，登第，为殿前司官属」。又因谋去权相史弥远，被史下狱杖杀。华岳死于宋宁宗嘉定十四年（一二二一年），但生年失载。他在贬建后期寄卢进士诗中有「竹帛功名四十秋」之句，依此诗推算，华岳被害时只不过四十五六岁，生年当在孝宗淳熙初年。史传虽未详其生平，但细读华岳作品，仍可窥知行实梗概。

华岳「贯本开德，世禄互符」（见再上皇帝书），祖籍河南濮阳，累世为武将。南渡后徙居池州。父、祖无考。他有一叔名子明，其思故人诗自注：「予谪建，不知西北故人安否？因以诗寄子明叔，询诸子动静」。有弟和妹，其忆弟妹云：「眼底不闻鸿雁信，鼻头常为鹡鸰酸。」惜其弟妹名、字俱不传。有妻张氏，名淑姬（见明佘翘赐环记），岳在春闺杂咏十首中表现伉俪甚笃。也有子嗣，到清光绪间已传至二十四世孙名忠。（参阅附录桂迓衡序）

华岳少年时代，读书城南齐山。山有翠微亭，唐池州太守杜牧所建，亭名盖取李白赠秋浦柳少府「摇笔望白云，开帘当翠微」诗意。南宋爱国名将岳飞曾驻军于此，其池洲翠微亭诗有句云：「经年尘土满征衣，特特寻芳上翠微」。华岳读书此间，慕前贤尤其仰岳武穆之高风，因自署别号为翠微。岳聪慧好学，少年时即能诗善画，有贵池秋晚、游齐山等诗和手绘安庆江城图传世（参阅附录杨载题图诗、吴非书画记）。岳性任侠，广交游，州县官员、地方名士都很器重他，与其结友，连老瑛上人等僧人也结为方外交。

华岳二十岁左右，被州、县推为「选人」，送京过「十年芹泮」的苦读生活，「庆元己未（一一九九年）应补胶庠，侥幸前列」，以优异成绩补为太学的生员，后转入武学，习兵法、弓矢、骑射等军事课目，并到军中试阵。这期间，他「日诵兵家之书，日习兵家之事，日求兵家秘妙之术」、「凡事之有系于兵者，无不遍考；地之有关于兵者，无不遍历；器用、服食、行阵、衣甲之制有资于兵者，无不旁搜远采，以尽其底蕴；山林遗逸、英雄豪杰之士有精于兵者，无不端拜师承，以益其寡陋」、「或参或告，凡七、八年，若公若私，凡五十战，校定一成，艰苦万状」（以上均见再上皇帝书）。刻苦训练使他本领过硬，成为当时武学生中之佼佼者。

华岳由文转武，不仅为继承武学家传，更为适应抗金救国的形势需要。他立志「使我国家恢拓海宇，混一区夏」，决心为此建立功业，成为「英雄豪杰之士」（引同上）。如此英才，本应委以重任，让他施展才华，报效祖国，然而他不幸生不逢辰。当时风雨飘摇的南宋小朝廷，为奸佞所把持，韩侂胄专横于前，史弥远弄权于后，国是日非。爱国志士华岳同这伙权奸宵小，自然水火不相容。在十多年中，他先后与韩史之流展开了百折不挠的殊死斗争。

先是，韩侂胄以拥立宁宗的「扶日」之功，步步高升，一直封到平原郡王、平章军国事、太师，立班丞相之上，权倾内外，「凡事自作威福」，「群小阿附，势焰薰灼」。开禧初，韩侂胄欲「立盖世功名以自固」，假「恢复中原」之名，兴师树威（以上见宋史奸臣传韩侂胄）。在积贫积弱，毫无战备的情况下，轻举妄动，对金用兵，凡有识之士皆会看到这样做的严重后果，但慑于韩侂胄的淫威，「有职守者不敢言，无职守者不敢僭」（见上皇帝书）。而华岳作为一名小小的武学生，在此严峻关头，竟敢于挺身而出，直接向皇帝上书，与韩侂胄针锋相对，这是多么难能可贵！这封万言书，不仅指出当时「将帅庸愚，军民怨怼，马政不讲，骑士不熟……山寨不修，堡垒不设」的实际情况，预言盲动必然会「不战自败」，而且无情揭露韩侂胄及其党羽苏师旦、陈自强、周筠等人「专执权柄，公取贿赂」，「卖名器，私爵赏」，「私植党羽，阴结门户」，「睥睨神器，窥觎宗社」一系列罪恶，痛斥他们是「居吾腹心、股肱、爪牙、耳目、咽喉之夷狄」。只有彻底铲除这伙奸佞，「然后公道开明，正人登用，法令自行，纪纲自正，豪杰自归，英雄自附，侵疆自还，中原自复」。华岳这一切中时弊的抨击，自然要被把持朝廷的韩侂胄视为大逆不道。结果这一爱国忠谏，竟「以忤韩侂胄，送建宁府编管」（宋史宁宗纪二）。尽管诏令只是「编管」，而「郡太守以下皆迎合韩平原，因之囹圄」（暮出诗题注），真是落井下石，冤上加冤。

华岳贬建期间，因其军事才能遐迩闻名，更因爱国获罪，人所同情，不少边将函聘，拟请其襄赞戎幕。暮出诗注云：「丁卯（开禧三年），边帅屡辟入幕，西府以权势命，不允。」权势者。侂胄也。秋朝有感诗亦注：「翠微在建，屡准荆淮诸司奏辟，西府初欲征发，终阻于平原之令。」又是韩侂胄压制，不准起用华岳。华岳身处困境「虽君门万里，而畎亩不忘之念，日切于怀」（见治安药石序），「不忍辜平日抱负之学」，「日著兵家利害，以备采择」（见平戎十策），这里说的是在建宁狱房囚灯下和缕伏西关矮屋中写的平戎十策和治安药石。受那样大的政治打击，他依然置个人荣辱于度外，念念不忘拯救祖国，时时谋虑军国大业，其高尚品德和爱国精神永昭日月。

与此同时，把持当朝要津的韩侂胄则一意孤行，轻开兵衅，本指望从战火中捞取政治资本，然而事与愿违，「兵端既开，败衄相属」（宋史史弥远传），「蜀口、汉、淮之民死于兵戈者不可胜计」（韩侂胄传），终于愈败愈惨，「都城震摇，宫闱疑惧」（史弥远传），被迫与金再次议和，接受屈辱条件，诛斩韩侂胄等人，并函首、纳币。事情发展的结果，正如华岳之所预料，证明他三年前上书所言完全正确。

侂胄既诛，华岳的雄才卓识，理应受到朝廷特别青睐，迎其回朝，委以重任，然而事实却恰恰相反，原因何在？再上皇帝书对此有含蓄地吐露：「伏自丙寅之春，被旨入建，首尾三载，前后五赦，揆之三尺，合放有馀，而知遇不逢，寇仇相值」。「寇仇相值」自指侂胄余党还在；「知遇不逢」则隐指新贵史弥远了。史以诛韩之功，扶摇直上，由礼部侍郎而同知枢密院事，很快爬上右丞相宝座，总揽朝政。微妙的是，嘉定元年十一月史弥远丁母忧，暂离相位，二年二月岳便「被命东归」，召还临安，但三个月后弥远葬母毕，起复相位，竟勒令（所谓「准部符」）华岳「再还建上」，重过编管生活（见再还建上旧居诗注）。岳之不能见容于史弥远，岂不昭然！此后七、八年，华岳一直谪居建宁，后来在朝廷宣布「召还正人故老于外」

的政策下，直到嘉定九年才对华岳有所松劲，但仍不过是「放还，复入学」，嘉定十年华岳考中武进士第一（参阅附录郎遂杂记），才当了殿前司同正将。他的「郁不得志」，自所当然。

华岳回京、任职后数年间，史弥远久相宁宗，权势越来越煊赫，「用李知孝、梁成大等以为鹰犬」，专门「搏击善类」，「一时之君子贬窜斥逐，不遗余力」（史弥远传），而「士流无耻者多以钻刺进秩」（见西湖游览志馀佞幸盘荒）。华岳不惟不事「钻刺」，且对史弥远的专横恶行，视如寇仇，与人密谋罢史相位。不幸事泄，被捕下狱，虽然「宁宗知岳名，欲生之」，但史弥远仍不放过，以「是欲杀臣者」的借口，擅将岳「杖死东市」（见宋史本传）。一代英杰，就这样被恶势力吞噬了。

华岳的一生，虽然短暂却很不平凡。他以救国安民为己任，深明经邦济世之道、克敌制胜之术，有胆有识，豪情万丈。正如明人佘翘所云：「华子西论事似晁错，谙兵似孙吴，文武才也。」佘认为：「使一令开禧时委国而听之，即不能复中原，何至增市、割地、献首谋，贻千古笑哉！」（华子西论）这个评价的确并非溢美之词。尤为可贵的是，华岳一身凛然正气，疾恶如仇，誓与祸国殃民的邪恶势力作斗争，不怕坐牢，不怕杀头，决不妥协，直至献出宝贵的生命。这种刚正无私的英雄气概和大无畏精神，洵足以推倒一时之豪杰，拓开万古之胸襟，当与陈亮诸人云龙上下，与陈东、欧阳澈并耀青史（二人亦入宋史忠义传十）。明末方以智曾至贵池凭吊华岳故居，有题华家松图诗云：「山川坛里华家松，一阵风雷化作龙。倒挂雨中将地卷，等闲却被墨痕封。」清吴非亦有自题华家枯松图诗云：「如龙奇见骨，鳞鬣蜕何存？五百年来种，心余托此根。」这都是借松咏人，对华岳松柏节操、铮铮铁骨的高度赞美，可见华岳精神对后代的深远影响。

二

翠微南征录和翠微北征录是华岳留给后人的文学和军事学双份宝贵遗产。两书命名之由，「翠微」，作者别号。「征」，远行。「南征」，指遭贬由临安南徙建宁；「北征」，则指由建宁奉召北归临安。南征录由上皇帝书与古今体诗共十一卷组成。北征录则包括平戎十策（即再上皇帝书）、治安药石两篇长文，共十二卷。

华岳文武双全，诗文俱佳，兵法精谙。

从三篇长文看，皆为内容丰实、气势磅礴的鸿篇巨制，不仅生动地表现出作者的百折不挠之气、忧时爱国之心，以及洞察天下大势的远见卓识，而且全面地体现了华岳治国治军、安邦济世的超凡才能。平戎十策详细地阐述了从取士、招军到御骑、陷骑，从得地、守地到恩威、利害，以及如何筹足军费、如何备足战马等一整套军事计划和伐金良策。文中讲英雄豪杰的「八门」来源，从「沉溺下僚」的小官一直到「轻犯刑法」的「黥配」和「隐于吏籍」的「胥靡」。这「简直算得水浒传的一篇总赞」（钱钟书宋诗选注语）。治安药石提出军国大计、边防要务、选将练兵、修寨制械、破敌长技、足兵便民等一系列安边抗金的谋略。其中表现华岳的战略思想是「中兴之本，不先于外攘，而先于内修政事」，以「急于自固，缓于求胜」，「养锐待敌」的方针，达到「忍一时之辱，图万世之利」的目的。华岳的战略思想是以敏锐眼光窥准金优宋劣的两军焦点在骑兵，因而集中一切力量对付这一棘手问题。他不仅研究出二十四种「陷骑」战术，而且御骑、马政写的也是对付敌人骑兵；急据、分渡、采探、禁涉等还是对付敌骑；甚至修寨筑堡，造甲制弩无一不是针对敌骑。解决了主要矛盾，自能扭转抗金全局。这是华岳熟读孙子、吴子、阴符、司马法等古兵书的灵活运用。是一位帅才的智慧的闪光。至于江、淮、襄、汉，为地数千里，而山川险要，攻守出没之宜，一一熟于胸中；人、甲、鞍、马、步、骑、弓、弩，各种辎重装备，极琐极细，而选精用良，艺兼科技，又一一言之娓娓。此在兵家亦各有专长，而华岳却能兼通并蓄。文章虽为兵家之言，宏肆博大，气畅词达；却又意能称物，文采焕然。千秋而下读之，若听其口讲指画，如在目前。它既非理学腐谈，又异文人空论，是非常值得一读的务实著作。近时国家军事科学领导机构已将翠微北征录列为古代兵书名著之一，出版作为军事教材。华岳的爱国精神和切实有用的军事学问，将会得到很好的继承和发扬。

华岳的诗也有自己的特色。南征录收诗近四百首，各体皆备，反映的生活面很广，诸凡国家安危，人民疾苦，忠奸斗争，志士情怀，以及怀亲思友，春愁秋感等日常生活情趣，都被诗人一一摄入笔下。其诗风，清初王士禛曾谓为「粗豪使气」，然曹丕有言「文以气为主」，苏辛则以「豪放」雄视百代，而太白亦以气、豪而贵。「豪」与「气」岂易为哉？试就岳诗观之，如「英雄还要识英雄，不识英雄总是空」，「舌端豪气吐长虹，四海一身无处容」，「壮气横秋面渥丹，男儿未遇指休弹」，「安得有臣如祖逖，慨然击楫誓江长」，笔墨虽不免稍「粗」，然而正是这种「粗」才见出真情快语的英雄本色。至于「国事只将心事比，今人难作古人评」，「愧我直言难媚灶，从渠怒发自冲冠」，则语浅而意深；「山羞见我头头转，月怕抛人步步随」，

「万里好山春黛绿，一溪流水暮霞红」，则景美而情长；而「溪声含客怒，山色为谁浓」，「买舟和月载，把酒对花斟」，「雨声杨柳外，山色杏花中」，其浓墨深心，雅言厚味，置之中晚唐人诗中亦当属佳品。其写实之作，如田家云：「老农锄水子收禾，老妇攀机女掷梭。苗绢已成空对喜，纳官还主外无多。」「拂晓呼儿去采樵，祝妻早办午炊烧。日斜枵腹归家看，尚有生柴炙未焦。」读来深觉其刻划见骨，逼真感人，有类唐代李绅、聂夷中的悯农之作。其言情之句，如春闺杂咏有云「曲肱斜把香腮托，却讶荷花藕上开」，「红雨入帘衣不湿，玉人沾作鬓边娇」，从娟娟秀语中透出款款情思，曲尽婉妙，而又不伤风雅。至若「隔岸青帘人不渡，一溪流水暮潮生」，「良人犹恐催耕早，自扯蓬窗看晓星」，「杵鸣千臼雪，枪卷一旗风」，「疏雨洗空碧，晚晴人倚楼」，则融情于景，形神毕肖，而又画外有音，空灵飞动。要之，华岳诗笔善状难状之事，善绘难绘之景，善达难达之情，各体皆见功力。华岳诗品又正如他的人品：真率，坦直。他披胸抒臆，随意挥洒，是处生春，不加雕饰。正象钱钟书先生所分析：华岳「武学生」出身，「跟职业文人不同，并不沾染当时诗坛上江西派和江湖派风尚；他发牢骚，开玩笑，谈情说爱，都很真率坦白地写出来，不怕人家嫌他粗犷或笑他俚鄙」（见宋诗选注）。正因如此，我们从华岳诗里，更能感受到真思想、真感情，领略出真趣味。这也正是他的可贵之处，值得今天诗歌创作者学习和发扬。

三

再谈谈华岳两书传世情况。这两本书稿，因作者被杀犯忌，当时不可能刻印。翠微南征录旧本之最早者为元抄本，今藏北京图书馆。刻本之最早者为明嘉靖间王崇志刊本，今已罕见。明末清初常熟汲古阁毛晋有抄本，后归瞿氏铁琴铜剑楼收藏。康熙己巳（二十八年）黄虞稷从史馆抄出宫中秘本翠微南征录（可能即明王崇志刊本），传吴非，非又传郎遂。郎遂，贵池人，恫桑梓先贤华岳忠肝烈胆，虑其遗编不彰，乃重加编定，付之剞劂。郎刻本改十一卷为十卷，编排次序也与各本大异（参阅附录郎刻本概貌）。康熙时又有曹寅刻本。乾隆间，修四库全书，所据为汪如藻家藏本。汪藏如何，无从查考。嘉庆间，鲍氏知不足斋有旧抄本（劳权跋谓据曹寅刻本写入），鲍廷博复亲自校勘，并从宋刘克庄千家诗选中辑补华岳佚诗七首，弥足珍贵。同期，吴县藏书家黄丕烈亦收得黄虞稷从史馆抄出之旧抄本，并作题记（见附录）。稍后，钱塘吴锡麒得鲍勘本，复加批注，时出警语（简称吴批本）。又，杭州文澜阁于四库本外，别藏一本。贵池刘世珩抄出，再加详校，于光绪间刻入贵池先哲遗书秋浦双忠录（简称刘刻本）。其后，著名出版家张元济据涵芬楼影印黄丕烈藏本，校以毛抄本和郎、刘两刻本，编入四部丛刊三编中印出。这是南征录最近时期的一个版本了。今以四部丛刊三编本为底本，而校以郎刻本、四库本、吴批本及刘刻本。

北征录最早亦为元抄本。原题翠微先生北征录，明标「先生」，当非华岳自编，可能在他被害后，其生前友好或有心人私下录其遗稿编就的。直到清代四库开馆，全国搜求，尚未发现此书，故未收入。乾嘉间，黄丕烈收购古本书，偶然购得北征录元抄本，其友顾广圻（目录学、校勘学家）得见此元抄，惊喜异常，考证它是「世鲜传者」，「楮墨间古香喷溢，三数百年物也」（见附录题记）。此本后归铁琴铜剑楼，今亦藏于北京图书馆。道光间，藏书、刻书家张金吾藏有元抄之过录本，即爱日精庐传抄本。此本后转藏钱塘丁丙八千卷楼，今藏南京图书馆。北征录刻本问世甚晚。清末，刘世珩编刻贵池先哲遗书秋浦双忠录，搜集华岳南征录以外的遗著，通过缪荃孙、傅增湘，访得八千卷楼有北征录传抄本，「亟为录副」，精校付梓。今以刘刻本为底本，校以北京馆藏之元抄本和南京馆藏之张金吾传抄本，补正了一些衍、讹、脱、漏。

整理古籍，是一项艰苦细致的工作。版本之鉴定研究，资料之搜集抄录，费时费力。尤其是点校，更须字斟句酌，一字似已校稳，迨见别本，又觉未安；一篇似已点定，再行复读，又嫌欠妥；有时为用准一个标点符号，要查好多种书，反复推敲好多遍。点校两录，共使用九种不同版本，四次更易校稿，经过断续四年努力，才搞成目前这个样子。个中甘辛，非亲尝莫知。

在整理过程中，荷蒙吴孟复教授及何庆善、周义敢、诸伟奇、李康生、桑传贤、萧莽、罗成义、袁晓春诸同志惠予关怀，多方协助，在此一并深致谢忱！书中点校有不妥之处，尚祈读者方家指疵匡正。

马君骅　一九九一年十月于安徽大学古籍整理研究所

翠微南征录

翠微南征录卷一

书

开禧元年四月二十七日上皇帝书

四月吉日，国学发解进士臣华岳谨熏沐百拜，裁书献于皇帝陛下：臣闻职谏诤而不言，有罪；非谏诤而辄言，有诛。臣以一介草茅，误叨教养，非敢僭以求狂妄之诛，诚以天下之大变将形，国家之大祸将至[一]，有职守者不敢言，无职守者不敢僭，臣于此时不能剖露肺肝，控告君父，则不忠之罪不惟难逃[二]，而臣之身首将异其处，虽有粟乌得而食诸！臣自旬月以来，都城士民徬徨相顾，若将丧其室家；诸军老小隐哭含悲[三]，若将驱之水火，阛阓藉藉，欲语复噤，骇于传闻，莫晓所谓。臣徐考其所自，则侍卫之兵日夜潜发，枢机之递星火交驰，戎作之役倍于平时，邮传之程兼于畴昔，乃知陛下将有事于北征，而为军若民皆如是之皇皇也。臣尝闻之，夷狄之于中国，犹盗贼之于四民，螟蠡之于五谷，可谓不容并立矣。

士生斯时，正冠履之分，雪祖宗之仇，扫山陵，归宗社，所当讲也。然臣考之天时，按之人事，盖有大不然，何者？古之为夷狄者一，今之为夷狄者五；古之为中国者一，今之为中国者三，何夷狄、中国之皆多于古也？夫侂胄以后族之亲，位居极品，专执权柄，公取贿赂，蓄养无籍吏仆，委以腹心，卖名器，私爵赏，睥睨神器，窥觇宗社，日益炎炎，不敢向迩：此夷狄之居吾腹心者也[四]。朝臣有以庸琐之资[五]，请姻师旦，骤入政府者；有以谀佞之资，阿附侂胄，致身显贵者[六]；陈自强老不知耻，贪不知止，私植党羽，阴结门第，凡见诸行事，惟知趋承侂胄一人，而君父之尊，彼反不知[七]。有以保正耆长之材[八]，而钧衡天下，鼎鼐四海：此夷狄之居吾股肱者也。爽奕汝翼诸李之贪懦无谋，倪僎倬杲诸郭之膏梁无用，诸吴之恃宠僭专[九]，诸彭之庸孱不肖，皇甫斌魏友谅毛致通秦世辅之彫瘵军心，疮痍士气，以至陈孝庆夏兴祖商荣田俊迈之徒，皆以一卒之材，各得把麾专制，平日剜膏刻血，苞苴侂胄，以致通显；饥寒之士咸愿食其肉而不可得。万一陛下付以大事，彼之首领自不可保，奚暇为陛下计哉？此夷狄之居吾爪牙者也。程松之纳妾求知[一〇]，×××之售妹入府，×××之献妻求阁[一一]，鲁館之贡子为郎[一二]，×××之阿谀仆隶，×××之甘心鹰犬，富宫之庸驽充位[一三]，×××之奴事奸恶，×××之生事迎合，×××、×××之私立异议：此夷狄之居吾耳目者也。苏师旦以秽吏冒节钺，牙侩名爵；周筠以隶卒冒戎钤，市易将相：此夷狄之扼吾咽喉者也。吾之腹心，吾之股肱，吾之爪牙，吾之耳目，吾之咽喉，而无非夷狄，则彼之所谓夷狄者实未足忧，而此之夷狄盖已周吾一身之间矣，讵可舍吾身之夷狄而徒事于边鄙之夷狄耶？「礼乐征伐，自天子出」，所贵乎中国者，皆听命于陛下也。今也予夺之命[一四]，黜陟之权，又不出于陛下，而出于侂胄，是吾有二中国也；命又不出于侂胄，而出于苏师旦周筠，是吾有三中国也。夫虏人以一夷狄而犹能据吾之中原[一五]，曾谓其有五夷狄而不能蹙吾之元气乎？虏人以区区关河之地，犹能逼我淮汉，曾谓夷狄之居吾腹心，居吾股肱，居吾爪牙，居吾耳目，居吾咽喉，而不凭陵吾之宗庙社稷乎？以一中国而抚四夷犹曰不可，曾谓一家之中自为秦越[一六]，一舟之中自为敌国，而能外制夷狄乎？比年以来，军皆掊克，而士卒自仇其将佐；民皆侵渔，而百姓自叛其守令；家自为争，人自为战：此又启吾国中亿万之夷狄也。今陛下不务去吾腹心、股肱、爪牙、耳目、咽喉与夫亿万之夷狄，而欲空国之师，竭国之财，而与远夷外戎相从于血刃相涂之地[一七]，顾不外用其心欤？臣自丱角以来，推衍三式之书[一八]，自去岁上元甲子[一九]，五福太乙初度吴分，四神直符对照荆楚[二〇]，始击蜚符旁临瓯越[二一]，青门直使交次于幽蓟[二二]，黑杀黄道正按于燕赵。考之成法，主算最长，客算最短。兵以先发为客，后应为主[二三]。自太岁乙丑至丙寅、丁卯、戊辰、己巳、庚午[二四]，六年之间，皆不利于先举。倘其叛盟犯义，挠我疆埸，至于事不获已，然后应之，则反主为客，犹曰庶几。万一国家自首其事，自倡其谋[二五]，则将帅内睽，士卒外叛，涂炭万民[二六]，血刃千里。其为应验，速若影响。此天数之不利于先举也。亿万之夷狄，萃乎吾之国；五者之夷狄，周乎吾之身，矧将师庸愚[二七]，军民怨怼，马政不讲，骑士不熟，豪杰不出，英雄不收，馈粮不丰，形便不固[二八]，山寨不修，堡垒不设，吾虽带甲百万，运粮千里[二九]，而师出无功，不战自败矣。此人事之不利于先举也。汤武革命，应天顺人；黄帝征伐，天时人事，臣愿陛下诛吾腹心、股肱、爪牙、耳目、咽喉之夷狄，尽其群党而勿疑其滥，异其身首而勿疑其惨[三〇]。吾国中之夷狄既已诛矣[三一]，然后公道开明，正人登用，法令自行，纪纲自正，豪杰自归，英雄自附，侵疆自还，中原自复，天下自底于和平，四海自跻于仁寿，何俟乎兵革哉！不然，则乱臣贼子毁冕裂冠，哦九锡隆恩之诗，恃贵不可言之相[三二]，私妾内姬，阴臣将相，鱼肉军士[三三]，涂炭生灵，坠百世之远图，亏十庙之遗业。陛下于此虽欲不与之偕亡，则祸迫于身，权出于人，俯首待终，何脐可噬！事之未然，难以取信，臣愿以身属之廷尉，待其行军用师，劳还奏凯，则枭臣之首风递四方[三四]，以为天下欺君罔上者之戒[三五]。倘或干戈相寻，败亡相继，夷狄外攻，奸臣内叛，与臣所言尽相符契，然后令臣归老田里，永为不齿之民，实出天地父母生成之赐[三六]。干冒天威，罪当万死。不备。岳百拜。

校记

〔一〕祸　郎本、刘本作「患」。

〔二〕难逃　原作「不逃」，据四库本改。

〔三〕老小　宋史忠义传十华岳传引（以下简称本传引）、郎本、刘本作「妻子」。

〔四〕夷狄　本传引、四库本作「外患」，下同。又，别本或作「远人」，或作「仇敌」，或作「强敌」，或作「强邻」，不再一一出校。

〔五〕朝臣有　原阙，据本传引、郎本、四库本、吴批本、刘本补。

〔六〕显贵者　原无「者」字，据本传引、郎本、四库本、吴批本、刘本补。

〔七〕尊彼反　原阙，据四库本补。

〔八〕有以　四库本作「自以为」。

〔九〕僭专　本传引、郎本、刘本作「专僭」。

〔一〇〕程松　原阙，据本传引、毛本、郎本、四库本、吴批本、刘本补。

〔一一〕×××、×××（代表人名，原为空格，下同）　本传引、郎本、四库本、刘本皆作「或以」，下无「之」字。又，郎本、刘本售妹作「售姊」，求阁作「入阁」。吴批本眉批：「妹，刊『姊』；求，刊『入』。」

〔一二〕鲁館　原阙，据本传引、毛本、郎本、四库本、吴批本、刘本补。

〔一三〕富宫　原阙，据本传引、毛本、郎本、四库本、吴批本、刘本补。

〔一四〕予夺　本传引作「与夺」。

〔一五〕虏人　本传引、郎本、刘本作「女真」。四库本作「金人」，下同。

〔一六〕秦越　原作「吴越」，据本传引改。

〔一七〕远夷外戎　本传引、郎本、四库本、刘本作「远人」二字。

〔一八〕以上十二字，本传引、郎本、刘本缩作「臣尝推衍兵书」六字。按：下文所叙并非兵书之言，而是三式术数星象家语。

〔一九〕上元　刘本作「中元」。

〔二〇〕对照　本传引作「对临」。

〔二一〕越　本传引、郎本、刘本作「粤」。

〔二二〕蓟　本传引作「冀」。

〔二三〕后应　本传引作「后发」。

〔二四〕此句十六字，本传引、郎本、刘本皆略去中间「丙寅、丁卯、戊辰、己巳」八字。

〔二五〕自首其事，自倡其谋　本传引缩为「首事倡谋」四字。

〔二六〕涂炭　本传引，郎本、刘本作「肝脑」。

〔二七〕剗　原无，据本传引、郎本、四库本补。

〔二八〕形便　四库本作「形势」。

〔二九〕运粮　本传引作「馔饷」，郎本、刘本作「馈饷」。

［三〇］以上三句三十三字，本传引、郎本、刘本缩为「除吾一身之外患」七字。

［三一］此句十字，郎本、刘本缩为「外患既除」四字。

［三二］言　本传引，郎本、刘本作「侔」。

［三三］军士　原作「将士」，据本传引、四库本改。

［三四］枭　原作「鹹」，据本传引、四库本改。

［三五］欺君罔上者　原无「者」字，据本传引、四库本补。

［三六］实出　郎本、刘本无「出」字。

翠微南征录卷二

古　风[一]

归钓吟

我生本是丝纶客，尝抱丝纶钓王国。胶痒虽识姚有虞，载车未遇周西伯。抱琴归去古江边，江头风月犹依然。江风刮岸岸如削，江月照人人未眠。沙平浪静江天阔，换酒捉鱼鱼拨刺。有时醉碗和月吞，有时醉棹和烟拨。或唱歌，或吹笛，欸乃宫商人不识。歌声唤彻烟水寒，笛声清透云霄碧。不张帆，任渠去，去到云山深处住。云山深处有画图，添个云山画图侣。不拨棹，任渠流，流入玻璃影里头。玻璃影里进珠玉，千斛万斛谁能收？倦时眠，醉时舞，渔家自有神仙府。眠时蝴蝶梦庄周[二]，舞处鸥鸢奏韶武。自举□[三]，归钓吟，清江漠漠烟沉沉。云藏万壑暗水尾，风吹孤月摇天心。翠微父，翠微父，和我行歌进南浦。画桥流水抹晴烟，残照暮霞收宿雨。水连天，天似水，一蓑活计谁能比？枫叶飘霜鲈鲙香，杨花飞雪河鲀美。也不学姜太公，百年将至方非熊。会须年少遇真主，恢我诸夏车书同。也不学严子陵，云台不为魁殊勋。中兴只作钓台侣，胸中百万知无兵。我网不似汉，汉网何太疏，也曾漏却吞舟鱼。何当周密如枢机，直欲纤悉皆无遗。我钩不仅吕，吕钩何太直，除却文王有谁识？争如猛曲一弯腰，牵取星珠并月璧。鱼胶寒齿口蒿劙[四]，蟹螯刺指和笼烹。屠龙饪鼎口不美，断鲸斫炙肠聊撑。

记梦

秋夜，宿客邸，剧梦为无槐大庭之游[五]。觉来长空明月，殊动故乡之思，因成记梦。

溪泠泠音零，鼓冬冬，虚堂淅沥生寒风。寒风绰我梦魂去，飞扬直上蓬莱宫。蓬莱宫殿女如玉，霓裳羽扇环帘栊。玳筵间列花丛丛。酒酣万象罗心胸，举杯话别殊匆匆。青鸾命驾下空阔，一声珰珮鸣丁东。被衣起坐周四顾，庭户悄悄无人踪。银河万里倒澄碧，冰鉴半轮斜倚空。横江孤鹤一声唳，唤起乡心千万重。

梅

楚东道中，次壁间韵。

衰兰枯荷了秋色，几向寒梢问消息。溪桥交马断肠时，翠袖佳人日暮归。玉面亭亭汉宫样，一见风流慰心赏。寒标孤绝太无情，谁为移春上玉京。月华凄切霜华白，夜半飘香度帘额。

寄声横笛且休吹，愁杀江南未归客。

山水吟

闽之山峨峨，可以接穹苍。闽士孕其秀，胸次尤难量。闽之水滔滔，可以烛妍丑。闽士生其间，其美不容口。君不见、周家社稷生甫申，崧岳当年曾降神。又不见、千里秀气锺三苏，眉山草木皆焦枯。我生恨不由河洛，虚负三光并五岳。地灵人杰推江东，人物风流兼磊落。顾此闽之东，自古多英雄。求其为绝称，独一忠穆公。公今已即世，后世谁可拟？惟有詹仲通，一人而已耳。仲通何如人？景星与凤凰。不险亦不深，山高兮水长。

浴

十月暇日，醉于生春阁，暄燥出浴[六]，覆衣得诗，援笔以记[七]。

龙藩地暖冬无雪，十月风光似三月。好风不动绮罗尘，人在绣帏帘半揭。酒肠拍索能回春，春潮入面香熏熏。香肌汗透披縠纹，思得沧海驱埃氛。银锅蟹眼生春雪，银瓢掐破锅心月。流霞倾入碧琅玕，香雾氤氲云半掇。花藤织出金芙蕖，烟青雾紫堆云衣[八]。一声珰珮帘钩垂，皂盘捧出双明珠。蜡花照入兰汤阁，珠玑体迸红猊活。凤豁云涛濯锦毛，龙翻雪浪浇银甲。起拿裙雾围春风，胭巾抹出桃花红。香泉入齿漱寒玉，吐作冰雪飞长空。苍头急把春衫换，腕玉轻穿云一片。出门两腋生清风，身在嫦娥广寒殿。

嘲　热

南方有神名祝融，发赭面丹唇朱红。执鞭入海驱赤龙，火车勒驾烧长空[九]。千骖万乘如联辔，烈焰腾腾灼天地。九霄烜赫皆甑蒸，四海煎熬俱鼎沸。流金烁石气不通，天下俱在红炉中。葛衫襟湿疑有雨，罗纨柄折浑无风。祝融祝融毋太酷，天道炎凉尝反覆。看看少皞催戍瓜，尽把凉风散烦溽。

钓鳌行 上提刑左史张舍人。名嗣古。

北风浩荡沧溟阔，千万军声夜潮聒。翻空浊浪鼓雷霆，舟子停兰面如血。龙门有客何狰狞，努目张胆殊不惊[一〇]。桅樯破浪裂洋岛[一一]，直欲一举空蛟鲸。我之钓兮非世比，新月为钩索霞绮。先拗虹霓为钓竿，却把鹍鹏作香饵。欲垂未垂号鬼神，星斗无光天地昏。海灵乞命免生死，一钩连六酬衔恩。我公万里风烟伯，度量汪汪褰海窄。蟠胸高耸蓬莱山，壮气直吞云梦泽。恩波万壑奔洪流，风帆浪楫交觥筹。金鳞照日巨如斗，四海触物无虚舟。我生本是钓鳌客，几岁滩头望风色。忽闻霹雳破昆仑，便整丝纶驾航舶。我今十犗迎公开

[一二]，会须举手生风雷。不然长啸谢水府，明月满船归去来。

上赵漕佥

[一三]名善宣。乔松，弟子见先生也。先生尹京[一四]，弟子赴南宫文未上也，先生与而进之，举而送之。予既德先生矣[一五]。今道由先生之境，而不拜先生，弟子罪也。见先生而无一言以寓愿见之诚，亦罪也。风霜高洁，雨露清秀，松德也，亦先生德也。万木逊节，三友同升，松事也，亦先生事也。松之不畏于冰霜，亦犹先生之不畏彼强御也，松之诗所由作也。不识先生其哂弟子耶？其罪弟子耶？

太山之巅有乔松，凛凛千丈摩苍空。风云有会直相际，轰雷掣电蟠蛟龙。盘根错节真天种，卿月郎星伴辰拱。高风萧瑟涕清泉，桃李无言漫丘垄。南宫仙桂浇天香，南国蔽芾歌甘棠。大枝擎天作砥柱，小枝驾海成虹梁。六月无风天欲雨，赤龙衔火烧空宇。亭亭横盖指扶桑，万壑千崖冷无暑。大椿可笑欺庄周，便指千岁为春秋。使民若战夏后社，夏后氏以松。用汝当作商川舟。桧楫松舟。自惭藤蔓缠林壑，未遂鹪鹩一枝乐。盘桓已喜跨高寒，抚孤松而盘桓。更借扶摇荐雕鹗。我闻处士方绸缪，七松处士。三友简在公宁留。苍姬已托大夫荫，秦封为大夫。赤子愿陪丞相游。子房从赤松子游。

邻女搔绵吟

建安西关邻女善搔木绵，日可成一、二缕。仆向尝见：捻绵绸者，于此颇类。然就手中提出便纺成丝，与捻绵特异。因问女「岁可成几端？」女云：「每岁可得二十疋，近以绣工妨迫，不及其半。」因成邻女搔绵吟[一六]。

闲窗日上三竿竹，窗下娇娥整轮辐。匆匆未暇理云鬟，半朵青鸦倚红玉。青梢摘尽银香囊，画栏平倚斑筠筐。时将纤手翻雪霜，酥胸玉面同光芒[一七]。捧归细卷银成索，牵出松松云一握。珠唇呵挺气温温，鹦嘴踏车声络络。今年莫怪功绩稀，阿妳勤绣鸳鸯帏[一八]。如今织出秋江练，十月正好裁新衣。客心闻此愁无着，一夜清寒动寥寞。明朝为问买一端[一九]，剪做道袍披落魄。

送商府判

自剑津倅入为审计

比年十月君初来，梅花破雪迎君开。自从佐剑寿民脉，涧山瘵水皆春台。去年七月君开府，燕燕莺莺为君舞。五日尽蛰潭底龙，千里应无市中虎。今年二月君将归，风牵回柳萦君衣。君衣不作回柳转，直上云端朝紫微。紫微有馆名西掖，珠玉罗钿瞰金碧。郎星卿月漫徘徊，个中自是神仙宅。紫微有山名大坡，乌飞豸立冠峨峨。一声霹雳震天地，万里腥血流江河。紫微有旨垂丹册，二者于斯请君择。便须东取元化钧，谈笑从容正疆埸。君家事业铭冠裳，鸾凤指日鸣朝阳。伊洛诸公有政事，洙泗诸子无文章。禀违展转情难处[二〇]，溪上恩波湛今古。东风吹恨入长亭，零落桃花泪如雨。

平政桥 水西有桥，为天下第一。

建水合流三百里，直下富沙如捻指。溪东披拽缆过西，千丈春风怒涛起。香轮不解碾清江，造舟贯索成河梁。年年麦熟梅欲黄，连城十里皆波光。淳熙太守忧溱洧，问津日夜思无计。老农叉手愿鸠工，叠石中流便民济。金珠卖价不计缗，镌瑕断梓功方成。功成燕雀贺新屋，炳然万栋辉丹青。插天螮蝀横江尾，下压寒潭碧无底。市声不到画梁间，秋色尽归朱箔里。我行一月无风波，今朝醉眼翻青罗。金鳌背路客挥镫，玉虹跨浪舟飞梭。石唇喷尽寒崖雪，雪中电掣金蛇赤。两岸楼头将相家，八州车马神仙客。人言辟人推政平，故此特以平政名。我闻政事平如水，水到不平还作声。

赠陈道人 道人陈守一善画，出锦轴求诗。

君不见、樵人王翰画山水，一夜风雷揭窗纸。又不见、长沙洞清画龙蛇，满轴烟云翻捻指。二子相去数百年，笔端妙意谁能传？双溪道人何所授，一见笔法堪齐肩。笔一淡，轻烟映出垂杨岸，远山依约有还无，斜照不红秋水漫。笔一浓，黑云万叠翻狂风，江天日暮暗烟霭，天地星斗皆昏朦。潇湘诗人不解语，被君吐作无声句。何时觅取绡一缣[二一]，写我英姿伴烟雨。

柴氏

节妇一樽酒，义士拜而受。义士一首诗，节妇双眉皱。眉皱意何如，有难难相救。叹我廊庙器，淹回在污陋。惠我旨且嘉，殷勤推意厚。吾今系闽建，家贫喜邻富。青眼到朱扉[二二]，白屋成华胄。吾闻孤竹子，周室三缄口；又闻杞梁妻，秦邦称烈妇。此辈诚间生，世代不常有。如何天一方，同时俱辐凑。愧无八品珍，草草具笾豆。何当再拜抠我衣，卮酒恭为儿女寿[二三]。

伤春

衣袂怯春寒，春在江南岸。我意正伤春，复被春萦绊。一雨胭脂湿，万壑冰澌泮。撩我惜春心，与春伤烂熳。柳垂不染丝，织成愁一片；杏吐无烟火，烧碎肠千断。亿昔腰如柳，柳腰轻易按[二四]；忆昔面如花，花面娇难唤。人不似春芳，随处得看玩。因春忆美人[二五]，不见徒扼腕。何时醉卧花柳中[二六]，一笑千金不容换[二七]。

百舌 福建号为乌秀

流莺一去无消息，燕怯春寒归未得。绿窗清昼静无人[二八]，似把衷情诉知识。上苑东风二月春，淡黄杨柳初成阴。解将一片无情舌，学尽百般能语禽。红英紫萼纷如雪，万姹千娇总饶舌。莫嫌花外太啁啾，默默难酬好时节。须臾绿暗红亦稀，伯劳杜宇鹰鹯飞。更兼猎弋恣罗网，卷舌不语全毛衣。堪嗟国士徒切直，不似幽禽明语默。何如钳口归山林，莫问燕南并越北。

饮仙阁 小峰王泰之作堂曰倾盖，作阁曰饮仙。廓庑潇然，有物外之致[二九]。「有所得者以乐其身」，其泰之之谓乎！因作诗以留岁月[三〇]。

槽头压尽春山绿，槽下真珠泻醽醁。骚人一笑倾杯盘，满面春风涨红玉。少陵得此不欲言，乃指八子为中仙。主人倾盖慕此意，一阁新构堂西偏。于今世态薄于纸，何必劳心问青紫。愿君醉我金屈卮，万事过耳同风飞。醺醺和月上裁竹，长啸一声归翠微。

赠祝跛 相者祝跛，武夷人。

我生多蹇难，事业冷于水。内外两五行，丑恶讳人举。武夷有相者[三一]，抱术遍荆楚。抠衣忽趋隅，觌面便相许。摇手无所需，再拜拂毫楮。一诗聊赠行，无以壮箱筥[三二]。他时了功名，为结烟霞侣。

富沙道中述怀 次王伯玘韵

败鼓非全材，毁瓦不自牧。造物儿未戏，达人火先扑[三三]。卜不到渭滨，人徒嗟海曲。彼哉真彼哉，伐尽牛山木。

骤雨 次紫溪壁间韵

牛尾乌云泼浓墨，牛头风雨翩车轴。怒涛顷刻卷沙滩，十万军声吼鸣瀑。牧童家住溪西曲，侵早骑牛牧溪北。慌忙冒雨急渡溪，雨势骤晴山又绿。

校记

［一］古风　四库本题作「古诗」。
［二］眠　原作「睡」。毛本作「眠」，正与上句「倦时眠」相呼应，据改。
［三］□　按本诗各层句式，此处似夺一字。
［四］口　原无此字。据吴批本补。
［五］无槐　四库本作「无怀」。
［六］燥　原作「䍳」。据郎本、四库本、吴批本改。
［七］援　原阙，据四库本、吴批本补。
［八］烟青雾紫堆云衣　四库本作「烟青藕紫堆云盂」。
［九］勒驾　郎本、吴批本作「勒马」。
［一〇］弩目　郎本、吴批本、刘本作「弩目」。
［一一］洋　原作「津」。据郎本、四库本、吴批本改。
［一二］犗　原误作「犗」，据刘本及庄子外物篇改。
［一三］四库本、吴批本题为上赵漕，无「佥」字。又，疑正题似当作乔松。
［一四］尹　四库本「尹」下有「石城来」三字。
［一五］予　四库本作「亦」。
［一六］题注末原无「吟」字，据郎本、吴批本补。
［一七］酥　原作「苏」，据郎本、四库本、吴批本改。

〔一八〕勤　吴批本作「勤」。

〔一九〕问　吴批本眉批「问，疑向」。

〔二〇〕禀　郎本作「遵」。

〔二一〕绡　毛本、郎本作「绢」。

〔二二〕朱扉　吴批本眉批「朱，疑閫」。

〔二三〕末二句　郎本作「再拜进酒卮，恭为儿女寿」。

〔二四〕轻易　四库本作「野易」。

〔二五〕美人　原作「人人」，据四库本改。

〔二六〕中　吴批本作「下」。

〔二七〕末二句　郎本、刘本无「何时」「一笑」四字。

〔二八〕昼　原作「晴」，据四库本改。吴批本眉批「晴，疑昼。刻本同」。

〔二九〕致　原阙。据郎本、四库本、吴批本、刘本补。

〔三〇〕留　郎本、吴批本作「晋」。

〔三一〕相者　原作「跛者」，据郎本改。

〔三二〕箱　四库本作「筲」，刘本作「筲」。

〔三三〕达人　吴批本作「远人」。

翠微南征录卷三

古诗

别王泰之 次王养正韵

黄尘漫漫小峰路，白石齿齿茗坑渡。相亭南来第一程，人烟萧条岁云暮。故人小隐三家村，约我旗亭聊一樽。相逢此地复相别，明朝怀抱同谁论？

江上双舟催发

前帆风饱江天阔，后帆半出疏林阙。后帆招手呼前帆，画鼓轻敲总催发。前帆雪浪惊飞湍，后帆舵尾披银山。前帆渐缓后帆急，相傍俱入芦花滩。岛屿萦回断还续，沙尾夕阳明属玉。望中醉眼昏欲花，误作闲窗小横轴。

慰吴吉甫县尉 吉甫县尉有横逆之难，兄、嫂、女皆死焉。所可免者渠夫妇而已。作诗慰之。

子鍼如京师，一室膏鼎爵。兄室虽被戕，一妻犹可免。伯奢事行役，八子俱蹂践。兄家祸虽剧，一女特婉娈。女死固可伤，殊未敌冠冕。妻在固全躯，丧女忧莫遣。大厦既灰飞，丰储皆席卷。鹡鸰起叹嗟，鸾凤徒展转。我昔以难勤，荷兄垂劝勉；兄今以难告，倍觉泪澳涊。泛观天之理，祸福尝相反。有难既不死，他时非浅浅。去兄一牛鸣，为地良非远。不能具兄慰[一]，面目实有靦。自料吾与兄，气量及者鲜。胡为苍者天，与子独羁蹇。

赠刘相士

班超未侯汉，谁识乌孙客。韩信已王齐，谁知长乐厄。彼亦非异术，忠谀分黑白。直道世且违，彼亦何足责。自古勋业人，把镜惟自索。顾我洒落资，足可振翰翮。如何汗马秋，英雄尚南谪？祇应捻胎鬼，手段不合格。古括子刘子，阅人几千百，一见獐鼠质，便许正疆埸。知子忠且谀，愚固未暇择[二]。万一符子言，亦可名简册。它时双蹇驴，约子访黄石。

诮胡同巡 同巡名瑾，向与岳最善。忽自潮阳回，见仆坐城旦之地，遂不相过[三]，以诗诮之。

岳昔游时卿，兄尝过敝庐。扪心论事业，耐久良非虚。岳今隶城旦，气象诚惨舒。髡黥塞粪埌，敢辱长者车！尝闻古人交，穷达无亲疏。富贵不相忘，有终还有初。与兄三载别，无日不引裾，中间喜一见，欣慰云何如。相去天一涯，云涛疏雁鱼。忽闻夙驾回，喜色喧门闾。相闻即相别，厥意良踌躇。尝闻郢中人，结客于樵渔，又闻淮南王，受德于刑馀。岳既不自检，失身堕籧篨。壮士视一死，其犹尔欷觑。势分已霄埌，孤托难相于。愿兄此召还，巍然奉中除。前岩与西阁，谈笑看连茹。或遇赵可父[四]，为岳声起居：「薰风有良便，当拜平安书。」

送詹仲通县尉

秋郊送行色，执别临清流。风神掣回柳，故故牵衣裘。吟蛩附草际，催客登兰舟。问客何所之？驾言京阙游。愚闻京阙间，多难三春秋。阃外炙鱼肉，阃内罗羊头。鼎却吠尧犬，冠还沐楚猴。和戎重输费，廊庙有隐忧。赈荒少储蓄，郡国无良谋。飞蝗蔽日月，兆龟拆田畴。君以经济材，抱负冲斗牛。家传医国秘，殊不诸子侔[五]。有用即隆平，岂特为东周？愿君摅绪馀，咳唾开冕旒。管领一世雄，克复归神州。贱子忝知遇，脱网将从游。相随上凌烟，也胜登瀛洲。作诗告于君，君其许之不？

上詹仲通县尉 某龟雀蒙恩，犬马誓报，譬诸草木，少见肺肝。冀叨烛电之私，但剧布雷之耻。

松竹不着花，密叶徒如帚。江梅不藏叶，寒花缀枯朽。独有龙焙茶，花叶秀而耦。冰霜着群木，冻死十八九。惟此百草灵，名可缀三友。春雷迸雀舌，夜雨滴龙口。皆萌哺啜心，谁假栽培手。惟有蔡端明，识之在蒿薮，移根入北苑，金碧焕星斗。夸作龙凤团，封成献元后。问花何以报？牙舌甘鼎臼。他时子复生，为公涤繁垢。

西风卷荷衣，破破不成幅〔六〕。清霜折蕙櫜〔七〕，冽冽已成宿。如何独东篱，黄华笑寒菊。物之有盛衰，循环若推毂，世事良亦然，亦岂物所欲。金钿熔落日，零露洒寒玉。人皆惜芳菲，谁复念幽独。惟有陶渊明，殷勤费培沃。簪花从帽落，拈酒醉商陆。从此擅秋芳，芙桂非同录。问花何以报？剪首荐醽醁。他时更粉躯，为公明采目〔八〕。

寄大庾郭县尉

前年至建安〔九〕，始识韩荆州。一见辱知遇，许我尝从游〔一〇〕。寻幽访赤壁，买笑陪青楼。有酒即命驾，夜饮忘觥筹。雪香飘梅花，归驾仍迟留。送君城北隅，岁事希一周。告德虽未久，有怀奚所投？客来自锦溪，知为蓝田游。抠衣欲趋隅，其奈风马牛。方图拜尺纸，文此不敏羞。乃复三不鍼，扶戾于君侯。谪客干典刑，宜尔偿吴钩。幸不畀我死，残喘延俘囚。搜索遍中外，释缚良无由。始思鹍鹏翼，庇我反手犹。嘘灯拂毫楮，尺素驰星流。荷公三复还，恻然添我忧。许我宗阙间，与我为良谋。于今秋复冬，俟命犹置邮。西风掠天宇，鱼雁俱沉浮。未审恩波中，许我共济不？我材袜线短，愿公广甄收。他日宾幕府，鏖战当焚舟。公兮不我援，复驾言焉求？

严陵方市 次方于严韵

浮云扫尽天宇清，千花万花开锦屏。好风吹皱一池绿，白鸟点破千山青。客行五里复五里，两眼丹青间红紫。杖屦不知行路难，人在江南图画里。

月岩

已春，道广信，夜宿月岩。邸中三客酌酒论诗，拍掌击案，自谓得句，且对后自侈云：「我辈啸风咏月，自有所得，勿怪狂妄。」因思月岩为山甚异，午夜月出于岩之中，桂影于月之上，月有小大，桂有广狭，此山之所以异，诗之所由作也。然壁间集上留咏篇章无虑千万，求其绝称，盖亦鲜俪。偶三客出天、蟾字韵，索笔和之。三客顿首谢罪，特矫壁以留岁月。

六丁一凿空云烟，满窟勒驾驱神仙[一一]。冰轮推出月中月，玉斧劈开天外天。便把嫦娥骑彩凤，却呼羽客烹银蟾。更邀王母瑶池酒，今夜广寒同醉眠。

热中呈楚南僧 时雩祷未应

帝炎执鞭驱赤龙，火车万乘烧长空。长空万里俱蕴隆，流金烁石天地同。我来亭亭日当午，欲避骄阳竟无所。愿求一洒杨柳枝，化作东闽万家雨。

送　春 约友人李景山，仍次其韵。

留春无计奈春何，九十过眼如飞梭。三分二分风雨尔，十日九日愁闷呵。风前飞絮政无数，雨后落花全不多。争如买酒速相就，君自起舞吾能歌。

僧　画 王叔珍所收十轴，乃政和僧人所画。叔珍欲增其价，求一转语于轴角[一二]。

万景峰前老禅叔，搜罗风月归岩谷。胸中有句吐无声，写作生绡三四幅[一三]。

贺赵法曹 赵可久入郡幕，后兼漕佥。

红日转檐花，飞鸣一声鹊。鹊翅未离檐，有客拽铃索。呼童急启户，问客意何若。客闻笑而言，法曹参计钥。因知鹊之鸣，报我良不恶。知我门下人，一揵聊相托。如公材器大，末掾岂能缚。咫尺蓬莱宫，左右芙蓉幕。直入凤凰池，更上麒麟阁。贱子无所需，愿作扬州鹤。

野菜吟

芙蓉峰下扬雄宅，路入城闉里三百。有山无粟养鸡豚，有水无人捕鱼鳖。山翁菜色流清涎，齿颊连月无腥膻。客来问我何所有，手指万壑烟霞边。青芹不似芦蒿美，石芥防风空剔齿。蕨脑才抽稚子拳，芦牙已迸佳人指。儿童不待明朝阳，花襟路湿争慌忙。携笼拍塞贮不尽，归来满袖春风香。揽衣踏破青铜镜，挪动碧云流一径。瀌归银鼎作波涛，无限春工上盘飣。

酒　歌 谢同舍叶南陵。名英。

尝闻子美清江曲，日典春衣眈美醁。又闻太白游长安，市上熏熏醉眠熟。风流国里太平时，处处红楼漾酒旗。王孙公子恣行乐，繁弦脆管相追随。谁知寥落天涯客，笠顶清风杖挑月。

芒鞋踏遍山水雄，奋身欲入黄金阙。方嗟萧索向西园，刮面寒风雨涨天。回头忽喜黑衣至，击破红泥倾数船[一四]。虽无皓齿歌金缕，也扫新诗狂欲舞。儿童拍手笑拦街，应怪吴侬喜如许。长江波浪卷银山，去去仍悲道路难。只恁一醉进未得，更借高风吹片帆。

寄敬甫叶兄

岁次丁卯秋，八月既生魄。于时谪建安，脱去未有策。忽睹星凤光，慨然陪履舄。自谓入闽建，阅人几千百，间有知功名，所见复邪僻。否则苟利禄，鄙猥何足责。独我子敬甫，挺挺出蛮貊。舌端摇戈矛，笔下罗疆埸。扣以军国秘，历历有奇画。以此方定交，归心已翰翮。送君东郭门，握手不忍释。明年入中都，首上平戎策。甫结君相知，便念长沙谪。细草天子书，愿置孤臣驿。论荐方踌躇，倚门重垂白。辙环温凊围，笑言方哑哑。去我两牛鸣，恍若关山隔。去年槐花黄，郡国书贡籍。若以经济材，俯亦从此役。白屋寄簪缨，青灯联衽席。谈笑生风雷，议论灿金碧。雪香飞梅花，归鞍整南陌。别后殊未几，拳拳在朝夕。君腹坦东床，吾身系西圉。从此叹参商，蓬瀛非咫尺。尺纸虽屡投，奥援不我索，星次几一周，幸我安且怿。尝观义与利，更相为损益。欲论古人交，二者请君择。不惟眼独青，且要心同赤。此身可齑粉，此道不可易。自料吾与君，造物难弃掷。胸次蓬莱山，襟怀云梦泽。未说诗书帅，休论文章伯，堂堂大丈夫，讵可虚竹帛。但恨不振踪，尚此多扞格。在君当先登，挽回二千石。饥溺切君身，推解过畴昔。炎凉无异心，始终无异迹。庶几吾二人，交情可全璧。

记梦 夜梦牛入室，角折足跌，因记诸纸。

夜漏彻三更[一五]，梦牛入我屋。有角断而悬，有足折而缩。惊觉细思量，谶有何祸福。兆者事之先，形者心之属。事既兆于心，梦乃形于腹。入屋牛有盖，为牢事刑狱。吾今尚缧囚，其应已桎梏。体具牢方具，无足牢不足。不足意无他，示予可脱辐。去盖只论牛，其义尤可录。牛足不下垂，得一生可续。牛角不上横，得某去何速[一六]。一旦忤君心，吾罪当何赎。生去气横秋，风马不相逐。下裂舆地图，上应周天宿。峥嵘挽万钧，其始播百谷。身虽在笼槛，志不经沟渎。甯戚不吾歌，丙吉当吾哭。安得如齐王，过堂怜觳觫。

琴 翠微得雷霹材，断曰天籁，镌二十八字于底。

月浸虚堂夜气清，起听万籁寂无声。轻轻拂动匣面尘[一七]，玉笋不弹风自鸣。

苦蚊 夏夜苦蚊，书二十字于壁[一八]。

四壁人声绝，榻下蚊烟灭。可怜翠微翁，一夜敲打拍[一九]。

校记

[一]具　四库本作「见」。

[二]择　吴批本作「释」。

[三]相过　吴批本作「枉过」。

[四]遇　郎本、四库本、吴批本、刘本作「过」。

[五]侔　四库本作「俦」。

[六]破破　四库本作「披披」，吴批本作「被破」。

[七]橐　郎本、吴批本作「囊」。

[八]明采目　四库本作「采明目」。

[九]至建安　原作「建安然」，据郎本、吴批本、刘本改。四库本作「建安县」。

[一〇]尝从游　郎本、刘本作「称同俦」。

[一一]勒驾　吴批本作「勒马」，眉批「马，刊驾」。

[一二]吴批本题作王叔珍索题藏画，小字注：「政和间僧人笔」。

［一三］绡　郎本、刘本作「绢」。

［一四］击破　郎本、四库本、吴批本作「急破」。

［一五］夜漏　郎本、刘本作「夜梦」。

［一六］某　郎本作「厶」，诗后有「遂注：厶字、去字皆从俗，详见末卷」。

［一七］吴批本注：「后村千家诗改第三句作『试将匣面尘轻拂』作绝句」。

［一八］题下注原无，据四库本补。

［一九］敲打拍　毛本作「乔打跌」，郎本、刘本作「敲打劫」。

翠微南征录卷四

五言排律[一]

次李信州七十韵

挺挺万人杰，堂堂间世贤。胸中兵十万，足下客三千。扬赋希三叹，坡诗和百篇。锦囊华似衮，彩笔大如椽。随陆纵横舌，良平左右肩。两骖公子服，四牡鲁侯畋。量阔沧溟岸，胸蟠泰华巅。红坛歌鲁杏，白社结陶莲。遣币通秦好，求姻托郑娃。匣藏须虎兕，冠饰待貂蝉。标自龙头夺，书由雁足传。不侯嗤李广，求使短张骞。食客希毛遂，茶僧集大颠[二]。诗材亲子建，字法迈公权。黄貉蒙金络，青骢勒宝鞯。伐燕欺骑劫，聘鲁慢韩穿。周室歌山甫，齐人美仲连。剑从丰水铸，碑向岘山镌。有颂褒唐太，无诗刺卫宣。檄堪传代郡，节可仗居延。听讼疏淹禁，丰财剔冗员。策从之反后，鞭着祖生先。孝有参而已，忠如丘者焉。春冰同皎洁，秋月共婵娟。冢宰当钧轴，将军事櫜鞬。千官视标准，万国倚陶甄。彡士圜冠带，诸侯执豆笾。山期封泰岱，石拟勒燕然。禹甸欣环辙[三]，尧氓愿受廛。明堂歌赤绂，清庙颂朱弦。台阁皆三益，盘盂记十愆。片言能息讼，只手可旋乾。公昔尝推毂，吾今尚食饘。闻鸡效刘舞，抱虎笑秦眠。苏子舌犹在，边韶腹尚便。牛衣怀白璧，虎节誓青毡。饮马量淝水，屯兵料汉田。鬓星飞汴洛，血雨洒伊瀍。伊五成汤就，轲三孟母迁。云锄翻楚峤，月缆系秦川。瓮有扶头酒，厨无缩项鳊。词源惭子美，诗社感庭坚。水陆三千里，炎凉二十年。周田才废井，秦陌已开阡。夜月琴三弄，春风诗一联。自称山宰相，人号地神仙。扣马曜三尺，平戎授一编。鼠投当忌器，鱼得偶忘筌。避地思无所，滔天罪莫湔。梁鸿方北谪，贾鹏已东旋。孙刖难谋魏，樊诛莫救燕。江天驱鸟雀，淮地迅鹰鹯。日守娵訾分[四]，星流太白躔。疮痍连四境，煨烬极三边。淮浪夜翻雪，胡尘昼起烟。二陵归培塿，百□□□□[五]。自抚刘生几，谁思祖逖鞭。戍方兴颉利，役莫□□□。宫昔尝游泮，陛今漫叹圜[六]。岂知医国手，变作□□□。楚客弓虽失，秦人璧幸全。宦途良可畏，吏鞅不□□。世变言难尽，民顽令不悛。一千新楮券，三百旧铜钱[七]。驷马涎流地，群乌翼蔽天。人心徒扰扰，王道自平平[八]。卫女歌淇澳，曹人思下泉。穷途帷自愧，当路□□□。作俑宜无后，追俘恐不前。诗成何太喜，舞袖欲蹁跹。

丹青阁 次朱载之韵

未识丹青意，凭栏试解嘲。烟云朝起陆，汀渚暮生潮。山卓数枝笔，天横一幅绡。霞收红晕浅，溪褪绿痕消。个里风烟冷，于中景物饶。飞黄凌翠阁，寒碧瞰红桥。酒尽香凝瓮，诗成锦掣标[九]。朱衣扶客醉，翠袖殢人娇。屏帐接千里，画图连九霄。长风来水尾，斜日转山腰。赤脚支筇稳，苍头控马骄。老臣今已矣，儿女总金貂。

七言律诗[一〇]

上韩平原[一一]

君家勋业在盘盂，莫把头颅问镯镂。汉地不埋王莽骨，唐天难庇禄山躯。不随召奭始求老，便学孔明终托孤。十庙英灵俨如在，谩于宗社作穿窬。

清富楼 小湖楞伽老作楼名清富，求诗。

楞伽心地有瞿昙，清富名楼足可观。买断江山诗料足[一二]，揭开风月画图宽。都无一点红尘到，便作千双白璧看。我欲鞭驴快幽赏，白鸥盟在不忧寒。

去年清富屡求诗，今日凭栏约翠微。山带野花堪入画，水环汀草欲成围。一园黄菊有馀食，两顷白云无限衣。说与尘寰守钱虏，不劳魂梦到禅扉。

出郭 十客出郭，中有自称为随佛下生者，就嘲之。

十客联镳出北门，马蹄刬尽碧苔痕。从教管史占星聚，且听杯人和月吞。我欲求仙问离坎，君当随佛整乾坤。樽前慷慨休辞醉，明日有怀谁共论！

□□ 舍后丈地，令人植花竹，闷则邀清风明月，尽醉而倒[一三]。

有地都来一丈余，垦锄元不费工夫。匝墙先种竹三本，绕槛却栽花数株。风伯唤来烦解佩，月娥邀得醉携壶。凭君试向蓬莱向，还有神仙似我无？

送周魁 时周在阁门出疆。是岁元日立春。

昨夜霜风鼓万兵，今朝华节照边庭。人间元日是春日，天上魁星为使星。且向虎囊探寸尺，却归麟阁做丹青[一四]。离觞不是延清夜，明日异邦长短亭。

二月二日即事 次王德元韵

春潮昨夜没平滩，一雨催花色半含。雁唤元宵归塞北，燕衔新社到江南。无欢不必游花籍，有病何须置药篮。只把公忠答天地，从教儿女闹冠簪。

登楼晚望 次曲溪韵。曲溪方以棘丞求补外。

六曲朱阑瞰碧虚，淡烟秋水接平芜。展开风月添诗料，装点江山归画图。举足便堪驰驷马，折腰何必问双凫。当年庾亮今还在，定约楼前醉一壶。

训爨婢

十载胶庠莫怪穷，旅囊安得有从容。无钱休欠牛羊债，有酒只将鱼蟹供。班颔昔尝肥似燕，沈腰今已瘦如蜂。从今莫恣肥甘口，只撷清蔬祭豢龙。

别蓝详道 详道率昆玉送至横江，以诗言别。

君在江东我水西，君今北去我南归。竹孙和客凌风瘦，梅子偏他得雨肥。莺啭好声归酒罍，花分红影上人衣。相看莫作皱眉别，期子秋高赋式微。

伤　春 次贾武仲韵

初入京华菊荐香，途中今已过春芳。十年恰是万余里[一五]，两鬓几乎一半霜。却酒不禁春黯淡，落花愁对月昏黄。不堪夜半归心切，更被杜鹃啼断肠。

别子陈子 [一六]宁州人，向尝识之宣城郡斋。

丙寅三月三十日，天子檄我南国行。蒲剑欲飞春涨急，柳绵才脱晓寒轻。事非得已初何好，物到不平终作声。自古英雄总多难，贾梁何必怨清明。

河　鲀 有感，次秦仲山韵。

形容安不类鱼鰕，偏称芦蒿与荻芽[一七]。触物可怜空怒腹，啮人无计漫磬牙。子排金粟真堪畏，乳溜玉酥何足夸。从此烹鲜督庖吏，只将鲇鳠假名它。

自叹 次黄魁韵

自汉身谋我独疏，只贪风月恣欢娱。杯盘遇客随多寡，囊橐何时问有无。万里梯航无罥罣，十年墙屋有穿窬。从今老去无他望，绿绮一张醪一壶。

春日书怀 次李次熊韵

紫褪红销到海棠，几多游侠为渠忙。秋声落盏莺调曲，春色恼人花斗香[一八]。羝乳虽能屈苏武，牛衣终不卧王章。男儿多少英雄气，只对东风醉几场。

过文脊山 宣界有山曰文脊，又曰百峰。山之阴，市曰板桥。次壁间题韵。

百峰攒碧板桥西，眼力增明步武迟。红映竹篱花笑客，翠翻云幕雨催诗。蒉还下第吾何愧[一九]，广不封侯子未思。凡物不齐皆有谓，到头忠义是男儿。

热 三衢道中，访周伯恭，示诗，次韵。

翠微家在大江东，五月鞭驴入建中。云烈火车天欲雨，汗淹香葛扇无风。不求殿阁千间庇，却喜岩泉一线通。为汲满盂清齿颊，与君行尽夕阳红。

有感 次陈平仲韵

十年忧患客江城，双鬓萧萧已不禁[二〇]。多病不逢医国手，感怀徒有济时心。西风吹梦夜寒悄，黄叶满阶秋意深。休笑当年杜陵老，白头今亦不胜簪。

闷中赓赵丞韵

壮士不同儿女曹，谁云赋性太粗豪。一编韬略追擒虎[二一]，十犗丝纶学钓鳌[二二]。剑口不磨韩信血，鼎心须刮食其膏。英雄多少不平气，一夜朔风争怒号。

秋宵有感

满目秋容拂画图，败荷衰柳接平芜。西风刮地雁声落，寒月满天人影孤。木耳有才持紫橐，楮皮无计换青蚨。不知此去功名事，还许封彝见也无？

过羊肠岭 和壁间韵。羊肠在於潜、分水之间。

拂面东风吹夕阳，路蟠千折过羊肠。山疑随马回回见，花欲撩人故故香。世路与谁分曲直，人情于我自炎凉。何当更上风烟上，为把穷途问彼苍[二三]。

宿横溪桥 横溪在淳安界

夜宿横溪烟霭间[二四]，眉头归路万山攒。连天麦浪波千顷，扑地杨花雪一团。馀镪不供春后酝，夹衾犹怯夜来寒。征夫莫怪车音涩，自是愁多行路难。

送倪尚书赴召

守节如初未足观，毫厘终始实其艰。郑公勇却枢衡贵，卫叔羞居荷橐班。冷暖万端炊饭顷，是非一着奕棋间。江湖无限孤高客，拭目看公此召还。

宿严濑 时迓王师，未至。

遐想高风殊未涯，舣舟夜访子陵台。衔山西照情何限，逝水东流梦不回，双桨未闻卿月过，一尊先为客星开。东都人物俱煨烬，独有先生迹未灰。

题泽民庙 时被命追回

生握藩旌死象梨，泽民山下泽民溪。苍天九重开日月，赤地千里兴云霓。寐假商宗曾得说，爵高韩信屡封齐。英雄不入苍生眼，愿借高风吹马蹄。

早春即事 次菊坡韵[一一五]

杨柳丝丝弄淡黄，怯寒燕子未归梁。晓迷芳草骓鬃湿，夜宿闲花蝶翅香。得句自惭非子美，赏音犹恐误中郎。愿言相约花前醉，莫放春容过海棠。

早行述怀 和壁间韵

归心夜半已飞扬，唤仆吹灯促晓装。鸡翅拍斜茅店月，马蹄剜破板桥霜。二陵万里埋荆棘，十庙百年生稻粱。安得有臣如祖逖，慨然击楫誓江长。

题易村 次何贡元韵。何兄以辛酉同请，迂道半里访之。示诗，赓韵。

路转峰回觉有村，数间茅屋瞰山阴。午炊已饱翻匙玉，腊酝仍拚挂杖金。穷去作文和鬼送，兴来得句倩蝉吟。一声横笛斜阳外，吹起江湖万里心。

述　事 次王梦与韵。梦与好谈物理之学，因箴之。

心不融明遂启疑，源流本末致交驰。谷何尝响人相唤，岸几曾行舟自移。枉直万端明似镜，是非一着错如棋。磨心拔去谁能转，试问诸公知不知？

述　怀 次柯德父韵

我生不解觅冠裳，满目风波祇自伤。楮券不堪供虏币，沙筹那解足军粮。人情在我随多寡，世态从他自短长。只告天公乞安乐，百年随分老农桑。

寄刘浩然 次浩然韵，且勉以书中所喻之意。

樽酒槃窗鬓发新，别来惊见雪霜侵。几行泪滴风前烛，一片心敲月下砧。好德未闻如好色，知人安得似知音。一书欲寄南来雁，江阔天高无处寻。

知遇 阅韩信传，因伤今思古，成知遇。

淮阴西汉一英雄，史氏持衡论亦工。不向追亡羡萧相，却于援死著滕公[二六]。岂知并绩三人杰[二七]，皆自当时一语功。后世人材自戕贼，炎凉安得古人风。

和戎 时有函首请成之议

纳币求成事已非，可堪函首献戎墀。一天共戴心非石，九地皆涂血尚泥。反汉须知为晁错，成秦恐不在於期。和戎自有和戎策，却恐诸公未必知。

校记

[一]五言排律 原作「律诗」，据郎本、四库本改。

[二]集大颠 刘本作「笑大颠」。

[三]欣 原作「期」。与上联「山期」复，四库本作「欣」，据改。

[四]嫩 原作「擞」，据四库本改。

〔五〕□□□□□ 原阙，各本同。下文类此者不再出校。

〔六〕陛 原作「陛」，据郎本、吴批本改。

〔七〕铜钱 原阙，据四库本补。

〔八〕自平平 原阙，据四库本、吴批本补。

〔九〕标 郎本、四库本、吴批本作「幖」。

〔一〇〕七言律诗 原标「律诗」。查自此起，至卷八前半皆收七律，四库本皆标「七言律诗」，从之。

〔一一〕郎本、吴批本题下注「侻胄」二字。

〔一二〕足 原作「俗」。据毛、郎、四库、吴、刘本改，又、张元济先生校记：「俗，疑裕之误」。

〔一三〕此诗题目原缺，只有题注。吴批本题作「失题」。

〔一四〕做 四库本作「倣」。

〔一五〕恰 郎本、刘本作「却」。

〔一六〕郎本、吴批本题作别宁州陈子。

〔一七〕芦蒿 郎本、吴批本作「蒌蒿」。

〔一八〕斗 原作「闻」，据郎本、四库本、吴批本改。

〔一九〕下第 原作「及第」，据郎本、吴批本、刘本改。

〔二〇〕双鬓 刘本作「霜鬓」。

〔二一〕追 四库本、吴批本作「进」。

［二二］犗　原作「辖」，据刘本改。参见卷二校记［一二］。

［二三］末二句　郎本、吴批本、刘本作「何当更向风烟去，为把穷途问碧苍」。

［二四］烟霭　原作「烟雾」。据郎本、四库本、吴批本、刘本改。

［二五］菊坡　郎本、吴批本作「鞠波」。

［二六］援死　原作「爱死」，据四库本、刘本及参考史记淮阴侯列传改。又，毛本此二字空格，郎本、吴批本作「既死」。

［二七］岂知　毛、郎、刘本作「爱知」，吴批本「岂」下注「一作缘」。

翠微南征录卷五

七言律诗

自　宽 次游少翁韵

十事相寻九不谐，骨穷更值五行乖。人情厚薄且随分，世态炎凉休挂怀。家欲自丰无楮币，爨凭谁执有荆钗。如今且任眼前过，他日功名殊未涯。

黄氏三层楼 东嘉焦次詹约妓登楼赋诗，次韵。

瘦筇支我上高寒，风露凄清酒力悭。千里人邀千里月，一重楼见一重山。筵前飞雪喷焦遂，槛外行云遏小蛮。便好翻身驾黄鹤，直将情枉扣天关。

幽居 次陈吉父韵

莫问门无长者车，只图深巷乐樵渔。一园黄落食无限，万壑碧蓑衣有馀。雁足北来归讯杳，马蹄南去故人疏。东风看整朝天旆，多少功名在故庐。

贺赵丞登第 讳希洙，授瑞金丞，居延平[一]。

要与宗盟立纪纲，俯从多士较文章。人材漏网无疏密，科目搜罗有短长。蟾窟一枝分玉树，凤池三浪出银潢。何当推解延豪杰，为复中原万里疆。

梅[二] 次稼轩香字韵

一年无处觅春光，杖策寻春特地忙。墙角数枝偏冷淡，江头千树欲昏黄。梢横波面月摇影，花落樽前酒带香。更仗西湖老居士，为予收拾付诗囊。

捉月仙 夜发雷江，有捉月者出舟尾，因酌以酒，送之中流。

缆解西风拍岸颠，雁拖秋色上航船。挂帆未作乘风客，举棹先惊捉月仙。楚些有渊心石殒，贺狂无井眼花眠。殷勤为酹一杯酒，断送西江浪拍天。

呈甯次翁 次翁以诗见慰，次韵。

王谦不事富春侯，自是薰莸味不侔。病体隔年留枉狱，梦魂连夜逐归舟。可怜商木迁新令，欲为韩门复旧仇。但得此心无所愧，为公一死亦何尤。

闷成 次刘平甫韵。平甫来自罗浮，欲出江外访武仲当、杨叔源，以诗言别[三]。

勿忧李广不封侯，广不封侯未足忧。汉鼎不烹曹操肉，吴钩空断伍员头。鸿门自昔推屠狗，虎帐于今愧沐猴。千万南阳遇徐庶，为言豪杰尚缧囚。

别馆即事 丁松老约出姑苏，有诗，次韵[四]。

十年客里过春光，客里逢春分外狂。半堵碧云蜗路湿，一帘红雨燕泥香。衔山西日辞春阁，拍岸东风趁夜航[五]。莫向钱塘苏小说，东吴新髻李红娘。

武兴解舟 时有北征之役

西风落日楚江头，秋水已平鹦鹉洲。烟树接天迷过旆，浪花翻雪喷行舟。三杯万事我已饱，一日千里谁能留。见说平戎新遣使，班超投笔已封侯。

不遇 次稼轩韵

英雄不遇勿长吁，苟遇风云彼岂拘。不向关中效萧相，便于江左作夷吾。当知晋霸非由晋，所谓虞亡岂在虞。多少英灵费河岳，锺予不遇独何欤？

纪事 翠微在建，遇事即纪以诗。

钳口刳肠未足殚，穷源探本可观澜。乞醯孰谓邻非直，反矢须知友必端。暴虎欲从头碎璧，沐猴还虑发冲冠。积薪措火居其下，试问贾生安未安？

冬日述怀 次柳塘韵[六]

寒入肌肤粟已生，银河冻合水无声。梅花漏泄春先到，风色商量雪未成。有愧何须问天理，无求方始合人情。男儿未际风云会，辜负胸中十万兵。

暮春述怀 次李子彰韵

一年春事已差池，又见杨花贴水飞。梁燕不忧惊午枕，箔蚕生怕误春衣。景逢佳处须行乐，事到难时且式微。幸有黄鸡并浊酒，且和风月醉柴扉。

幽居 次陈百一兄状元韵

十顷平湖一簇山，湖山佳处著朱栏。分阶草色迎春绿，漱石泉声入夜寒。不扰自然人事好，有为方信世途难。如今休说当年事，只把心平气定看。

谢二刘 文卿、挺卿惠然见慰，且有米黍之馵。时端节前一日[七]。

雁行临慰暖如春，玉粒金包即拜恩。周粟不肥清圣肉，楚丝难系直臣魂。二生在昔闻孤竹，一死于今愧屈原。圆簋下颁诚有谓，此情兄外更谁论[八]。

暮春述怀 次罗广文韵

买春无计托花神，费尽榆钱不计缗，风絮飞成三径雪，雨犁翻动一园春。有心报国从招祸，无相封侯漫怨贫[九]。试问登坛与分社[一〇]，予何人彼亦何人。

呈诸同舍 次黄浩然韵

洛阳年少不知几，十载南州赋式微。三举不登黄甲去，两庠空笑白丁归。头长贾昔过三尺，腰大巨今徒十围。只恐金銮不前席，谁云无策富王畿。

寄陈士元 丁卯五月，闻有符离之役[一一]。

郊野英雄不肯收，膏粱刍豢有何谋？胡儿只怒马黄弩，公子当求狐白裘。唐诏屡颁荐不第，汉坛才筑信当侯。古今得丧同儿戏，何必区区叹白头。

贫　居 [一二]次刘亚卿韵

贫居不暇理椽茅，只倩江山围一遭。林鸟乐时知地僻，岭云闲处觉天高。春衫着破重连线，腊酒擎乾犹榨糟。且把杯盘聊自适，不须平地起风涛。

呈鲁功甫　功甫元宵预有禁烟之约

拂面东风二月天，绿杨芳草暗平川。花容着雨斗翻锦，春色恼人催禁烟。灯夜虽然君有约，花时却恐我无缘。直须得暇来相访，当约嫦娥伴醉眠。

勉冯著明　著明被西府檄，押兵上淮。著明病辞，作诗勉之。

主忧臣辱已难堪，国事颠危况未安。溺嫂临渊犹援手，斗人同室尚撄冠。公如不唱从军乐，士亦恐歌行路难[一三]。麟阁功名总劳苦，莫将行役作辛酸。

藕　花　冯肖许有藕花诗，和者盈轴。其□□□西社中名士[一四]，见者莫不阁笔。近有友人送至[一五]，义不可却，勉强续貂[一六]。

惜丝不肯织宫鞋，花月仙人谪下来。河伯借泥封玉腕，风神翻浪沃香腮。无房不许蜂留宿，有盖尝令鹭自开。何事冤仇结青女，一朝收拾付尘灰。

自勉 次赵丞韵

世态风波不可论，且于闲处乐天真。肥家无子堪登垄，忧国有人休问津。颜色虽蒙时借我，脚跟那解日随人。客来若问当时事，摇手无言对北邻。

初夏即事 次王刚叔韵

阴晴未判落梅天，柳巷无人絮扑毡。涤器倒囊寻市酝，唤船挑网得溪鲜。鸟声呼梦客千里，山色撩人句一联。遐想故人应念我，马蹄何处夕阳边。

呈钟子严 子严方有入荆之意，因箴之。

那条路不通去声长安，莫把心肠独自刓。有酿何须儿索饮，无肴徒劝客加餐。千金不赏思归楚，万户无封愿识韩。大抵利名些子耳，几多豪杰被萦绊。

寄杨渭夫 渭夫久于江湖，近授陆安宰，丁母夫人之艰。忽辱以诗见寄，次韵[一七]。

自愧材猷不足观，独于忠义死难干。二陵风雨谁思汉[一八]，万里腥膻期报韩[一九]。眼到北盟常揾血，话残南渡欲冲冠[二〇]。如何一代多人杰，稽首称藩鼻不酸。

幽居 次刘德之韵

潇洒幽居屋一重，入门花柳间青红。帘尝碍月钩尝挂，酒不逢花盏不空。畏爱难全公子日，雌雄谁识大王风。且将酒货迁诗料，休问榷场通未通。

呈王君庸 君庸岁有烹笋之集，是春有纳宠之庆，示诗，次韵。

主人意重出霓裳，客子愁多欲断肠。眉黛暗传春去恨，脸红犹带夜来妆。竹根稚子肌肤滑，叶底荷花语笑香。多少行云在巫峡，谩将诗思恼襄王。

寄西山 西山以诗讯事，次韵答[二一]。

宫墙无地可穿窬，犹幸先人有敝庐。仕版可羞宁毁瓦，儒冠曾误枉收书。供柴我合同收炭，寄食君当自办蔬。此理晓然明似镜，何须足下肆耕锄。

呈李朝举 朝举谈论慷慨，居鄱阳。有诗见寄，次韵。

一片忠肝照日明，济时无策苦伤情。磬牙拊几悔南渡，和泪挑灯编北盟。汉用檄招三十郡，楚因歌散八千兵。太平若斗生灵肉，何用生灵望太平。

小春言怀 次项山甫韵

桃李生香花满溪，南州十月尚襜衣。春从酒瓮榨将出，秋在诗囊带得归。弓射十分方破的，棋高一着便争机。劝君莫作等闲看，毫发差殊事已非。

春愁 益公有「万事关心眼已昏」之句，次其韵。

十日春愁不出门，出门春事已消魂。摘花掀帽倩人插，索酒得杯和月吞。啼鸟声中近寒食，落花阴里又黄昏。春来春去总休问，往事悠悠付一樽。

呈徐商卿

十年忧患谪东南，万事于心了不关。病去只愁双足软，老来且喜一身闲。人情无处便生怨，天道有时犹好还。大抵久长居富贵，到头天意亦须悭。

春游有感 次王长卿赏春之韵

上苑春工到海棠，老夫随分为春忙。朱弦转枕莺催拍，红粉倚栏花斗妆。吾道几时曾损益，人心今日自炎凉。愿言相约花前醉，一听儿童号酒狂。

忧 呈项山甫

忧吾所谓果何忧，忧国忧家卒未休。坐法马迁方去汉，释因箕子未归周。西风万籁声声恨，夜雨疏桐点点愁。有客不知吾所向[二二]，却将米价问南州。

述怀 陈子中自鄱阳一别，不闻动静，近忽自广信来慰我，有诗，次其韵[二三]。

我生胸次不尘埃，不学儿曹刚自媒。诗料虽凭风月制，宦途还听鬼神开。十年教养猷初壮[二四]，半世功名念已灰[二五]。安得金銮有清问，贾生何事未归来？

套筒 黥卒以铁圈、竹筒、贯索为系囚之具，因诗其状。

作个咿嚘赘项咽，个中和我万愁牵。一筒作柄箫无窍，双铁为圜扇有圈。身拜却疑人是犬，手擎还类笔如椽。从今节节能通气，安得常为积蓄钱[二六]。

春郊即事 次稼轩韵。

东风吹动绮罗尘，翠盖红缨处处新。蝶翅拍开千树雪，莺声催老十洲春。人生有酒须行乐，吏禄无阶且食贫。归客不须笼画烛，醉和明月上雕轮。

雪 次吴子同酒价「添」字韵[二七]

天低江阔水连天，上下周回一色兼。扑雀猎鹰翻白缟，得鲈渔父指青帘。马抛玉勒珑璁落[二八]，狮欠金铃桔柚添。得句莫嫌呵冻笔[二九]，明年岁事已堪占。

校　记

[一]题注原无，据四库本补。郎本、吴批本作「讳希，居延平。」

［二］郎本、吴批本题作寻梅。

［三］题注原无，据郎本、四库本、吴批本补。

［四］题注原无，据郎本、四库本、吴批本补。按：此诗入选清厉鹗辑宋诗纪事卷六十。

［五］宋诗纪事春阁作「香阁」，东风作「春风」。

［六］柳塘　四库本作「柳塘」。

［七］此诗题及题注，二刘原作「三刘」，惠然原作「惠卿」，端节原作「昌节」，皆据四库本改。吴批本题作谢二刘见慰并惠米黍，小字注：「文卿、挺卿」。

［八］兄　郎本、吴批本、刘本作「君」。吴批本又眉批：「君，一作兄。」

［九］漫　四库本作「莫」。

［一〇］登坛　四库本作「专坛」。

［一一］符离之役　吴批本作「符难之事」。又眉批：「难，疑离，刊同。符离之役，非此时也。宜改符难事。」

［一二］吴批本题作贫居即事。

［一三］歌　原阙，据郎本、四库本、吴批本、刘本补。

［一四］此句原空三格，四库本旁注「阙」。名士，四库本作「名公」。郎本、吴批本作「其西社中名士」，不空格。

［一五］有友人　原阙，据四库本补。吴批本此句作「近送至」。

［一六］吴批本眉批：「刻本作『因来索句，勉强续貂』。」

［一七］题注原无，据四库本补。吴批本题作奇六安宰杨渭夫，无题注。

［一八］风雨谁思　原书残损，据四库本辨正。

［一九］期　原作「谁」，据四库本改。

［二〇］话残南渡欲　原书残损，据四库本辨正。

［二一］次韵答　原无「答」字，据吴批本补。

［二二］郎本、吴批本在此处注：「谓项山甫。」

［二三］吴批本题作陈子中自广信寄诗述怀奉答，无题注。

［二四］猷初壮　原阙，据四库本补。刘本作「情犹恋」。

［二五］半世　原阙，据郎本、四库本、吴批本补。

［二六］积蓄钱　郎本、吴批本作「蓄万钱」。吴又眉批：「蓄万，一作积蓄。」

［二七］吴批本题作雪中次吴子同韵，无题注。

［二八］珑璁　吴批本作「珑玲」。

［二九］笔　吴批本眉批：「笔，刊草」。

翠微南征录卷六

七言律诗

题富沙庙

丙寅七月晦，富沙居民火，延烧至平政桥，烟焰环昭定王之祠。吏民俱祷，旋获反风之应，环祠民屋悉为煨烬，而祠之檐桷无一焦。因感神之威灵，而以诗纪之。

平政桥头火烁空，富沙宫殿烈烟中。地形难扑徒临水，天意能回遽反风。十里爆雷惊客梦，万家全璧赖神功[一]。君王注意恢神武，更乞威灵为宝冲。

次翁正叔溪山胜游之韵

溪南风物照窗扉，溪北兰舟缆翠微。双桨碧云苔莆合，一帘红雨杏花飞。只知有酒酬佳景，却恨无绳系落晖。更约风流众年少，明朝依旧莫相违。

春郊即事 次王昭甫韵[二]

东风吹不断轮蹄，处处秋千环珮飞。剪翠弄妆归髻掠，乱红翻锦上屏帏。花应笑我春尝醉，燕解嘲人夜不归。莫怪逢春太娱乐，人生能有几芳菲。

闷　题[三]

此心忠义出天资，奴隶儿童莫强为。燕雀不知鸿鹄志，牛羊徒饰虎狼皮。事当桀犬吠尧日，书在塞鸿归汉时。拔剑问天天不语，料天还愧负男儿。

呈陈平仲 莆友送荸荠，因以一杯为平仲寿，反辱平仲分羹之惠。示诗，次韵以谢[四]。

达人安分乐平生，不与阴阳造化争，汉节有人恭且止，楚盘无客遂当行。荐公地栗三杯酒，分我天香一味羹。大抵有施须有报，木桃琼玖愧诗评。

纸　帐 刘丈纸帐诗者，绝矣。邓五九兄以刘丈命来索诗，因次轴间韵[五]。

主人冰雪洒胸襟，买宿银城不计缗。春草有诗皆白雪，秋毫无梦到红尘。月娥好作云间侣，风伯不寒冰下人。更喜五更窗外月，梅梢分得一枝春。

兵 施判院好谈兵，而不识形势。有佳作见教，次其韵[六]。

兵贵先人斯夺人，莫教间谍漏真情。汉因有备吴终退[七]，秦为无人楚始争。卦向爻中分损益，棋于局上定输赢。不知都督三边者，还肯江湖问一声？

自讼 次溪南壁间韵[八]

我生素不事诙谐，檜板方头唤不回。遇事岂容无正论，济时未必有长材。头虽五鼎不辞剑，口恐三缄合用枚。不是生平太刚介，如何踪迹尚尘埃[九]？

纪时 陆大方名规，江湖之士，宦途不得志，隐于琴。闻仆有建安之难，来慰以诗，次韵[一〇]。

古今多少好英雄，未必奸邪未必忠。上党鼎膏流地白，长平坑血溅天红。三边传檄兵虽息，二榷开场货未通。更愿年丰富金帛，饱装驼驾为和戎[一一]。

重九

破帽无情不受吹，满头霜雪已如丝。菊花笑我三秋客，风物撩人九日诗。三楚膏腴已煨烬，二江皮肉更疮痍。子卿三月无音信，鸿雁南来何所之？

祷梅山 初入建，求谶梅山，吉而不验，作诗告之[一二]。

许我登龙尚未还，作诗更为谒梅山[一三]。如何威惠推千载，犹使英雄困八蛮。神不提身归虎帐，鬼须擘口动龙颜。聪明倘为扶宗社，愿借风雷顷刻间。

寄西山 久不拜西山，忽有陈武昌之便，因作诗寄[一四]。

姓名久不到西山，觅便无风鼻漫酸。天堑有花春堰急，地炉无火夜堂寒。青灯昔记对床卧，白发今羞把镜看。见说北归常有雁，一书无惜报平安。

再祷梅山

梅山昔扣五通仙，曾许英雄第一签。恰遇尘埃当扰扰，如何泥泞尚淹淹。若非推入高宗梦，须是驱成太史占[一五]。他日崧高咏申甫，一香先为大王拈。

怒　题

壮气横秋面渥丹[一六]，男儿未遇指休弹。卖浆岂料周分国，盗粟焉知汉筑坛。胫脡未甘缠吏鞅，髑髅不信误儒冠。夜深踢起床头婢，和泪挑灯把剑看。

寄范茂卿

茂卿家于北苑，予识之于建之西关。因遣人市茶，以诗贻之[一七]。

社风吹进雨前枝，正是施工北苑时。小胯未封才入盝，短枪初拆半含旗。一盆腊雪分龙井，万杵春雷入凤池。见说贡馀山样积[一八]，小煎还肯换新诗。

题溪庄

丁卯寒食，约故人薛成伯父子游溪庄。成伯之子文仲，隽逸为时髦重，座间示诗，因次其韵[一九]。

山拥青螺出粉墙，水环银带插溪庄。一百五日雨翻浴，三十六宫人斗妆。蝶翅拍花催舞袖，凤毛翻锦入诗囊。新欢旧恨知多少，且对东风醉几场。

奇　见

施清叔邀出城西[二〇]，于小圃见一髽[二一]，四围皆歌莺拍蝶，翻思去京至此凡七换岁籥，方破天荒尔[一二二]。就借清叔韵以记其事。

红牙催拍燕飞忙，一片行云绕画堂。眉黛蹙成游子恨，脸红烧断故人肠。榆钱不买千金笑，柳带何须百宝妆。舞罢隔帘偷送目，不知谁是楚襄王。

思故人

予谪建，不闻西北故人安否？因以诗寄子明叔，询诸子动静[一二三]。

太乙年来落冀并，几多豪杰未成名，尧天日月计和玉，胡地山川知耀卿。卢六驱风能破屋，陈三平水可倾城。年来幕府勤延揽，何事诸兄未有声？

呈古洲老人

次周清之韵[一二四]

卫霍勋名李杜才，才过四十也心灰。俗尘趁少便披拂，诗料空多难剪裁。时事谩提眉便皱，家怀未说眼先开。朱帘更倩梅香挂，要放银蟾入座来。

训小童

小童顽不可言，欲挞之而不忍，特作诗以训之[一二五]。

饭罢令人唤小童，敢烦提耳为开蒙。芎茶不用焦汤点，纸被还将艳火烘。醉欲伴眠当倩月，热求挥汗合邀风。它时我建清油幕，廉汝封侯学卫公。

郊饮 次孙子卿韵[二六]

茅舍松棚隔小桥，碧帘斜挂竹篱腰。猪头煮去和皮擘，牛肉秤来带骨烧。村酒不图邀客醉，野花复喜向人娇。归舟不用撑明月，只倩西风借晚潮。

西爽 小湖程正同作堂西偏，以挹爽气，暇日约予同登。未遂所请，寄以五十六字[二七]。

客子东南不着家，主人北里恣豪奢[二八]。夜深常倩月移竹，春老不烦风扫花。暮雨送凉归枕簟，夕阳留客赋烟霞。何时执手阑干外，同把功名誓镆铘。

斗斋 皤溪先生托解大中僧室，有斋名斗。示诗，次韵[二九]。

八方无处着瞿昙，百合中间寄一龛。满挹酒浆供里北，平量风月借和南。腰如可折岂徒五，涎若果流何待三。更喜小窗能就供，夜寒江静著山函。

呈楚南僧 楚南名正椿，托室大中，尝与台僧棠上座论诗[三〇]。

刚肠未肯报平安，拟把功名一担担[三一]。方向杏坛逃败北，却于莲社得和南。香同世事炎还冷，茶类人情苦始甘。大抵久长同佛法，此心何处不瞿昙。

山　居　次王山甫韵[三二]

布作宽袍竹作冠，萧然万虑不相关。数声横笛烟霄外，个闲人天地间。若遇急流须勇退，从教倦鸟不知还。百年富贵君休羡，得似浮生半日闲。

为吴伯叙解嘲　[三三]伯叙尝吃官盐，有司欲以为私贩而籍其家。赠以五十六字[三四]。

太平官府不停囚，求剑乌衣欲刻舟。私笑是鸡难做鹤，公庭得马便成牛。不疑若受千金谤，胶鬲当贻万世羞。见说明公在莲幕，不知能鉴此冤不？

读　史

史笔如衡须正持，莫教浮诞出无稽。已成帝业从烹父，未将王师休杀妻。秦逸号眠为抱虎，刘狂名舞作闻鸡。麟经削后无全笔，磨玷吾当问白圭。

建安暮秋 次刘子严韵[三五]

斜阳望断水平桥，古柳萧疏已半彫。鱼跃浪花翻水面，雁拖烟练束林腰。花时无镪能追骥，月夜有诗堪续貂。回首故乡多少恨，乱山无数路迢迢。

三衢道中 次毛子彰见赐元韵[三六]

西风吹梦落青帘，浊酒三杯路二千。别岸舟行秋色里，故人家在夕阳边。囊中有药难医国，竿上无钩可钓贤。见说近来书籍贵，监唐川汉莫论钱[三七]。

秋望有怀 收张子明、王清之书，有感。

片云和雨卷西风，绰尽遮阑眼力雄。远水半连晴汉碧，暮霞全借夕阳红。姓名未得联诸子，鬓发皤然已一翁。欲识翠微诗外意，岂徒忧国愿年丰？

送李子方 子方以将家子不采用，事业之秋，漂流下僚，方有求婚问舍之意，作诗嘲之。

乱云推月上层楼，楼上朱帘不下钩。鸡翅拍开朱户锁，雁声唤上木兰舟。黄花拈酒留人醉，红叶题诗倩水流。李广不侯人不笑，笑他人作烂羊头。

寄两庠同舍 次郑坡韵[三八]

昔年槌鼓扣天阍，远谪南州七度春。大享有恩来北阙，小囚无赂脱东闽[三九]。乌衣座满民流血，画烛帘深案积尘。见说九重宵旰虑，长沙犹有少年人。

呈沿漕宰 向自京口泛舟入杭，为邑纂所阻，作诗诉之[四〇]。

长亭不作马蹄迂，一叶孤蓬入帝都。星布关津皆自放，雷封纂节独相拘。可怜罔市千般有，谁信虚舟一物无。为祝琴堂早催发，片帆连夜过姑苏。

九日 次赵叔仁韵

木落西风黄叶飞，子卿无信雁来迟。凄凉自笑刘思父，慷慨难追杜牧之。归兴十分浓似酒，愁肠一缕乱如丝。凭君细把茱萸问，此会明年健有谁？

戏呈赵可父 可父以法曹入幕，明年为锁试第一。是冬，正欲遣使议和[四一]。

少年场屋擅词锋，审谳无私只奉公。夜月兰宫无宿曜，秋霜莲幕有春风。明堂难毁周公制，乡校犹存子产功。文德自来能服远，更烦刘向为和戎。

挽吴夫人 夫人，少师孙女，居蜀，适王氏，卒年十六，葬于舒仙姑之山。

鸾骖不是厌尘凡，王母瑶池促驾还。家在两三千里外，人生一十六年间。好随神女游舒水，难伴文君归蜀山。试向仙源问消息，桃花零落水潺潺。

岩桂落英 和郡杨伯宗有诗，次韵。

净扫庭阶衬落英，西风吹恨入蓬瀛。人从紫麝囊中过，马踏黄金屑上行。眠醉不须铺锦褥，研香还解作珠缨。宫娥未许填沟壑，收拾流酥浸玉罂。

牢城述怀 思寇平仲。发书吴元白，扣平仲动静。

江外音书久不来，重城昏鼓又相催。眼前萤掣檐前电，耳底蚊轰屋底雷。乃事类棋方入局，此心如火已成灰。凭君试问吴元白，老寇东川回未回？

重午 次邓信甫送菖蒲、钗符之韵[四二]。

虎眼龙须午未乾，楚臣遗泪尚潸潸。梅天有雨金丸重，麦地无风翠浪闲。蒲解枭风岂枭贼，符能驱祟不驱奸。一樽菖酒呼天问，何事男儿鬓已斑[四三]？

校记

[一]全璧　刘本作「全壁」。

[二]题注原无，据四库本、吴批本补。又，吴批本题作春郊，眉批：「一作春郊即事」。

[三]四库本题下注：「作寿子同，志不振所辱。」

[四]后三句　吴批本作：「复承分羹之惠，答来韵志谢。」

[五]题注原无，据四库本补。又，吴批本作：「邓五兄为刘丈索和。」

[六]题注原无，据四库本补。又，吴批本题作施判院好谈兵而不识形势一诗寄之，无题注。

[七]吴　吴批本作「胡」。

[八]题注原无，据四库本、吴批本补。

[九]如何　原作「如有」，据吴批本改。又，四库本作「有如」。

[一〇]吴批本眉批：「诗与注不合。」

[一一]驼驾　吴批本作「驰驾」。

[一二]后二句　吴批本作：「告而不验，以诗问之。」

[一三]谒　郎本、刘本作「问」，吴批本「谒」下注「一作问」。

[一四]吴批本题作久别西山因陈武昌之便作诗寄之，无题注。

[一五]驱成　四库本作「遥分」。

[一六]渥　原作「握」，据四库本、吴批本改。

[一七]聆之　四库本作「嘲之」。

[一八]见说贡馀山样积　「说」、「样」原阙，据刘本补。又，四库本「样」作「似」。

[一九]题注原无，据四库本补。

[二〇]邀　原阙，据四库本补。

[二一]小圃　四库本作「小囿」。

[二二]此二句，吴批本「翻思」作「回思」，「岁籥」下有「矣」字，「破天荒尔」作「破天荒裔」。吴又眉批：「刻本题小异」。

[二三][二四][二五][二六][二七]题注原无，据四库本、吴批本补。

[二八]豪奢　郎本作「豪华」，吴批本眉批：「华，一作奢」。

[二九]吴批本眉批：「原作磻溪先生托𬱖大中僧舍名曰斗斋次题壁韵。」

[三〇]题注原无，据郎本、四库本、吴批本补。又，序中「托」字，原作「记」，误。

［三一］一担担　郎本、吴批本作「一石担」。吴又眉批：「石担，一作担担。」

［三二］题注原无，据四库本、吴批本补。

［三三］诗题原作吴伯叙，郎本、吴批本作为吴伯叙解嘲，切诗义，从之。

［三四］吃官盐　郎本、吴批本「吃」作「市」，又，无「赠以五十六字。」

［三五］［三六］题注原无，据四库本、吴批本补。

［三七］吴批本眉批：「监唐川汉，监本唐书、蜀本汉书，未知是否？锡麒」。标号姑从之。

［三八］题注原无，据四库本补。

［三九］无赂　吴批本作「无路」，又眉批：「路，刊赂。」

［四〇］题注原无，据四库本、吴批本补。

［四一］吴批本眉批：「刻本呈赵可父法曹，无注。」

［四二］吴批本眉批：「刻，题小异。」

［四三］鬓已斑　四库本「已」作「渐」，吴批本眉批：「已，一作渐。」

翠微南征录卷七

七言律诗

有触述怀

翠微以讦直取怨于人多矣[一]。士大夫有始若加礼而终乃恝然不顾者[二]，深切悼之。

英雄还要识英雄，不识英雄总是空。投鼠在人当忌器，见鸿非我独弯弓。情从忠佞分轻重，事戒恩威戾始终。说与翠微休截截，三缄从此更须工[三]。

岩　桂

建人以盆蕙为重，岩桂夹道，动彻数里不绝[四]，反以为常卉，故贬而抑之。

西风吹老碧莲房，万錾风流拆麝囊[五]。漫与篱花争晓色，肯教盆蕙压秋芳。月中有女曾分种，世上无花敢斗香。要识仙根迥然别，一枝开傍郄家墙。

偶成

一别京华近十年，此心无日不悠然。嗅梅得句天然巧，把酒开怀地自偏。铁砚不须兵十万，铜盘何用客三千。功名自有风云会[六]，不遇风云毋自煎[七]。

寄王士贵 士贵别去一载，不闻动履之详。客自小峰来，知近况甚佳，作诗寄之[八]。

画桥相送百花春，转眼孤鸿逐断云。别后有谁能顾我，客中无日不思君。风前花影尝兴念，月下桐声久不闻。见说近来多好况，一书无惜寄云云。

发书与幼第及坦斋 次甯子刚韵[九]

风烟世事不堪听[一〇]，勿谓封侯胜白丁。老眼隔年新旧历，归心连夜短长亭。一声蜀鸟惊胡蝶，十幅蛮花寄鹡鸰。更向坦斋夫子道，近来双鬓已星星。

寄王清之 清之名度，入吴德夫幕，置局汉上，项平甫疾之。清之赘于长沙，闻整归鞍，故有相勉推挽之意。

封书汉上寄清之，却恐清之汉上归。千里谩怀明月共，寸心常伴白云飞。湘妃有泪能斑竹，周士无心恋采薇。安得一缄飞海峤，与兄联辔上淮淝。

感应王祠

翠微系牢城凡一岁馀。城中有感应祠至灵，遇有祸福，祷之[一一]，神夜预告，有若响应。因捐囊绘灵神之容仪，而祠奉之。

如神正直护缧囚，当代公卿总合羞。疏纸未烧谋已遂，炉香方爇病先瘳。乞灵屡假三更寐，释缚常封万户侯。待得有勋书竹帛，一封当为荐宸旒。

寄张舍人

时舍人提本路狱事

万冤无计压天衢[一二]，三尺金科谩卷舒。公不戴星驰驷马，民将指日就枯鱼。黄堂宴妓不加意，丹陛虑囚空有书。见说群乌广瞻听，如何公论尚踌躇。

祷富沙庙

欲发部使者书，致祷[一三]。

十年踪迹淖泥沙，为炷灵香祷富沙。万里无由诣霜阙，一书聊欲为星槎。解骖许我来齐晏，释缚从君问左车。他日横飞上麟阁，行祠当为建京华。

谢刘判院 判院以绵衾见惠

细轴浓云寄矮斋[一四]，蒲团和气忽惊回。一床浪卷芙蓉皱，十幅香重锦绣开。不怕夜寒侵斗帐，却愁春梦到阳台。感恩未作琼瑶报，先把新诗寄小梅。

寄苕溪故人

昔年分袂霅江东[一五]，系马花梢扑乱红。解珮送行情怏怏，举杯言别恨匆匆。中人以上谁知我，北斗以南惟有公。此去东闽有良便，一书无惜慰羁穷。

不　祷 收宗卿书，江淮有檄，不至。扣之庙食者，不验[一六]。

不炷灵香不诵经，兆杯签榜总欺人。穷通只合从天地，祸福何须问鬼神。命到死时生莫幸，事当直处曲还申。从今若问开先事，桃李无言二月春。

送提举陈工部 自福建召入

溪风拂拂卷征衣。溪上攀辕恨马迟。蝗不入闽今已矣，碑无留岘古求之。泉知送客声犹咽，烛昧留人泪漫垂。愿速长沙还贾谊，为公江上斩鲸鲵。

悉　事　佥幕诸丈不能奉朝旨，作诗愧之。

欲归未去两纷拏，何事回天力未加。九牧谁为十羊主，百官当念一人髽[一七]。肘边有石心虽切，腰下无钱手漫叉。千万有人逢伯乐，为言龙种尚盐车。

呈陈信父　用信父生朝韵[一八]

老来百计总无成，当路时官懒问名。国事只将心事比，今人难作古人评。苍头笑我樽无佐，白发欺人镊又生。惟有建溪知客意，过滩时作不平鸣。

寄江子冈　秋中拜书子冈，至节无报，作诗讯之[一九]。

和夜封书上子冈[二〇]，别来化日又舒长。只知电烛两经月，不觉星毛半欲霜。竹叶照人凝盏滑，梅花撩客透篱香。知他诗债曾偿未，料得寻春日日忙。

书太乙编年卷尾

编年自绍兴上元甲子始，至今中元甲子截日，其余皆未来历。

年来太乙犯咸池，三式编年事可疑。西北膏腴从脯腊，东南皮肉恐疮痍。尧天日月期无已，胡地烟云岁有之。更向江湖问同志，中原何日是归期？

怒　成

在建闻伲胄自劾苏师旦[一一一]

舌端豪气吐长虹，四海一身无处容。不向北山求刺虎，便从南海学屠龙。鼎须刘辟方成器，剑到魏齐那是锋。欲抱不平朝玉帝，梦魂飞上祝融峰。

楮　衾

次刘子长韵[一一二]

霜风剪水作冰荷，织出吴绫不用梭。十幅晓云藏处士，一床秋水浸嫦娥。直疑天上无青女，却信人间有睡魔。更向屏山画梅竹，红尘还有此风么？

勉赵法曹

法曹以词赋、明经屡贡监漕[一一三]，初尉赣之石城，比岁不登，茶寇盐商[一一四]，在在啸集。法曹招集豪杰，分道掩捕，雷驱电扫，随即扑灭，因识江湖之士。次任建安法曹，明年复为南省锁试第一，不愿易授，特终建安任。又明年发兵上边，时卿有荐赵于幕府者，江湖之士多归之。

银潢河海浸崆峒，君独轩昂万派中。北鄙虎牢今子产，东山狼跋古周公。固知鲁卫封同姓，合向燕秦策异功。我欲誓江同击楫，中流无惜伴英雄[二五]。

狱中责廷尉 廷尉党权势而无公论，以诗责之。

重门有路透泉关，便合抠衣问比干。愧我直言难媚灶，从渠怒发自冲冠。乌台有月身何及，犴狱无天泪漫弹。自恨不逢包孝肃，此身那许报平安。

挽戚虚中 虚中尝从老氏之学，无岁不为庐山之游，治生仰给于药府，与翠微有林泉之契。

吾巾不是不冠儒，曾被儒冠几误予。铁砚不磨天地轴，毛锥难复帝王居。当传卫霍无传秘，却著韩曹不著书。堪笑苍生无眼力，不知豪杰在樵渔。

寄卢进士 卢子防有能，间二十年之契，近忽以诗自广信见慰[二六]。

梦里匡庐兴未阑，转头世事已辛酸。肥家有术疑非药，漉酒从人笑不冠。雁序向人群已失，凤雏过眼影何单。不堪回首原头路，一坞松楸生暮寒。

丈夫策定在吴钩，浪把桥门作胜游。彩笔误人随骥尾，锦标还我占鳌头。关山梦寐三千里，竹帛功名四十秋。安得九重容借箸，尽将军国为前筹。

九日言怀 次刘功父韵。功父为江湖领袖，初有联镳之约[二七]，既而飞符入金[二八]，不识所在。至是方以诗见贻，次韵报之。

凄凄天气间炎凉，破帽翻风客斗狂。酒味暗消萸蕊辣，雁声唤得菊花香。三京昔拟恢同轨，九日今犹客异乡。更仗阿谁上沙漠，为予申意郭汾阳。

呈鄱阳赵及甫 及甫慷慨，为江湖称，名在宗室七英之列[二九]。

不学炎凉不自谋，动和权势作仇雠。笔锋带怒摇山岳，剑气衔冤射斗牛。龙虎榜中当擢第，麒麟阁上合封侯。功名未入男儿手，谁肯甘为郡督邮。

九日溪楼远望 故人王仲格有诗，次韵[三〇]。

西风寥落做重阳，人在东南水一方。地僻阻它鸿雁信，天寒撩我菊萸觞。江澄素练鱼翻赤，叶剪红绡蟹结黄。不是倚阑迷望眼，欲凭归雁问苏郎。

诉董寺丞

董诣狱问囚，翠微款以一诗，董挥泪而出。

神首罗喉欲蚀天，弯弓直造玉皇前。九重不忍诛林甫，一札翻令囿马迁。投鼠固知当忌器，得鱼谁敢便忘筌。吾今一死初无憾，愿把孤忠托孟坚。

寄小王徐子晋

子晋去唐城二百余里，托拜书二潘。

十载长沙路二千，归心日夜在长安。居家有誉眉空白，恋阙无谋心谩丹[三一]，获雁不闻苏子信，沐猴徒笑楚人冠。马蹄恐有唐城便，为把功名问二潘。

狱中作

壮士刚肠不受冤，髑髅可断志难干。越仇未报薪当卧[三二]，汉贼犹存铗谩弹。情款不从囚口责，炙浆难塞吏肠宽。何当尽沥奸邪血，染作衣裳看孟安。

池亭即事

兰坡有心字韵，和者百余人。索赛，以此塞责[三三]。

春风恰恰破桃李，池馆无人一径深。鸥刷断鸰翻水面，蝶抛残粉出花心。诗怀搅我丹颜破

[三四]，节物催人白发侵。流水伯牙今已矣，世间那复有知音[三五]。

南剑水阁 次权府郎中韵[三六]

欲向津头问镆铘，一潭秋水漫烟霞。画屏对客景藏景，芳树压溪花照花。有策廷争惭贾谊，无功庙食笑张华。夜深霹雳轰双剑，惊起延平十万家。

丹青阁 辛稼翁三十馀客，登高赋诗为乐[三七]。

阁上阑干紫翠环，阁中身世异尘寰。长虹吸月印秋水，孤鹜伴霞量晚山。万里风烟屏帐里，一时人物画图间。凌烟须是男儿事，却恐功名未放闲。

折桂园友人宴 当涂郡圃名折桂，同舍宴饯于中，达旦而别，次申无咎韵[三八]。

墙头罗绮碧云浓，墙外秋千电掣空。蝴蝶拍开花面粉，鹧鸪吹落杏腮红。翠裀不卷珠帘月，蜡烛还摇锦袖风。醉眼不知尘世有[三九]，直疑身在广寒宫。

夜步水西

建邸未尝出郛，至是方有水西之行[四〇]。

半趿音飒芒鞋过水西，楼台灯火未多时。山羞见我头头转，月怕抛人步步随。枫叶卷愁秋去早，溪声翻笑夜归迟。柴门只解关烟雨，不隔离愁些子儿。

酒楼秋望

西风吹客上阑干，万里无云宇宙宽。秋水碧连天一色，暮霞红映日三竿。花摇舞帽枝犹软[四一]，酒入诗肠句不寒。古往今来恨多少，一时收拾付杯盘。

临清阁

临清老球上人素有风月之誉，因以箴之[四二]。

阑干古木琐青葱，阑外檐花灼半空。万里好山春黛碧，一溪流水暮霞红。窗疏不碍东西月，帆过始知南北风。试问支郎一樽酒，好天良夜与谁同？

思故人

翠微在建，思蜀道、襄汉故人作[四三]。

十载无人问益之，谁于咳唾觅珠玑。两三千里家何在，三十六峰人未归。将谓抱薪能救燎，果然画饼不充饥。东川恐遇连荣祖，一笑不须论是非。

校记

［一］怨　四库本、吴批本作「怒」。

［二］恝然不顾　原阙，据四库本补。吴批本、刘本作「轻忽」二字。

［三］须　原作「谁」，据四库本改。

［四］动彻数里不绝　六字原阙，据四库本补。吴批本「彻」作「辄」。

［五］拆　原作「折」，据四库本改。

［六］功名　原作「巧合」，据四库本、吴批本改。

［七］吴批本眉批：「毋自，一作每自。」

［八］题注原无，据四库本补。

［九］题注原无，据四库本、吴批本补。

［一〇］烟　吴批本注：「一作尘。」

［一一］祷之　原阙，据吴批本补。

［一二］压　四库本作「彻」。

［一三］诗题原无「庙」字，据吴批本补。又，吴批本无题注。

［一四］矮斋　吴批本小字注「岳所居处。」

［一五］霅江　四库本作「霅川」。

［一六］题注原无，据四库本补。吴批本首无「收宗卿书」四字，末加「因有此作」四字。

［一七］百官　吴批本作「百冠」。

［一八］［一九］题注原无，据四库本补。

［二〇］和夜　四库本作「秋夜」。

［二一］自劫苏师旦　原缺「劫苏」，据吴批本补。四库本作「自怒师旦」。

［二二］题注原无，据四库本、吴批本补。

［二三］贡　四库本、吴批本作「首」。

［二四］盐商　吴批本作「盗商」。张元济校记：「商字疑误。」

［二五］无惜　四库本作「不惜」。

［二六］题注原无，据四库本补。吴批本防作「访」，见慰作「见寄」。又，「间」中之「日」，下半笔画原残。

［二七］镳　四库本、吴批本作「鞯」。

［二八］金　四库本作「淦」，吴批本作「淦」。

［二九］［三〇］题注原无，据四库本、吴批本补。

［三一］无谋　吴批本作「无媒」，吴又眉批：「媒，一作谋。」

［三二］越　原作「韩」，据四库本改。

［三三］题注原无，据四库本、吴批本补。

[三四]颜　原作「心」，据吴批本、刘本改。

[三五]那复　吴批本作「那得」。吴又眉批：「得，一作复。」

[三六][三七]题注原无，据四库本补。

[三八]题注原无，据四库本补。吴批本题作折桂园同舍人宴饯于中达旦而别，题下小字注「次申无咎韵。」诗末又注「折桂园在当涂。」又，郎本舍人作「舍友」。

[三九]尘世　郎本、吴批本作「身世」。吴又眉批：「身，一作尘。」

[四〇]题注原无，据四库本、吴批本补。又，吴批本郛作「郭」。

[四一]犹　吴批本作「尤」。

[四二]题注原无，据四库本、吴批本补。又，吴批本眉批：「刻本题异。」

[四三]题注原无，据四库本、吴批本补。

翠微南征录卷八

七言律诗

有激呈江圣与判院 次圣与韵[一]

不郊不国不吾庐，兀兀腾腾十载余。颈昔已逃三尺剑，腹今犹秘九畴书。齐牛难爇吴元济[二]，贾鹏何惭董仲舒。只合三缄且钳口，一蓑归去伴樵渔。

与楞伽老瑛上人 久不得楞伽书，遣人问讯，终有「觅柴度腊」之诗[三]。

勿谓年来世道艰，都缘彼此不相参。一生知己有千万，十事从人无二三。红杏无坛堪拱北，白莲有社结和南。扁舟若有东归便，断竹枯松寄一担。

呈王子蒙隐者 子蒙赐诗，次韵[四]。

国士还须为国忧，肯同儿女作身谋？存无补世亡无异，生不惊人死不休。秦鹿须还屠狗逐，楚猴犹为烂羊羞。如今若论西都事[五]，却与中唐风马牛。

夜读离骚 次陈德钦韵[六]

楮衾封冷白凝霜，展转无眠夜未央。风欲送愁先卷帐，雨嫌多梦故敲窗。自惭鼓瑟投齐好，漫接歌舆效楚狂。起把离骚读幽闷，楚词还似楚江长。

倪尚书生祠 翠微以丙寅春被命南下，建安守王君告老，别驾兼领都事[七]，四戎两院淹禁数百人，因思先生不复至此，自惜其下文不早辩也[八]。谨以五十六字汙壁。

闻说先生入建都，一年民乐吏清癯。四厢夜月封朱户，两院春风锁翠芜。一旦有书追驷马，万冤无计彻群乌。焚香再拜祝公寿，问有清朝赏罚无？

秋晚述怀呈薛子长 九江薛子长过访，以诗见慰，次韵答之[九]。

一瓮香醪一曲琴，得相寻处且相寻。杯宽却怪青山小，坐久不知黄叶深。当路星轺已钳口，异乡风物更关心。何时系艇秋江上，醉卧芦花雪满襟。

双桂堂 江颖伯有堂名双桂，诗多矣。求和，谨次其韵[一〇]。

月姊亲移入庆门，广寒今是并肩人。分他蟾窟雌雄种，作我萤窗南北邻。傲窦虽悭三树玉，比诜翻剩一枝春。主人便好鞭黄鹄，斫取魁梢谢紫宸。

忆弟妹 入建三载，烽火转徙，不闻动静[一一]。

别来三载客东南，始信人生聚首难。眼底不闻鸿雁信，鼻头常为鹡鸰酸。问天不语语徒厉，蓦地上心心类剜。安得春风吹马首，卧听行列报平安。

责逋

二首。邑宰欠盐直千缗，漕追甚急，欲以三分之一塞责。莲幕有党宰者，反云邑帑之虚。乃作诗以记其事[一二]。

索逋无术谒公门，岂谓公门反怆神。今廾幸酬三百索，痴儿犹恋一千缗。如今缩手方知错，自此甘心莫怨贫。不是恩波不旁洽，五穷无奈苦随人。

刳肠植粟馁官牛，牛骨成尘粟未酬。何事莲参犹阁笔，反怜花县若虚舟。季公素重千金诺，胶鬲当贻万世羞。愿效相如还赵璧，莫教颜色叹床头。

送赵右秋

二首。婺州人，立志孤高，当时公卿殊无推毂成就之者。因惜其无知遇而去，特作一律以送之[一三]。

梅花飞雪满霜洲，洲上行人去莫留。蜡炬结花催管籥，雁声唤客上兰舟。莫嫌冰炭情难入，自是薰莸味不侔。执节从教少知遇，勿于世路学沉浮。

闽藩齐指右参军，玉骨清无半点尘。一味恤刑常召祸，十年游宦只忧贫。圜陛月照金波夜，寒谷花开玉树春。客子与君虽素昧，一诗聊记子张绅。

牢城言怀 建人吴子彰以诗见慰，次韵[一四]。

重城不隔世间尘，个里无花别有春。冤鬼夜随风雨泣，病因时作犬羊呻。雷霆不霹欺君贼，彗孛偏凌为国人。欲问老天天已老，料应无说为敷陈。

赠楞伽老瑛上人 楞伽瑛常以诗称于诸卿，向遇之于西关，今复以诗来见，因次其韵[一五]。

无聊断梗拨寒灰，门掩霜风客自推。急下火垆叉手接，便将布袋解头开。拂床展卷呈诗稿，炙盏分茶当酒杯。别后逢人须问讯，楞伽曾倩寄书来。

谢仵判院惠米 仵文讳彦辉，任建安府属。向以事系牢城，复被檄还任，不相忘，以米见惠，作诗谢之[一六]。

沟壑膏粱总自招，仲尼陈蔡亦嚣嚣。不逢鲁肃千囷指，空折渊明五斗腰。孤竹二饥知我意，苍梧一饱为君谣。从今只手摩挲腹，却向颜门问一瓢。

除夜大雪

丙寅除夜得春[一七]，瑞雪大作，时有襄淮之衄，因记夜半入蔡之事，使人扼腕不寐。时在建三除夜矣[一八]。

青帝明朝下玉京，先教滕六掩车尘。梅花笑我三年腊，椒叶争他一夜春。乌角触槍鞭堕玉，马蹄印路碗抛银。何当夜缚吴元济，去作中兴社稷臣。

呈毛南仲

南仲之居，名曰沙坑，在松溪、浦城之间。南仲贤者，好宾客，有乡里之誉。因由江水过门，南仲出见[一九]，有终夜之款[二〇]，呼二子听琴。翌日而别，作诗南仲感谢。

暮宿东溪一草堂，倦和衣履卧绳床[二一]。梦随鸾去辽天阔，夜到鸡鸣刬地长。早起不须禽为唤[二二]，多忧谁谓草能忘。清闲却愧毛南仲，醉卧西窗一枕凉。

除　夜

二首。丁卯岁夜坐斋阁，因思二年以来，除夕皆坐不辜之狱，复事君子道长，即有拔茅连茹之庆[二三]。

才辱东皇造化工，便随飞鹊报帘栊。人间狴犴知无所，天上蓬莱还有宫。酒色半澄春后绿，蜡花全折夜来红。从今泰道能连茹，愿驾苍虬跃震风。

吴钩不是怒鲸鲵，夜半刘琨屡舞鸡。十载载春游太学，二年年夜宿圜陛[二四]。楚盘未必资毛遂，周粟如何饮叔齐。尘世功名傥来尔，无言桃李自成蹊。

呈富大卿 大卿名瑨，郑公六世孙，诣狱，以诗示之，卿为感叹垂泪。

司晨未晓报龙楼，昨夜中天贯索流。石父不逢齐子相，马迁空作汉家囚。铜壶滴碎短长梦，铃索拽翻新旧愁。安得君王赐归骑，一犁投老大江头。

雪中呈刘子冲 子冲尝为东山之游，因嘲之[二一五]。

朔风卷水入天渠，剪作飞花散六虚。竹本无声缘叶密，梅因有影怕花疏。路从玉鉴上头过，家在冰壶里面居。欲作一诗撩谢女，不知为况近何如？

雪中有戏 是岁有神马坡、樊城之役，辱桐柏柳元用赐书，以寄之。

一夜风神揭海神，尽将纯素掩丹青。四围白壁成千嶂，万里红尘没一星。搭岸柳条横玉带，压墙梅萼上银屏。好将今日平淮策，说与当年李愬听。

忧世寄清溪友人 丙寅冬在建闻远音作[二一六]。

庙堂无计息干戈，国士衔冤未汨罗[二一七]。尺五指天均日月，八千里地旧山河。人无远虑心徒切，里有新丧巷不歌。况是十年芹泮客，倚阑尤觉泪滂沱。

嘲曹掾友人

曹掾有友人者，每对客云：「待次几年，所费钱千。」偶承惠诗，特次其韵，微寓箴切之意〔二八〕。

世态年来日日新，宦途浇薄更惊人。阙期动彻连三政，选调无疑费百缗。是吏有囊盛短卷，非财无药疗长贫。参军也胜陶彭泽，且粜官粮醉几巡。

囚中记贫

〔二九〕翠微在西关，有客送僧字韵诗求和，方思索间，同邸有陈子昭者，语及世故，渠有「志公不是闲和尚」之语，就赓其韵。

英雄不遇不忧贫，狱吏从教唤不应。煮饭只烧沽酒罐，读书权借守囚灯。堪嗟世事危如卵，无怪人情冷似冰。勿谓功名成幸致，志公终不是闲僧。

送倪尚书归霅川

尚书自三山罢归〔三〇〕

笔麟图凤久无声，何事权舆复见今。鲁祭不因夫子肉〔三一〕，齐卿难夺孟轲心。我公去就何为重，吾道兴亡所系深。安得斯文天未丧，载歌狼跋继遗音。

五言律诗

宣城道中　次壁间韵。石湖，宣界地名[三二]。

跃马上宣城，千山翠欲颦。蕙风轻卷舌，樱雨细沾唇。柳絮难驱腊，榆钱不买春。何如浇一斗，烂醉石湖滨。

当涂道中　次冯子杨新、林韵[三三]

春晴不慷慨，十日九清阴。蝶宿花留粉，莺眠柳借金。胡尘方障眼，汉壁尚关心。醒去愁无奈，杯行满满斟。

寿昌道中　别刘仲方。仲方以诗言别，次韵[三四]。

山断疑无路，林开觉有村。饥牛恋茅垄，吠犬护柴门。闷去诗千首，愁来酒一尊。明朝南去路，怀抱与谁论。

别王泰之 道自小峰，谒泰之。翌日以诗言别[三五]。

风神恋行客，吹柳缠簪缨。傍水鸟多白，近山蝉更清。别肠云阁泪，归路月关情。告德无多日，清觞聊一倾。

游溪西寺 次府判汤丈韵[三六]

寺觉重游好，僧期后会赊。青虫彫病叶，白鸟篆平沙。水瘦石生齿，山寒梅未花。功名今有待[三七]，且谒惠公茶[三八]。

登楼晚望 次朱师几韵[三九]

疏雨洗空碧，晚晴人倚楼。稻花千顷浪，枫叶一帘秋。远岸明残日，孤村认小舟。溪山如爱我，相见亦回头。

安分呈李竹斋 [四〇] 次韵

风雨思君子，烟霞忆旧游。一区山水国，万里帝王州。腊瓮香浮玉，春旗雪满瓯。安贫随处乐，此外复何求。

拜　茶　漕建者贡茶于京城，则率百官拜之。

北苑春将半，星槎欲奏功。杵鸣千臼雪，枪卷一旗风。盉锦鹨毛翠，签罗象眼红。封成拜玄鹤，飞上紫微宫。

邸食责庖者　建安邸中，爨者不善治食[四一]。

陋邸已无味，庖人更不材。庵炊全做粥，烧鲞半成灰。添醋酸棉齿，研椒辣木腮。何时耸堂𥦗，香雾霭樽罍。

秋　意　次项子礼韵

木剪空山瘦，西风扫落黄。荷残簪失盖[四二]，菊老饼还香。诗尽情尤阔[四三]，愁多夜更长。闷怀无处着，随雁落潇湘。

书堂遇雨

翠微向有书堂遇雨，押承字韵，和者盈轴，近承菊峰送至，复有赓韵。

风叠云成片，沟槎水作层。湿书移案避，添砚就檐承[四四]。瓦击声疑雹。窗低暗欲灯。须臾西漏日，晴意慢为胜[四五]。

校记

[一]题注原无，据四库本补。吴批本作「次韵」。

[二]齐牛　原作「齐先」，据四库本、吴批本、刘本改。

[三]题注原无，据四库本补。吴批本亦无题注，而在诗末注：「时觅柴度腊。」

[四]题注原无，据四库本补。吴批本作「次韵。」

[五]如今　吴批本作「于今」，吴又眉批：「于，一作如。」

[六]题注原无，据四库本、吴批本补。

[七]郡事　吴批本作「郡事」。

[八]早辩　四库本作「早亡」，吴批本作「卑亡」。

[九]题注原无，据吴批本补。

[一〇]题注原无，据四库本补。吴批本题作江颖伯筑双桂堂微诗，无题注。

［一一］题注原无，据四库本补。

［一二］题注原无，据四库本补。其中「反云」原作「反十」，据吴批本改。吴批本末句作「因有此作」。

［一三］题注原无，据四库本补。

［一四］题注原无，据四库本、吴批本补。

［一五］题注原无，据四库本补。其中「今复」原作「老复」，据吴批本改。

［一六］题注原无，据四库本补。

［一七］丙寅　当作「戊辰」。丙寅年华岳初贬建安，下文说「在建三除夜」，诗说「梅花笑我三年腊」，知为戊辰年。

［一八］题注原无，据四库本、吴批本补。其中「扼腕」四库本作「振腕」。

［一九］出见　原作「求见」，据四库本改。

［二〇］款　四库本作「欢」。

［二一］绳床　原作「胡床」，据四库本改。

［二二］须　吴批本眉批：「须，一作烦。」

［二三］题注原无，据四库本补。吴批本题作丁卯除夕二首，题注作「二年来坐不辜之狱，诵易泰卦「初九」爻词，志感。」

［二四］圜陛　张元济校记：「陛，疑作扉。」今按：陛，不误。说文「牢也。」广韵「匹迷切，亦作狴。」

［二五］题注原无，据四库本补。吴批本无「因嘲之」三字。

［二六］题注原无，据吴批本补。吴又眉批：「刻本无忧世二字」。

［二七］衔冤　吴批本眉批：「衔，刊含。」

[二八]题注原无，据四库本补。吴批本钱作「几」。

[二九]吴批本题作四中记事，又眉批「事，一作贫。」

[三〇]题注原无，据四库本补。吴批本题作送倪尚书自三山罢归霅川，亦无题注。

[三一]夫子肉　夫，原误作「天」，据郎本、四库本、吴批本、刘本改。

[三二]题注原作「次壁石湖宣界地名间韵」，据吴批本改。

[三三]题注原无，据吴批本补。

[三四]仲方以诗言别　原无此六字，据四库本补。吴批本题注作：「别镏仲芳，次韵。」

[三五]题注原无，据四库本补。郎本、吴批本题作自小峰访王泰之话别，无题注。

[三六]题注原无，据四库本、吴批本补。吴又注：「一作齐山寺。」按：此诗入选清厉鹗辑宋诗纪事卷六十。

[三七]今　郎本、吴批本、刘本作「应」。

[三八]且谒惠公茶　吴批本谒作「吃」。张元济校记：「谒字疑误。」今按：「谒」，不必误。句为兼语式：且谒惠公，惠公赐茶。

[三九]题注原无，据吴批本补。朱师，四库本作「宋帅」。

[四〇]吴批本题作呈李竹斋，又眉批：「一作安分呈李竹斋」。

[四一]橐　吴批本作「庖」，末加「责之」二字。

[四二]盖　原作「盍」，据郎本、四库本改。

[四三]情　原阙，据四库本补。毛本作「思」，郎本、吴批本、刘本作「时」。

[四四]添砚　吴批本作「涤砚」。

[四五]慢为胜　原缺「为」字，据郎本、刘本补。四库本作「慢腾腾」，吴批本作「慢滕滕」，又眉批：「滕滕，原作『为胜』」。

翠微南征录卷九

五言律诗

矮　斋

西关屋最敝陋[一]，上不蔽风雨，下不避涂潦。其偏有数尺之室，仅可置身，檐厦去地不远，不能直腰而出，目曰矮斋[二]。

屋老尘生索，椽低帐不缣。炙灯烟染栋，见客帽翻檐。织壁悭三尺，遮门断半帘。吾身交九四，控制万愁兼。

容　膝

矮斋之侧，有处曰容膝[三]。

具体功非远[四]，全躯恨已消。安禅须促趺[五]，觅句敢成摇。悔不身齐足，时当事半腰。行人只蒲伏，何处得逍遥。

野饮呈祝山甫 次山甫韵

野景何须买，山花不待培。幕天分古木，裀地得苍苔。酒上莺调曲，肴空鹊堕梅。一壶随所适，何处问蓬莱。

题练省元壁 次日出福建界

脚债嗟犹欠，心朋喜偶逢。溪声含客怒，山色为谁浓。古树晴摇盖，残蝉晚带钟。莫辞一樽酒，明日是吴侬。

南浦客邸 遇雨半月

南浦半月雨，溪流暗没沙。断桥虹散绮，拍岸雪飞花。孤馆客无梦，短蓬人未家。何如拥红日，照我上�车。

借景楼 翠微居建新市，万花间之，客至命酒，则四壁笙箫之声间发我座，冯著明目曰借景，言其皆非我有也。有诗，次韵。

朱箔钩新月，平阑架落霞。百钱呼酒炙，四壁听笙笳。翠映谁家竹，香飘何处花。功名未归我，且此寄生涯。

宿水陆寺 送陈工部上建阳，届水陆寺[六]。

萧寺廊庑阔，无人独自行。吴侬非好僻，楚客为谁清。花落凭风扫，灯残借月明。江湖有烟浪，且此寄馀生[七]。

呈鲁伯瞻 伯瞻有诗，次其韵。

信断无青鸟，盟寒有白鸥。闷和诗作首，愁听□□□[八]。水滴莲花晓，山空桂子秋。功名有期会，教□□□□。

浦城买舟 菊节日，买舟南下，诸友苛留，舟人□□[九]。

微雨催行旆，西风送客舟。篱边鞠才放，□□□□□。浪激花翻雪，山涵影浸秋。前滩□□□，□□□□□。

归兴呈吴梦祥 次吴梦祥送行韵[一〇]

鱼雁音书少，关山梦寐遥。对花思粉面，遇□□□□。喜意鹊应报，归心马更骄。西风绰鞭镫，飞□□□□。

秋晚即事 次黄巨瞻韵

秋宇清如洗，秋宵分外长。寒鸡鸣午夜，征雁唤重阳。枫叶已全赤，菊花才半黄。不知秋几许，试与问苏郎。

呈李景山 次杨次杜韵

居静心尝乐，愁多鬓不禁。买舟和月载，把酒对花斟。白水有深浅，青山无古今。从兹得真趣，消尽利名心。

小圃 舍后丈地，辟作小圃[一一]。

舍北有馀隙，平溉作小园。花存四五本，竹种两三根。风伯倩摇珮，月娥烦佐尊。谁知方丈里，别有一乾坤。

村居 次臧仲武韵，时在双瑞。

莫怪村居僻，村居亦可嘉。仆羸腰带艾[一二]，婢倩鬓簪花。歌罢蛙催乐，酒阑蜂报衙。门前少车马，惭愧五侯家。

宣城道中 次壁间韵[一三]

恰到杏花天[一四]，转头过禁烟。燕归才数日，蚕起又三眠。少智惭樗里，多材忆孟坚。功名且随分，无苦自咨煎。

过新丰市怀古 新丰乃太白旧游，书堂今立道旁。

路出横江去，虚堂立道偏[一五]。雨声杨柳外，风色杏花前。有泪沾诗宿，无歌述酒仙。采江千古恨，号认向谁传。

买舟浦城 自浦城买舟入建，得一小艇[一六]。

畏路逢危路，寻舟得小舟。始云为得计，终乃复添忧。舱狭难伸足，篷低怎举头。十围无处着，局促向中流[一七]。

憩妙因寺 次王有道先生韵

萧寺寒山外，崎岖一径幽。断云迎客入，曲水护堤流。木石四时古，轩窗五月秋。午烦聊小憩[一八]，拂石为支头。

再继前韵 [一九]

俗尘方倥偬，得得访清幽。烟练素疑抹，山屏翠欲流。松筠扫日月，藤蔓悬春秋。物外有馀乐，吾生空白头。

七言绝句

读汉史 阅纪信、韩信传。

汉将假帝为真帝，齐乞真王作假王。大抵纪韩皆是信，不知谁短又谁长？

寄王五四将仕 将仕乃清之弟，寓广信。岁在戊辰，以其兄之事来告，徘徊久之，临别以二绝饯行。

季叔青天轰霹雳，屈原平地溺波涛。从教晋楚多戕贼，二子何曾损一毫。

周田且谓曾占易，商野何尝识梦书。假使二君无感召，不成终老在樵渔。

约叔真 二首。叔真孤高山林，自葛峰来见，从游两月，傍徨不忍去，作诗送之[二〇]。

半间屋抵斗来大，一个身同山样高。侧坐斜眠俱不得，烦君除去一牛毛。

厄台有事留司马[二一]，凌阁无名问太宗。我且盘桓君且去，归期千载约芙蓉。

题窗间 夜起读书有感

阳虎不名真盗玉，子张何事便书绅。圣贤立论有微旨，精义当求妙入神。

过西溪 道经西溪，仆马痡瘏，解珮青帘，一醉而去。

路随马足难知数，山叠鱼鳞不记名。隔岸青帘人不渡，一溪流水暮潮生。

题莲华壁间 次莲华壁间李次高韵[一二]

风外落花千万片，水边啼鸟两三声，无情惊起阳台梦，独倚闲窗看月明。

赠吕元玘 元玘居分水道旁[一三]

周末见人歌采芑，楚先闻客赋离骚。胸中有气不能吐，空使虹霓万丈高。

初抵富沙 二首

芳草不随春水绿，连山犹带夕阳明。人生有酒且行乐，休向河梁问子卿。

鞭镫两三千里路，楼台数十万人家。长虹不吸秋江水，一叶扁舟悬雪花[一四]。

呈周及之贡元 及之居三衢山中，留宿。

一头却过六七岭，两足几乎百十斤[二五]。恰喜故人能下榻，梨窗樽酒细论文。

宁川冷渡 次壁间韵

峰回路转六七里，林静鸟啼三四声。游女不知行旅恨，一茶留我话平生。

宿灌头 次壁间韵

淡鱼才煮咸鱼熟，白酒新篘红酒香。莫讶杯盘成草草，一年忙处是蚕桑。

南浦水阁 南浦桥之西，有阁临水，同舍宴岳其中。丽人不知行客南征之役，乃有插花临水相嘲之意。成二十八字。

桥横南浦虹千丈，柳护西溪翠一行。佳丽不知滋味恶，插花临水照红妆。

秋晚独步 次刘彦礼韵

十分秋色着岩桂，几阵晚凉催井桐。自恨异乡知遇少，一樽相属与谁同？

后溪[二六]二首

蓬窗夜雨短长梦，啼鸟唤人新旧愁。万里论文一樽酒，醉和明月上扁舟。

泉声恰似世情恶，山色不如归兴浓。自恨十围无处着，何如瘦作束腰蜂。

杨花

一丝不染湖光白，万点能回山色青。三月金明池上水，与予同是一浮萍。

杜鹃

残月照愁人病酒，好风吹梦客思家。欲知亡国恨多少，红尽乱山无限花。

闷述 二首

雁翎未忍刳丁谓，虎口犹期脱蔡京。何事奸邪皆幸免，洛阳年少却南征！

有鼎不烹胡虏肉，无刀可断佞臣头。男儿此等不平气，空使冲冠射斗牛。

酒禁 次项仲山韵。嘲军民不许交欢之禁。

将军爱士民心失，太守忧民士气衰。大抵军民皆赤子，如何从此便樊篱。

赠美人别 次男氏蒙鼎才韵[二七]

花脸送愁和露泣，莺声传恨向人娇。别情远去尤难割，相送不须离画桥。

寄宗上人 上人名正宗，向以能诗得度牒，今在投子[二八]。

我为扣阍拘狴犴，汝将吟笔换袈裟。别来犹记松窗外，一掬清泉自点茶。

寄赵及父 久不得及父安问，忽有自楚东至者之便，以诗寄之[一一九]。

欲邀诗社同莲社，为筑将坛并杏坛。图得有材皆命世，不随风月报平安。

有感

千困未必将军喜，五斗难消令尹愁。若使渊明逢鲁肃，折腰应到脚跟头。

桃花

红雨随风散落霞，行人几误武陵家。牧童若向青帘见，应认枝头作杏花。

弦月

人间离别最堪怜，天上嫦娥恐亦然。昨夜广寒分破镜，半奁飞上九重天。

校记

[一]敝陋 吴批本作「卑陋」，又眉批：「卑，一作弊。」

[二]「目曰矮斋」下吴批本有「得诸体诗有百篇」。参阅卷十矮斋杂咏。
[三]题注，吴批本作「轩名」二字。
[四]功　吴批本作「躬」，又眉批：「躬，一作功。」
[五]促趺　四库本作「促膝」。
[六]届　吴批本作「留」。又眉批：「一刻水陆寺送陈工部上建阳」。
[七]寄　吴批本作「过」。又眉批：「过，当从原本作『寄』，与『且』字呼应。」
[八]□□□　此页缺文较多，各本同。
[九]诸友苛留　四库本作「诸友皆届舟」。「舟人」下疑夺「催发」。
[一〇]次吴梦祥送行韵　原夺「行韵」二字，据郎本、吴批本、刘本补。又「梦祥」，上三本皆作「孟祥」。
[一一]题注原无，据郎本、四库本、吴批本补。
[一二]羸　原作「羸」，张元济校记：「羸，似当作羸。」据改。郎本、四库本作「羸」。
[一三]题注原无，据四库本、吴批本补。
[一四]恰到　各本同。吴批本眉批：「『则』作『到』，误，千家诗改『风暖』，皆不知『恰则』为当时口子（语），犹唐人『遮莫』之类。」
[一五]虚堂　郎本、吴批本、刘本作「书堂」。
[一六]题注原无，据四库本补。吴批本则以此题注为诗题。
[一七]局　原作「跼」，据四库本改。

［一八］午烦　郎本、吴批本、刘本作「午馀」。

［一九］吴批本题作寻幽用前韵，又眉批：「原作再继前韵。」

［二〇］题原作约叔叔真，据四库本改。吴批本「来见」作「来访」，无「徬徨不忍去」句。

［二一］厄台　吴批本眉批：「台，一作堂」。四库本作「厄堂」。

［二二］题注原无，据四库本补。吴批本题作莲华峰和壁间李次高韵，无题注。又眉批：「一本题莲华壁」。

［二三］题注中原无「元玘」二字，据四库本补。

［二四］悬　四库本、吴批本作「飞」。

［二五］百十斤　吴批本作「千百斤」，刘本作「八百斤」。

［二六］吴批本题作后溪舟中。

［二七］吴批本无题注，题作别美人，又眉批：「原题作赠美人别。」

［二八］题注原无，据四库本补。吴批本作：「正宗上人以能诗得度牒，余以上书见谪，赋一诗寄之。」

［二九］题注原无，据四库本补。吴批本作：「久别赵及父，因有楚东便，以诗寄之。」

翠微南征录卷十

七言绝句

白面渡 在池阳之西五十里[一]，村人皆不晓「白面」之义，因诗其事[二]。

系舡白面问溪翁，名不虚传说未通。只恐当年溪上女，浣纱时节懒匀红。

田家十绝

十幅生绡一墨池，尽收好景入屏帏。会须少缓丹青笔，更倩牧童横笛归[三]。

其　二

农夫日炙面如煤，丝妇缫成雪一堆。早早安排了官税，莫教耆长上门催。

其　三

老农锄水子收禾，老妇攀机女掷梭。黄绢已成空对喜[四]，纳官还主外无多。

其四

鸡唱三声天欲明，安排饭碗与茶瓶。良人犹恐催耕早[五]，自扯蓬窗看晓星。

其五

绯裈青衫紫系腰，揽衣随过水平桥。虽然不识风流事，也向人前学逞娇。

其六

村嫠奋迅出篱笆，欲吠还休唤可拏。不是忘机太驯狎，那回曾宿那人家。

其七

画眉无墨把灯烧，岂识宫妆与翠翘。堪笑东风也相谑，暗牵裙带缠去声人腰。

其八

脔鱼炊糁作荷包，宿饭无汤暖酒浇。放碗出门行一匝，小溪新涨已平桥。

其九

麦饭瓜齑及早催，田夫双眼望侬来。没盐不倩旁人带，日午痴儿犹未回。

其十

拂晓呼儿去采樵，祝妻早办午炊烧。日斜枵腹归家看，尚有生枝炙未焦。

春夫

秕糠粒粒裹真珠，玉杵春来白有馀。待问姮娥借金鼎，等闲令汝作蟾蜍。

新市杂咏十首

建安人物风流，市井华丽，红纱翠盖，常无异于花朝灯夕。长篇短句，形容一时之盛，翠微之前，未尝见之，惜稿帖散落[六]，不多见耳。

云鬟烟鬓缕双鸦，一搦宫腰柳带花。试问行云何处觅？画桥东畔是奴家[七]。

其二

翠翘伴醉倩人扶，约我文君卖酒垆。解珮向人陪笑问，一杯容妾佐樽无？

其三

恰把青荷插髻鸦，嗔人偷眼过窗纱。一盘珠翠俱抛掷，却向枝头摘杏花。

其四

迟迟莲漏不相催，亭馆无人午夜开。风欲卷帘花影动，梦魂疑是故人来。

其五

小桥相见便相亲，犹带西湖陌上尘。欲买一樽聊款曲，归迟还怕小蛮嗔。

其　六

不带冠儿不插花，过门佯把扇儿遮。嗔人贪数天边雁，失记回头唤吃茶。

其　七

青衫揾泪向人啼，妾本秦楼浪子妻。流落南州归不得，青楼今在画桥西。

其　八

一年不访李红娘，今日过门意已忘。嘶入画桥东畔路，紫骝犹记旧垂杨。

其　九

花笺得得寄瀛洲，约我今宵特地留。好笑苍头迷去路，绿杨无处认青楼[八]。

其　十

朱门粉壁谪仙家，柳外秋千衬落霞。一涧碧云流不去，木兰舟系木兰花。

花　村

二首。宁川花村，初谓红紫之地，问山翁，云：「村人花姓，因曰花村。」[九]

问宿花村喜有馀[一〇]，已拚花下倩人扶。牧童不见枝头杏，空向青帘问有无。

夜宿花村不见花，数间茅屋瞰溪沙。山翁不是通名姓，几误河阳令尹家。

过番阳湖

翠微访赵贡元于番阳湖之中，方及中流，风涛大作，篙师束手，翠微恬然，哦一绝而止[一一]。

北风翻雪鼓雷霆，舟子停兰亦断魂。看我金鳞三十六，为君一跃上龙门。

嘲热

[一二]张季卿诗云：「甘傍青门学种瓜」。次其韵。

赤帝乘龙驾火车，晴空烧断暮天霞。流金烁石休相酷，少皞看看催戍瓜。

三友亭

平山常有六客从游，东馆之集，乃半不预其间，非私故可议，即炎凉世情之论又殆不免[一三]，异日，卢子彰作亭于松竹江梅之间[一四]，命曰三友，因次其韵，聊及前日之意，盖子彰与李伯云皆平山客也。

老松疏竹间梅英，三友如何独擅名。应是枇杷并桧柏，当时无力预同盟。

青楼赠别

次甘州老人韵

笛声吹彻玉楼寒，金鸭香消更漏残。含泪欲挥羞不敢，倩他银烛向人弹。

枕上吟 建邸，晓风闻角[一五]。

画角梅花吸晓寒，数声清彻碧云端。谁知有客愁无寐，一掬乡心不奈酸[一六]。

午　枕 醉中呼童索枕簟，书窗间[一七]。

三杯未醒复三杯，醉眼朦胧擘不开[一八]。急办藤床并竹枕，要随蝴蝶到蓬莱。

香　篆 刘子源有香篆诗，押灰字，送至求和，因次其韵[一九]。

轻覆雕盘一击开，星星微火自徘徊。还同物理人间事，历尽崎岖心始灰。

矮斋杂咏 二十首[二〇]

落　花

东风吹恨上眉头，两岸桃花瞰碧流。一片红云飞不起，断霞残照落汀洲。

宿溪上

梦回斜月挂林端，酒力初消怯夜寒。何处客舟犹未泊，一声柔橹过前滩。

渔　儿

无肉鸬鹚入水频，双童联网立沙滨。问渠归得鱼多少[二一]，才可为羹了一人。

会五友[二二]

联翩屐齿破苔痕，醉里觥筹不计陈[二三]。来日不须关太史，五星今返聚瓯闽[二四]。

宿茅亭

投宿茅亭得夜凉，鹧班摇落奏筼簹。青簪击破寒窗纸，漏得山花一线香。

江　涛

晓钟槌动巨鳌堂音枨，枕上春雷一夜轰。应是金鳞三十六，化龙头角逞峥嵘。

月夜吟[二五]

一声残角送黄昏，独倚栏干空断魂。竹影扫阶尘不动，自挨明月闭柴门。

嘲染鬓者[二六]

万事关心两鬓秋，柳灰何用苦文羞[二七]。无情霜雪催年少，闲似青山犹白头[二八]。

早　春

梅梢弄粉做新晴，积雪残云没一星。只把眼前春事卜，麦坡已作佛头青。

忆西湖

十年南国叹徘徊，一片乡心拨不开。应是西湖花柳问，风流何事未归来？

问　宿

紫骝回首客思归，万里家山蝶梦迷。问宿莫来林下邸，夜深生怕杜鹃啼。

晓　望

长天万里扫清秋，宿雾朝云寸不留。向晓残星犹未落，一盘棋子倩谁收？

患　疮

前回风疹遍身红，布褐因烧艳火烘。两腿热疮今又发，木将纸被把头蒙。

水　禽

一曲渔歌古渡头，几多鸥鹭起汀洲。西风吹散瑶池雪，点破长天万里秋。

独　宿

朔风号木作严霜，锦被重重冻欲僵。夜半脚跟疑已割，梦魂安得到高堂[二九]。

幽　居

独自清闲独自忙，杳无人迹到萧墙。眠时不用呼童仆，自有清风为拂床。

送　行

秋波春水照残霞，恨雨愁云𩍐髻鸦。飞上领襟随得去，妾身安得似杨花。

春　思

东风吹恨入青楼，满目春容总是愁。杨柳织成丝万缕，凭谁裁作翠茸裘。

小　春

闽南十月已春回，无限风光暗里催。桃李海棠俱斗艳，谁云梅是百花魁。

上　巳

桃谿喷火柳拖烟[三〇]，如豆青梅已半酸。燕子怯春归未得，一帘风雨杏花寒。

嘲贺将仕 二首。贺兄燕尔，翠微系狱，不克诣贺，以诗嘲之。

花何太喜谁能赋，叶是良媒解寄诗。但觉人间传盛事，不知天上集佳期。

吾身西圄拘犹少，君腹东床坦已多。我欲屠牛穷建节，君从欢燕小登科[三一]。

冬　晴 次孙子卿韵

腊月南州不类冬，梨花飘粉小桃红。未曾飞动遥山雪，早有春三二月风。

梦谪仙

梦驾白云参谪仙，谪仙留赋白云篇。醉将只手拿虹笔，便扯青霄作彩笺。

怀九江友人 久不见荣仲樵[三二]，似闻已罢钓线矣，作诗讦之。

浪拍西风万壑秋，几多香饵落金钩。无鱼可钓浑闲事，留得丝纶在即休。

校记

［一］吴批本作「渡在池阳治西六十里」。又眉批：「一本无注。」

［二］诗 吴批本作「详」。

［三］归 郎本、吴批本作「吹」。

［四］黄绢 四库本作「苗绢」。又吴批本眉批：黄「一作苗。」

［五］恐 郎本、四库本、吴批本作「怒」。

［六］吴批本「见之」作「咏之」，「稿帖」作「稿帙」。

［七］奴家 吴批本作「依家」，又眉批：「依，一作奴」。

［八］绿杨无处认青楼 郎本「无」作「深」，郎本、吴批本、刘本「认」作「觅」。

［九］吴批本此下有「因忆吾乡有小杜句迹，末句故及之」。

［一〇］间宿　毛本作「闻宿」，郎本、吴批本、刘本作「投宿」。吴又眉批：「投，一作问」。

［一一］番阳湖　吴批本作「番杨湖」，又眉批：「刻本作鄱阳湖与赵贡元同舟」。

［一二］吴批本眉批：「刊，无嘲字」。

［一三］即　吴批本眉批：「即，刊则。」

［一四］江梅　吴批本作「红梅」，又眉批：「红，刊江。」

［一五］吴批本题作建邸枕上吟，无题注。

［一六］掬　吴批本眉批：「掬，一作挂。」

［一七］题注原无，据四库本补。吴批本注：「刻本作醉中高卧。」

［一八］擘　原作「劈」，据郎本、吴批本、刘本改。

［一九］吴批本注：「刻本作和镏子源香篆诗押灰字。」

［二〇］郎本、吴批本注：「翠微在建所居。」又，四库本二十首各有分题，无序号，从之。

［二一］归　原作「扫」，据四库本改。

［二二］郎本、吴批本题作会友。

［二三］陈　刘本作「程」。

［二四］今返　张元济校记：「返，疑夕之误」。

［二五］郎本、吴批本题作月夜。

〔二六〕郎本、吴批本题作嘲染鬓。

〔二七〕何用　吴批本眉批：「用，刊事。」

〔二八〕犹白头　郎本、吴批本作「也白头」。吴又眉批：「也，原作犹。」

〔二九〕高堂　吴批本作「高唐」。又眉批：「唐，一作堂。」

〔三〇〕谿　原作「谿」，据郎本、吴批本改。吴又眉批：「谿，千家诗作蹊。四库本作溪」。

〔三一〕此首原标其二。四库本未标，因题下已出「二首」，从之。

〔三二〕荣仲樵　四库本、吴批本作「荣樵仲」。

翠微南征录卷十一

七言绝句

渔　父

廖叔阳渔父诗，押花字，求何明父和。明父先送翠微，翠微次韵，径还叔阳，明父不及见也。它日，明父阅轴，云：「老秋当退弈。」[一]明父名于诗社，叹服如此。

江村水落富鱼虾，半属桥边卖酒家。莫讶鬓边新有雪，夜来沉醉宿芦花。

寄赵德夫

德夫虽入田幕，卒不见用，欲归金陵，复有徘徊之意，作书见寄，因以一绝赘楮尾[二]。

男儿无路出邯郸，长铗休从暗里弹。是处有鱼堪下钓，扁舟何独子陵滩。

春闺杂咏　十首

问庖媪[三]

溪馆供庖独有鱼，溪翁日日扣吾庐。儿童不问无钱买，便拽铃儿唤小厨。

午枕

午簟风清帐自开，日斜双鼻尚鸣雷。不知蝴蝶何方去，多少黄鹂唤不回。

落花

石痕新褪落溪毛，应是春流昨夜潮。红雨入帘衣不湿，玉人沾作鬓边娇。

卷帘

眉带遥山淡拂秋，几多春恨锁重楼。真珠半卷娇无力，须索偎人为上钩。

酒醒

宿酒初醒午梦回，不烦梳掠傍妆台[四]。曲肱斜把香腮托，却讶荷花藕上开。

雪狮儿

劝罢浮酥酒一卮，殢人相伴塑狮儿[五]。却将冻手和衣拍，笑我金铃用桔皮。

醉归

红猊烧尽夜堂寒，银烛生花玉漏残。沉醉归来浑不记，阿谁扶我上雕鞍。

买盆池莲[六]

小瓮栽成一把莲，问渠邀价勒三千。玉人不问成和否，移向西窗画舫前。

晚醉登楼

凤箫吹断古梁州，独倚东风十二楼。醉把朱帘和露卷，恍疑新月是银钩。

带花

不整乌云不画眉，天然标格自相宜。梅花羞对傍人插，背倚屏山捻一枝。

夜有所闻 建邸，夜不安枕，邻壁复有激人之离思者，书二十八字于窗以愧之[七]

好风吹月上回廊，花压阑干子漏长。天籁不鸣窗外竹[八]，披衣潜起听鸳鸯。

秋朝有感 翠微在建，屡准荆淮诸司奏辟，西府初欲征发，终阻于平原之令。

十年版筑叹勤渠[九]，自笑青霄去路迂。昨夜高宗闻有梦，不知曾到傅岩无？

闻有荐翠微者成二绝

二袁吕布谩豺狼，孟德仲谋那易量。顾我未逢三顾主，空教徐庶下南阳。

韬铃鼎鼐本同伦，后世人材自浅深。相国若能擒项羽，汉坛应不荐淮阴。

流　萤

二首。池亭夜坐，有星孛入燕冀之郊，见于冰鉴。起占躔度，浑仪按堵久之，乃知腐草之光。

谁将残火曳流萤，月黑星昏分外明。老眼年来困躔度，恍疑流彗入王城。

前年天狗落京西，千里生灵血染衣。子夜不知萤电过，复忧天外一星飞。

早春十绝 〔一〇〕

讥贵公子 〔一一〕

自叹身如不系舟，几年漂泊在南州。柳丝只解弄春色，不把紫光绊客愁。

层　楼 〔一二〕

故山烟霭接层楼，楼上离人泪欲流。谁谓楼高添望眼，一层楼上一层愁。

麦　坡

雪满遥山玉作堆，几多花柳望春回。出门独有平坡麦，一派生青熨不开。

楮　衾

夜来不敌楮衾多，全胜吴绫与越罗。好是玉人春睡起，白云堆里见姮娥。

酒　家 〔一三〕

青帘久不访文姬，樽酒殷勤款翠微。沉醉不须笼画烛，自挑明月送郎归。

梅山

十年不谒五通仙，自叹何时接圣颜。此去行祠应不远，白云深处是梅山。

水西

谁道风光在水西，水西我意未为奇。若教南北东溪去，更费诗人无限诗。

梅 [一四]

寻春不遇欲空归，竹外横斜恰一枝。且喜东君有消息，隔香应不怕疏篱。

寄书

一书欲写寄云鬟，更把春衫裹素蛮。欲识相思谁最切，泪痕今作鹧鸪斑。

自述

苍生千里望云霓，何事英雄去路迷。见说九重新有梦，济川人在北岩西。

寄仵判院 [一五]八首

闲亭无日不相随，稍不相随恨别离。况是一秋无信息，可无人寄问安诗。

其二

自惭儿女总江湖[一六]，鸿雁不来音讯疏。且喜北堂珠玉眷，团圞环诵道家书。

其　三　春谕，空洞之音，许以五百卷为期，今已倍蓰，何尚杳然。

天音空洞岂虚传，许我琅函诵半千。何事加持功已倍，日边消息尚茫然。

其　四

短笺封罢更重题，生怕苍头去路迷。说与不须多借问，葛庐只在白云西。

其　五

红猊消尽水生花，清夜迢迢玉漏赊。环珮不知何处去，醉眠应是小卿家[一七]。

其　六

毫端风雨走蛟螭，人物风流冠一时。要向行云问踪迹，青楼何处没新词？

其　七

此去于门咫尺间，樽罍无计得跻攀。断魂欲伴行云去，犹恐歌喉误小蛮。

其　八

锦笺牙轴白云词，君外知音更有谁？一榻何时对风雨，与君联臂话相思。

得金正将书

金晖，本名金军三，四明人[一八]，沿海为盗，配隶池州牢城，复结连徐三、沈二等叛囚。池守陈模、池帅毛智通欲尽弃市。翠微止之，改窜建安。翠微有南征之役，金应募上边，作书荐之边帅。续因沿淮立功，见任定海正将。晖识洋岛，善波涛，可充沿海乡导。

八行黩墨笑金晖，今亦提兵上海涯。一介问安虽老略，感恩犹胜李申之。

暮出

翠微谪居建安，郡太守以下皆迎合乎韩平原，囚之囹圄。自舍人张公提狱闽峤，特令自便。丁卯，边帅屡辟入幕，西府以权势命，不允。至是，有司尚有防闲之意。

无事何须出短篱，一关风月足朱扉。几回趿起芒鞋去，带得闲愁无限归。

自喻呈赵明夫

[一九]反舌禽之诡诡者，过时则无声。

梁间燕子为喃喃[二〇]，故下珠帘未放还。料得无声如反舌，不应流落在人间。

惜秋

二首。予闻宋玉悲秋之来，予独惜秋之去。次李忠朝韵，成惜秋。

祝融嘘火扇骄阳，北陆迎寒酿雪霜。安得金风专岁令，四时心地有清凉。

诗到林头落叶时，眼前秋事已无几。何当领取秋容去，收拾诗囊带得归。

上运管张平国

其　一　平国初任池阳西楼酒官[二一]。

妙年司酿水边州，浪迹曾陪汗漫游。红粉夜嫌银烛短，醉和明月下西楼。

其　二　次任池阳铜官宰

大江南畔五松西，潘岳风流梦有诗。归路经从定留挽，莫教父老见旌旗。

其　三　九子、芙蓉、上下雪潭，皆池阳山水名[二二]。

雨洗芙蓉沃眼青，雪潭澄月照人明。铜民指点向人说[二三]，未比当年令尹清。

其　四　程廷老乃平国侄婿，居九华，双峰其号也[二四]。

双峰十月客辞家，廷老相期下九华。检罕不逢陶靖节[二五]，唤船同过鲤鱼沙。

其　五

紫枢黄阁总青毡，西掖东华墨尚鲜。何事□□□□业[二六]，独公莲幕恁淹延。

其　六　平国尤善笔，法安国[二七]

闲将玉斧制罗纨，醉引龙蛇竞笔端。流落□□□□轴，绿窗俱作画图看。

其　七　野夫，平国侄，安国子，路漕管除龙舒守。明年[二八]。

武城三载促公归，自合班行列禁闱[二九]。计幕暂参知有在，野夫曾此便横飞。

其　八

朱颜绿鬓富春秋，家世才华二总优[三〇]。不用鹤裘兼映雪，天然标格自风流。

其　九

云衢从此喜通亨，凤阁鸾台信脚行。愿把恩风散寰宇，盛栽桃李作门生。

其　十

英雄三载谪东南，二月东风始放还。马瘦尚嫌归路窄，愿求屋上一青山。

再还建上旧居　翠微于嘉定己巳仲春被命东归[三一]。是秋[三二]，复准部符，再还建上。

门外梅花拔复栽，回时春去去春回。儿童拍手应相笑，归去贾生今又来。

群　鸥

一声渔笛发中流，惊起平沙万点鸥。去尽青天回欲集，梨花无数落汀洲。

校　记

〔一〕老秋当退弈　弈，原作「矣」，据郎本、四库本改。（此句盖以善弈者奕秋为喻。）

〔二〕题注原无，据四库本补。

〔三〕本题四库本作问庖妪，郎本、吴批本作问庖。

〔四〕不烦　四库本作「不欣」，吴批本作「不饮」。

〔五〕塑　原作「望」，据郎本、四库本、吴批本改。

〔六〕郎本、吴批本题作买盆莲。

〔七〕吴批本末句作「赋此志感」，又眉批：「刻，无四字。」

〔八〕窗外　原作「天外」，据吴批本改。

〔九〕勤渠　郎本、吴批本、刘本作「勤劬」。

〔一〇〕吴批本注：「刻本作建安早春杂咏十首」。

〔一一〕郎本、吴批本题作自叹。

〔一二〕郎本、吴批本题作登楼。

〔一三〕郎本、吴批本题作酒墅。

〔一四〕郎本、吴批本题作寻梅。

〔一五〕仵　刘本作「忤」。张元济校记：「仵，疑许之误」。今按：原作仵不误。

〔一六〕儿女　郎本、吴批本作「男女」，吴又眉批：「男，一作儿。」

〔一七〕小卿　郎本、吴批本作「少卿」，吴又眉批：「少，一作小。」

[一八]四明　原衍「四」字，据郎本、吴批本改。

[一九]赵明夫　毛本、郎本、四库本、吴批本皆作赵润夫。吴批本又眉批：「润，原作明。」

[二〇]为　吴批本、刘本作「语」。

[二一]此题注，原标在总题下，郎本、吴批本标在「其一」诗下，从之。

[二二]郎本、吴批本作：「芙蓉峰、下雪潭，皆九华山中名胜。」

[二三]人　原作「民」，据郎本、吴批本改。

[二四]也　原无，据吴批本补。

[二五]检罕　四库本作「检早」，郎本、吴批本作「检早」。

[二六]□□□□　四库本旁注「阙」。下首诗同。

[二七]题注，郎本、吴批本作：「平国工书法，学安国。」张元济校记：「国下文义似未完。」

[二八]明年　张元济校记：「年下文义似未完。」又，郎本、吴批本小序「野夫」下有「乃」字，末无「明年」二字。

[二九]闱　吴批本作「围」。

[三〇]二　郎本、四库本、吴批本作「三」。

[三一]己巳　原作「乙巳」，查宋宁宗嘉定共十七年，其间只有己巳，因改。吴批本正作「己巳」。又，郎本、吴批本嘉定上有「于」字，据补。

[三二]秋　郎本、吴批本作「春」。

补遗

古诗

冬暖 [一]原注：「后村千家诗二补」。

天不雨霜雪，朝曦与暮霞。江梅呈腊蕊，岩桂又冬花。

七言律诗

伤春 原注：「后村千家诗一补。」

尽把天工付祝融，东皇归去太华宫。稜稜山色耸苍玉，湛湛波光浸碧铜。杨柳入天鸠要雨，海棠落地蝶嫌风。好将杖履西园看，万紫千红一夜空。

五言律诗

秋　原注：「后村千家诗二补」。又，眉批：「此首韵与秋晚即事同，疑一时所作」[二]。

暮色千林薄，秋空万里长。寒蝉鸣晚树，归棹泼斜阳。水远天同碧，风高叶脱黄。星星老蓬鬓，不觉到潘郎。

七言绝句

春　暮　原注：「后村千家诗一补」[三]。

三月湖天春昼长，东风飘暖草浮光。樱桃熟后游人倦，柳絮飞时燕子忙。

麦髯豆荚雨生肥，闲绿园林粉蝶飞。剩置好花安四壁，不教人道是春归。

冬　暖[四]

冻雪寒云作冷冬，群花百卉尽羞红。谁将暖律吹寒谷，一夕春回几信风。

鸥 原注：「后村千家诗十九补，当在卷末群鸥一首后」。

随潮鸥鸟往来频，百十为群立水滨。多怪朝来无一个，高飞想是避渔人。

校 记

［一］此首并以下六首均录自吴批本。

［二］郎本凡例引，题作贵池秋晚。

［三］原补逸春暮为三首，核「买春无计托花神」一首，乃割卷五七律暮春述怀之上半，又原注：「此三首亦载厉氏宋诗纪事，系引南征录」，核今本宋诗纪事华岳春暮诗，只「麦髯」一首，亦无「买春」，故不录。

［四］此首题下无注，但校各本皆无，因亦入补遗。

翠微北征录

翠微北征录卷一

平戎十策

再上皇帝书

开禧三年吉月吉日，待罪国学发解布衣臣华岳谨昧死百拜，裁书献于皇帝陛下。臣向以狂妄叩阍，乞罢兵事，冒犯天威，重蒙圣慈不赐诛戮，谪臣建安，迨今两载。伏自待罪以来，日闻边鄙之音，伤痛不已，乃知臣前日之所以料陛下今日之事者审也。夫救火于炎炎之时，不如徙薪于曲突；拯溺于狂澜之中，不如济人于溱洧。今火之既焚，水之既溺，复将坐视而不恤，则燎原滔天之患，将莫知其所止矣。当其未焚未溺，臣不能挽回陛下之听，臣之罪也不可逃；及其既焚既溺，复不能为陛下扑灭而疏导之，臣之罪可胜诛耶？臣尝闻之，立帝王之大业者在豪杰，扫天下之妖孽者在英雄。高帝惟能收三人杰，故赤帝子之业不劳而成；光武惟延揽英雄，故中兴之功定于十有三年之速。英雄不收，而咨谋于庸常科目之儒，豪杰不招，而听命于尝试草草之士，臣知其褊见浅识，适足以资敌人深长之谋，而轻举妄动，鲜有不奔军而误国者。然则陛下今日之事，将付之于书生学士耶，抑付之于英雄豪杰耶？夫所谓英雄豪杰者：山林特起，拜为父师；江湖隽逸，视为标准；衣冠缙绅，足未尝蹑其门；王公大人，名未尝过其目。其所究心者：门屏、缶听、种冰、阱囤、飞灰、走雷[一]、风篁、水栅、木柜、摇波、透石、远汲之制。其所筹算者：五福、大游、君基、臣基、天乙、地乙、四神、直符、小游、民基、青门、直使之诀。其所歌诵者：长庆人事、诸子秘传、张氏屠寇、九星营寨、诸家秘密之书。其所交游者：唐城、桐柏茶牙海狗，东邹、南偃、夹山、六安鸡鸣马嘶，羊岘、房陵、襄、淮遗逸之士。其所畅望者：巢、淮、涟、泗之浅深，可以通津之远近；淮、汉、荆、襄之肥瘠，可以屯兵之多寡。其所素晓者：淮东多川泽，利舟楫而不利步骑；淮西多山林，利步骑而不利舟楫。其所收集者：皆梁汉奇材，荆楚壮士，烟云楼阁、波涛楼橹、窟穴药石、风云占候之人物。其所计度者：山口、枞阳、东关、斥江、裕谿、马肠、九曲、狗溪、射阳、杨口、洲头、杨林之津要；以至荆襄之战地三十六，何地为险；淮南之山寨九十四，何寨为要。论至于此，则英雄豪杰之士，其视夫书生学士之流，岂不大有径庭也哉！

仰惟皇帝陛下，奋五百岁间生之资，恢亿万载中兴之业，将以合天下而为一家，合夷夏而为一统。凡兵家之事，无不曲尽其至，自宜一举而朔庭空，三箭而天山定，何大兵之出两周星次，而大捷之未奏耶？何调发之帅布满沿边，而废置之靡定耶？掘池三尺，可守一城，兵家之濠堑也，何长淮千里，不足以限守御之阈也？一夫守隘，万夫莫向，兵家之险要也，何云屯百万，不足以塞犯淮之寇也？尺寸之地所必争，何贼锋未交，先自弃其城邑？颗粒之粟所必计，何贼虏未至，先自焚其粮草也？市人可驱，乌合可斗，兵家之妙用也，何今日二浙、福建、江淮、荆湖新招之卒，其发解于宣司者，乃病于教阅之未精耶？唱筹量沙，因粮于敌，兵家之奇计也，何今日武昌、蕲阳、山口、枞阳、池口、芜湖、采石、建康、镇江交收之米，其桩积于沿江者，尚虑其积之未丰耶？臣尝深思而熟计之矣，非陛下之宠遇者皆科目行伍之材，而英雄豪杰之材则未蒙于宠遇；擢用者皆规矩准绳之士，而泛驾不羁之士则未蒙于擢用，故如是欤？自今以观，师行千里，命下两载，求贤之诏下郡国者无一字，荐贤之书入章奏者无片纸，荆襄之遗逸，未闻其姓名，江淮之豪放，未识其面目，人材何自而能出？事业何自而能济？以故甲日亦战，乙日亦战，不知夫壬遁之为何术也；生道亦出军，死道亦出军，不知夫青黑之为何神也；张曰可将则将之，李曰可罢则罢之，不知张李之说孰为果然耶；左曰可攻则攻之，右曰可守则守之，不知左右之说谁为适当耶？吁！庙堂有知兵之臣，则总调发者皆真实之材；宣司有知兵之士，则受节制者无侥幸之将。故庙堂知兵，则知兵者进，而不知兵者退；宣司知兵，则知兵者将，而不知兵者罢。兵不自知，而一切黜陟之术悉听诸人，吾见其事业之所成，有不待智者而后知其必败也。今日之事正坐乎此：一则取士而不得其实，二则招军而不尽其材，三则御骑者未得其具，四则陷骑者未有其策，五则得其地而反失其心，六则守其地而复无其备，七则恩威之不明，八则利害之不密，九则急务在财计而财计未丰，十则边计在马政而马政未备。十者之弊，非有英雄豪杰之士为陛下洗而新之，则他日败亡之患，盖有不可胜言者矣。臣请为陛下条陈之。

取士

臣尝读孙子一书，至十三篇之末，其论上智为间，有曰：「殷之兴也，伊挚在夏；周之兴也，吕牙在殷。」殷周之王，固天命之所攸属也，何伊挚、吕牙之能为兴亡也哉？盖用间之法，不以豪杰之未至为可忧，而以豪杰之去国为可虑；不以英雄之未附为兵家之急，而以英雄之去己为腹心之忧。故夏虽未亡，而挚去则亡；周虽未兴，而望至则兴。是知英雄豪杰之去留，为社稷邦家之休戚，而今日之急务，诚在此而不在彼也。况夫名山大川，秀所由钟；嶞山乔岳，神所由降。千岁之日至，则间世之士生，必有翘楚之材，特起之子。梦寐未形，占卜未见，寓于贫贱、闾阎、流俗之中，隐于耕农、商贾、草莱、医卜之下。罗之以科举耶，彼不善于章句之儒；诱之以利禄耶，彼不由于闻达之路；置之于驻札将佐之中耶，彼不生于营垒行伍之地。三城、桐柏之耕农，罗源、贾木之樵牧，六安、辽峰之高隐，羊岘、房陵之商贩，类多抱负所长，高出世表，能否相参，有无相授。非不欲求用于世，以尽所蕴，然上则招致无方，而下则无阶可进；内则搜访无术，而外则无门可入。是必庙堂广于延纳，而无间于疏远；幕府勤于听览，而无拘于早暮；监司州县专于荐举，而不遗于微贱。其门有八：一曰有官，谓沉溺下僚，不能自奋。二曰无官，谓素在草茅，不能自达。三曰世家，谓将帅子孙，不能自效。四曰豪杰，谓江湖领袖，山林标准。五曰罪戾，谓曾犯三尺，求脱罪籍。六曰黥配，谓材气过人，轻犯刑法。七曰将校，谓素有谋略，久淹行伍。八曰胥靡，谓隐于吏籍，不得展布。臣愚欲望朝廷明赐告谕：上而二三大臣，握发吐哺，结四方豪杰之心；下而中外诸将，解衣推食，作一代英雄之气。在诸路则责之于监司州县，在诸军则责之于制领将佐。开推挽之门，去游谒之禁，谕之以文榜，激之以忠义。识军国之利害者，许其自陈；识山林之豪杰者，听其自荐。使天下有爱君忧国之心者，皆得布露；有过人脱颖之材者，皆得导达。择其所陈，果有切于军国大事者，解发宣司，审覆其实，发付军前，随材录用。其有言词浮诞，簧鼓世俗者，焚之；其有互易乡贯，指陈他事者，毁之。言词朴直，无令弃置[二]，恐过人之资拙于朱墨；虚辞华丽，无令收录，恐科目之儒例于奔竞。如此，则闻达者既至，不求闻达者亦得以识其姓名；利禄者可招，无心利禄者亦得以知其岩穴。不然，则草莱之雄未能尽致，反有以滋他日匹夫窥觊之私；山林之奸不能尽收，适有以启异时萧墙眦睚之衅。今我国家，用师百万，运粮千里，宇内耸动，天下响应，率未闻有能荐一豪杰，举一谋士。不知淮自桐柏以东，为里一千六百，沙浅之地凡一百一十有一，而海峤皆通津焉。沿淮屯守之师，自喻口至浮光不过一十余所，中间利害去处，十阙八九。汉自郢京以西，为里一千四百，滩碛之险凡八十有一，而桐枣之地，千里平阪，寸土尺水，略无限隔[三]，而荆襄守御之兵，自信阳、安、复至荆门、光化，亦不过六七屯戍，间道甚多，拒御不及婴其四集之锋，而塞其阙然不满之处，殊非有能任其责者。盖怀材抱艺之士，耕云钓月之徒，天下晏然，四方无事，犹切意功名，更相劝勉，以图进取；事业之秋，孰甘疏外？苟招致之不廑，旁求之未尽，则舍虞之秦者，乌知其非百里奚？背楚归汉者，乌知其非韩淮阴？况夫杨朱之歧，可以南可以北，孟轲之水，决之东决之西；前晋后楚，无路不通，左赵右燕，无关可隔，是可不为之虑耶？此取士之说，臣所以拳拳于论事之首也。

招　军

臣尝观太公练士，必因其能否，聚为十一等级，未尝有废弃不用之卒；吴起练锐，各因其材，别为五等，故决围屠城，无施不可。夫天之降材，不可以一律拘；故君之用材，不可以一概论。将限之以等量耶？长者或懦而无能，短者反勇而有用。将律之以肥瘠耶？肥者或拙于驱驰，瘠者反俊而骁勇。将齐之以老少耶？少者或钝于教阅，老者反精于鞍马。将取之以善恶耶？善者或嫌于姑息，恶者反雄于战斗。将责之以门望耶？尺籍伍符之子，或骄堕于不学，破落游手之人，反亡命于不顾。何者？攻城掘地，惟穿窬之盗斯能成钻斡之功，长枪大剑之材无用也。漂流破堰，惟泛海掠潮之寇斯能成溃决之功，揭竿斩木之材无取也。沉舟漏舰，则过淮盗马、越汉运盐之子斯能成出没渊源之功，弯弓牧马之材无能也。袭营垒，警堡寨，则昼伏夜动，神出鬼没，伺人之墙壁、觇人之财宝者斯能密其出入之踪，畏刑惧法之徒无所施其巧也。探贼营之虚实，窃贼军之旗号，视死如归、饮毒如蜜者斯能舍其性命之重，顾惜之士无所用其力也。夫有一技则生一材，有一材则济一用，因技以求材，因材以制用。其说有六：一曰合格，谓身及等仗，体无残疾。二曰亡命，谓漂泛淮海，鼓诱溪洞。三曰逋逃，谓惧罪逃窜，思得自效。四曰破格，谓等仗虽悭，而骁勇过人；肢体虽残，而武艺无敌。五曰盗贼，谓累犯刑法，无生可谋；甘为盗贼，无术可禁。六曰私贩，谓私贩商榷，偷瞒商税。广行招致，随材任用，其有犯法，必杀无赦。仍令选择材技，分为十等，各置将队。有善穿窟穴、可以攻城者，聚为一卒，名曰「窟穴将」，以备攻城之用。有善弄潮泛水、可以浮液者，聚为一卒，名曰「波涛将」，以备锥凿贼船之用。有善攀椽上屋、缘梁走柱、可以登陟者，聚为一卒，名曰「楼阁将」，以备登城越险之用。有善飞烟射火、流光走爆、可以通放者，聚为一卒，名曰「烟火将」，以备烧毁城邑之用。有善夜行、不以灯烛可以暗袭者，聚为一卒，名曰「潜身将」，以备惊劫贼营之用。有善捕兽获禽、笼槛教使、可以驯熟者，聚为一卒，名曰「飞走将」，以备充神出怪、疑兵惑敌之用。有善上竿立索、可以超望者，聚为一卒，名曰「轻捷将」，以备登高望远、窥伺空便之用。有善知海道蹊径、黄黑洋岛者，聚为一卒，名曰「洋海将」，以备浮江泛海、潜兵密渡之用。有善撑驾船舰、验风辨云者，聚为一卒，名曰「风云将」，以备移风易雹、闪误舟船之用。有善雕镌陶铸、机织销画者，聚为一卒，名曰「机巧将」，以备不测，设为怪服异旗误敌之用。其余搭材工匠，悉如常法，则兼收并蓄，悉无所遗。苟以为长而及等仗者，为弓手、枪手，短而插指板者，为弩手、斧手，不知弓枪弩斧之外，犹有馀用也。无籍之子弟为马军，新刺之百姓为步人，不知步人马军之外，犹有馀材也。不曾犯徒、不曾刺环、无残疾者，可以充招，而不知犯徒、刺环、欠指、眇目之中，其果勇有大过人者。今我国家诸军驻扎之兵，并已差出，而守营垒者，皆老弱队外无用之卒。诸州禁卒及寄招三分之兵，并已拣发，而留家基者，皆残疾废弃之士。去岁，他郡未知丰歉，而福建一路，禾苗白死，收不及半，泥足方干，而民已告饥，刘鉟方解[四]，而籴已告涌。若不尽行招致凶恶无赖亡命之子，归为国家大用，臣恐奸雄不出，而无籍亡命，反为吾境之内忧；妖祥乌合，无归而啸集，反为我山林之怪异。平居无事，犹可诿者，今方兴举恢复大事，可不预为之计哉！此招军之法，臣所以拳拳于论事之次也。

御骑

臣闻古人，以骑射为匈奴之长技。前辈谓，虏人骑兵非中国所能敌。盖敌之所长者马军，所能者骑射也。吾能料其所短，而不能料其所长，则已一而敌二，非兵家之上谋。吾能制其拙，而不有以制其巧，则敌算多而已算少，尤兵家之深患。况河南冀北之地，为地最广，而畜牧颇多，吾国之数，十不足以及其四五。宕昌、横山之监，为地绝远，而驿程断绝，吾国之马，十不足以及其二三。马步三司之马，虽仅言数万，而羸弱老病将及其半。江上诸军之马，不过五万，而在假未该入队之数，不啻三分之一。此其为马尤非中国之所能敌矣！况吾之马，行石则瘸，行泥则陷。敌之马，则雨雪连月，其去如跃，沙碛千里，其疾如飞，而非吾马之所能敌也。吾之马，遇午而饮，遇晡而料。敌之马，则连牧数月而汲饮不拘，连饿数日而乘骑不乏，而非吾马之所能及也。然则何以制之耶？曰车而已。夫所谓车者，太公之扶胥，其制不传于古。楚子之乘广，其用不适于今。宣王之四牡八鸾，则百五十人之制，于曹郑为太多。荀吴之攻车守车，则一百人之制，于荆淮为太少。昔信阳使臣张敌万尝为车以献于朝矣，下置四轮，上施一屋，前张以幔，后掩以木。其制非不善也，然十人两牛，非独力之所能举。昔池州帅臣刘震，亦尝为车以献于朝矣。下置一轮，上载一弩，顶覆一盖，中立四柱。其观非不美也，然上重下轻，非独轮之所能胜。盖张之本意，惟欲其运粮，故兼用以御敌。始于敌不可御，而终于粮之不可载。臣之为车则不然，能总数木之器，而聚以成车，则车之用可以御敌骑之冲突；分一乘之车，而析以成器，则器用可以助吾兵之搏击。平原旷野，则合而为车也，势如山岳，环如营壁，而敌骑不得以婴吾之锋。阻山带河，则析而为器也，长以御短，短以御长，而敌人不得以测吾之妙。古之车重而艰于回环也，吾之车轻而易于回环。古之车大而艰于搬运也，吾之车小而易于搬运。古之车行地一丈二尺，吾之车亦行地一丈二尺，而雕斫之工，比古为无费。古之车一乘当八人，而吾之车亦一乘当八人，材干之用，比古为不多。前掩以牌，卤以药石[五]，而火不能焚，水不能溺；中贯以枪，透以孔窍，而行则后推，陷则前举。平地大阪，贼方欲逞其骑射之能，吾乃以是车而列阵之前，则敌之射骑穷矣。便风利地，贼方欲极其番马之劲，吾乃以强弩而伏之于车之后，则敌之马军钝矣。无他，弓之所及者近，而弩之所及者远，步之所御者虚，而车之所御者实。中发以极远之弩，外捍以御实之车，则伏从胸背而发，骑从腰胁而出，敌虽圣智，亦有所不可逃矣！此臣所谓御骑之具也。

陷骑

臣闻近者诸军，制为马黄、克头、锹头、神劲、神臂弩之属，以破其骑射之能；制为木叉、沙栏、拒马、鹿角之属，以破其邀劫之速[六]，其术似矣！盖弩能发矢于数百步之外，使彼之骑射不得以及于我也，然皆用于步人，而步人素非马军之敌。车能御敌骑之邀劫，而使敌之骑军不得以覆于我也，然皆病于重滞，而非一士一卒之所能独举。故弩之弊在于步人必有捍蔽，斯可后伏。臣之轻车，非弩之捍蔽欤？车之弊弊于重滞，或有搬挈，皆成弃物。臣之轻车，非物之轻捷欤？张骑为翼，有所不能掩；附火于箭，有所不能烧，车之用固妙于当代矣。然车可以制敌骑之冲突，而不能追迫虏骑，而置于必死之地；车可以遏虏骑之邀击，而不能暗陷虏骑，而纳于必败之域。彼有为铁蒺藜之具，使马足受刺，而连颠于道路矣。然铁蒺藜之锥，尖而且小，马足上覆，则深没入土，而不足以透其蹄甲之坚也。彼有为木蒺藜之具，使马足中毒，而联覆于队伍矣。然木蒺藜之锥，钝而不利，马足受践[七]，则锋角摧折，而不足以破其蹄甲之厚也。彼复有造为守城之具，曰连板茅针，上有一锥，下置一板，或者以之而陷骑。然败于丑形而易见，下马步行可拾而取，上马乘骑可望而避，而不足以陷骑也。彼有造为守城之具，名曰鹅项茅针，首尾有锥，而身腰两曲，或者以之而陷骑。然败于筌插之不坚，受压于东则斜倒而西，受压于南则斜倒而北，而不足以陷骑也。彼有所谓铁皂角者，锋固利矣，而枝柯之软，无所取材。复有所谓铁菱角者，制固美矣，而尘沙之陷，无所施巧。然则皆不可以陷骑，而何以制之邪？曰铁蕈，曰竹贮而已。夫所谓铁蕈者，上锥下平，状若木蕈，踏之则下不入土，压之则上可入肉。锥缀于番马蹄甲之下，而不容取剔。是谓铁蕈。夫所谓竹贮者，一球六锋，状如鼠粘，四围有锥，而可破蹄甲，中间有蒂，而不没尘土。马蹄及之，则上尖下圆，而牢不可破；马足踢之，则六方有锋，而左右中毒。而不可以手握[八]，而恐其伤人；不可以帛裹，而恐其脱颖。是谓竹贮。惟是药之以锥，而所中则与药俱中；筒之以竹，而欲放则倒筒而放。夫马之为物，非人可比。一马或颠，则左牵右绊，而百马皆颠；一骑或覆，则前挨后触，而百马皆覆。无他，互相控制，故众倒不容以自支，交相逼匝，故连蹶不能以自止。惟能以轻车之制，而绝其骑之不可来，复以铁蕈、竹贮之具，而陷其骑之不可去，故虽圣智，亦有所不可逃矣。此臣所谓陷骑之策也。

得地[九]

臣闻兵有万机[一〇]，系乎一将；人有四体，系乎一心。一将不谋，则万机皆失；一心不安，则四体皆病。故三蜀之地，人心在关。京淮之地，人心在城。合数十州而为蜀，固非一朝可破也，然一关苟失，则三蜀之民皆无自存之心。总数百里而为城，固非一夕可虏也，然一穴可攻，则三军之众皆无自守之策。此无他，人心之所恃者，在关与城。关之与城既不足恃，毋怪其徬徨而无计也。二广之心在于岭，二江之心在于江。一夫越岭，则全广之民皆忧惶而不可禁；一舟渡江，则江南之民皆溃散而不可止。此无他，人心之所恃者，在岭与江。岭之与江既不足恃，无怪其束手以就擒也。故善用兵者必先守其心，而不失其所恃焉，斯为善守之策矣。故古人之用兵，不以地为难取，而以地为难守；不以城为难拔，而以城为难据。「得敌之城而复陷于敌，若未害也。」然敌人之再得，则必怒其城中之人前日敢于降我，而逞其歼灭之威，则他日未下之城，岂不为后者计哉？「强则进取，弱则弃去，此非素有之物，奚足恤也。」然敌人之既夺，则必惩其将帅民旅前日之敢于叛己，而极其杀戮之暴，则其余未降之邑，岂不为他日计哉？此一郡之失，则百郡无敢降之心；前车之颠，则后车有覆辙之戒[一二]。况乎淮北之地，城外平坦，无屋可居，无营可守。贼若突至城下，严兵拒关，不得与战。伺其夜而将卧，则密遣一军邀其腹背。遇贼整兵，则挨门复反，而不与之斗；迨其卸甲偃息，则又出一军以震之。由是自昏至晓，无时而息，则贼军夜不得以偃卧矣。伺其晓而将炊，则密遣一军突其营垒。遇贼觉知，则挨门复入，而不与之战；迨其卷甲释兵，则又出一军以鼓之。由是自晓至午，自午而暮，无时而已，则贼军昼不得以饮食矣。伺其马之饥而刈草刍于远所也，吾复引兵抄出别门，以袭其虚，则贼兵不能弃营出刈，而贼之马馁矣。伺其军之渴而求饮汲于它涧也，吾复引兵急出它道，以窥其后，则贼兵不敢控马远饮，而贼之马渴矣。吾之兵更出更入，而出入不时，则贼之兵日夜惊惶，而进退无策。吾之门或开或阖，而开阖不常，则贼之兵首尾相结，而去留无计。欲侵掠于远郊，则惧吾兵之急乘其隙；欲奋死于一战，则遇吾兵之不撄其锋。风则飘扬砂石，糁塞眼目，而贼兵不安于旷荡之场。雨则淹渰庐舍，漂洒肌肤，而贼兵不便于泥涂之地。热则日烘胸背，而连宵不睡之卒颓然如醉，而手足不能以自举。寒则冰结须眉，而数日不食之兵僵焉如仆，而魂魄不能以自全。外则袭其粮馈，而不使通；内则谨其烽燧，而不与校。近则旬日，远则一月，至其人倦马疲，昼惊夜畏，然后出吾轻锐之师，冲其要径，强劲之弩，伏其归道。敌虽圣智，亦不战而成擒矣。

守城之秘法三十六，其要则曰种柴，曰贴城，曰招箭，曰虚帜，曰暗堑，曰透犬，曰备灌[一二]，曰倒楗，曰截径，曰密戈，曰漏窟，曰合涧，曰门栈，曰敌簷之属。最为紧切，而今未之设也。攻城之秘法四十二，而其要则曰流星，曰反炮，曰透窟，曰灌水，曰聚沙，曰堰板，曰飞桥，曰洒毒，曰采鸽，曰风药，曰流火，曰去粮之属。最为紧切，而今未之晓也。吾今尽其所谓守城之法，而尤备其所谓攻城之法，故胜在我，而败常在彼，巧常在己，拙常在人。然是法之外，必求城外通衢可容贼骑往来者，为伏筌之法。法用批竹成枪，炼之以火；埋枪于地，绊之以藤。马足受绊，则藤急枪出，自中其胸臆矣。此伏筌也。复求吾城之小径可通贼出入者，为暗阱之法。法用掘地成阱，广三寸，深一尺；破竹成须，横月两圈，纵亟利。人足受陷，则脚出入而自其胫肿矣。此暗阱之法也。恐贼夜至而窥我营寨也，为触纲之法。法用木桩一张，竹檐七片，贯桩以檐而成弩，制如猎具。以之触马，则线高三尺五寸，而马首可穿；以之触人，则线高四尺五寸，而人首可贯。弩机与一线相通，触线则弩机自发。贼人遇之，必疑吾兵之夜伏，而不敢及我矣。此触纲也。恐贼夜袭而惊我士卒也，为伏虎之法。法用桩六十枚，横木三十枚，缚而为架，制如曝竿，缚羊三十腔于桩架之上，拽鼓三十面于桩架之下，羊足于鼓面相及，羊怒则双足击鼓，夜不绝声。贼人闻之，必疑吾兵之夜出，而不敢以近我矣。此伏虎也。营壁不坚，恐其惊噪，为反疑之法。法用哑炮、药线、炬火、鬼灯，各穿贯于硫黄、焰硝、纸捻之上，计夜时刻为线短长。先为白衣撑立如数人枚，置近炬火[一三]，遇烧药燃至炬火，照见白色之衣，宛如人立。兼哑炮、鬼灯之类，相间而发。贼人见之，将谓吾兵暗伏，而自遁去矣。此反疑也。道路阻隘，恐为盗劫，为远更之法。法用响棒、梆子[一四]、铜锣、队鼓四件，各置撞棰，于近水去处立一水车，随水运转。车上安棰，或密或疏，遇车转则棰棒自打。亦用白衣撑立，如有人物，木枝阴暗，如有庵舍。置近金鼓，兼响棒、梆子之属，相间而发。贼人闻之，将谓吾军潜伏，而引退去矣。此远更也。白阱之法，内安竹筌、铁针、皂角刺之属，上则掩以沙土，而随其地之颜色，使贼人止知其为沙土之地，而不觉足陷。此白阱也。青阱之法，内亦安竹筌、铁针、皂角刺之属，上则掩以麻麦草芥，随其物之种类，使贼人止知其为麻麦草芥之地，而不觉足陷。此青阱也。马拖之法，绊索于道，系枪于索，索出于地，枪掩以土，遇马足被夯而走，则索尾之枪，悉自卓其腿腹矣。此马拖也。马筒之法，掘地一尺，口阔三寸，内置四镰，中分四旁。遇马被陷而拔，则筒口之镰，悉自中其蹄甲矣。此马筒也。若此之类，不容遍举。如此，则敌兵虽强，何术之我加？敌众虽多，何祸之能及？我将反有以收其按营休士之功，而掩覆乎敌人之所不及矣。臣故曰得地而反失其心者，此也。

守　地

臣闻故乡之歌，帝王不能免；怀土之念，小人不能忘。彼其邱墓之营，非一祖一宗之积；田园之乐，非一朝一夕之故。一旦束装以迁，襁负而去，吾之屋庐[一五]，皆贼人之营寨，吾之马牛，皆贼人之脍炙。遗弃之敖仓米粟，反有以资贼人之粮食；遗弃之金宝财帛，反有以资贼人之裹囊。吾之父老皆颠隮于道路，吾之幼稚皆遗掷于沟壑。见父老之颠隮，则弟子无心于战斗；见幼稚之弃掷[一六]，则父兄无心于守御。稽求之于昔，靖康、绍兴之间：横涧山之不守，而濠梁以陷；紫金山之不守，而三邑以戕。大江之南，平时丰稔，犹借两淮粒食，以给岁月；一旦淮北之民，反辐凑于平日倚籴之地，日添食众一千万口，月添食粟九千万石。积以岁月之久，计以繁剧之数，商车既竭，廪工亦空[一七]。当是之时，米斗五十，银两五百，留于淮堧者皆伤杀，奔于江南者皆饿死。此其事业之不振，盖基于山寨、水寨之不可守也。验之于近，去冬今春之间：鍾离、定远之民，不安之于高九郎、烽火、横涧、文贤之山，而濠梁之民皆罹于变迁之苦；安丰、寿春之民，不安之于燕九娘、龙神、二郎冈、芦塘之山，而芍陂之民皆沦于转徙之难；盱眙、高邮之民，不安之于毛工、胡鼻、莲花之山[一八]，而淮东之民皆死于瓜州、杨林江船之不得渡；霍丘、正阳之民，不安之于铁脚、桐山、枫原、西安之山，而淮西之民皆病于英、六、北峡关守把之不能出。当是之时，近畿一路，白骨如市，举目一观，横尸满野。父老幼稚为无辜之鬼者，不知其几千万人；牛羊粟谷为贼人之所有者，不知其几千万计。此其败亡之踵至，亦基于山寨、水寨之不守也。

夫兵家之法，在我无间之可乘，然后彼之间可乘于自固之后；在己无隙之可伺，然后彼之隙可伺于自治之馀。故古人不务攻敌之城，而必重于守己之城；不务掠敌之地，而必坚于守己之地。己之地能守而不拔，则彼之虚可乘，而无内顾之忧矣。己之城能守而必固，则彼之隙可伺，而无后顾之患矣。今国家屯兵于淮东，而淮东素号为川泽之国。川泽之国多水寨，虽淮西亦有之，未如淮东之多所。凡小洲大渚，沙屿石碛，水势环绕，人所不到之地，皆水寨也。自谢杨、绿杨、石镜、老鹳新开诸河而言，凡四十余处，而相通之寨九，故当修为水寨，使逰水之民皆居于一寨之中，而无虏劫之患，顾不便欤！然或者犹谓：织席为庐[一九]，流亡之民固可以偷安；积土为垒，迁移之粟固可以自足。然外无重城，何以捍贼兵之暗度？内无坚壁，何以杜贼兵之潜涉[二〇]？殊不知水寨之法，浅则有伏牛暗楗，可以破贼人之楼舰；深则有草拉沉缆，可以挽贼人之舟楫；浮则有棉穰稻杆，能使贼船之来，车不可踏，橹不可摇；沉则有锤锥浮钩，能使贼船之来，浅不可移，深不可去。芦牌苇筏，阻以撞竿斜桩而不可到，则因风纵火之术，贼不可施，而我反可施；浮罂坐鼓，阻于拦河截汊而不可入，则浮箭流火之术，贼不可用，而我反可用。凡修水寨之秘法二十有七，无不毕备。则吾之民老弱偕安，而贼人无路之可通；吾民之粮牧兼全，贼人无门而可破。所积之物，吾军苟至，则资以三军之用，而有以寓夺敌之基；所居之城，贼兵苟至，则视以为腹心之忧，而不敢以为无人之境。然则今日守边之策，其可移于此邪？

今国家屯兵于淮西，而淮西素为山林之地。山林之地多山寨，虽淮东亦有之，而未能如淮西之为多处。凡山嶂巅峭，于上平下险，无路可登，无阶可陟，人所难到之地，皆山寨也。自安、六、信阳、舒城、东巢、庐江诸沿边而言，凡九十四处，而外有无水之寨六，故当修为山寨，使近山之民皆居于一寨之中，而无流窜之患，顾不便欤！然或者犹谓：登山为险，固足以为一时之计，绝顶为营，固足以苟目前之安。然上无井泉，则罂藏桶贮之水，不足以给旬月之久，其何以经贼人之围守？下有平坦，用木末、石炮之具，不足以历时日之深，其何以备贼人之弓弩？殊不知山寨聚竹为轮，透竹为筒，可以为绠繘之器，而天雨之水即得于留藏，而充足于日用；曲木为架，断木为车，可以为远汲之溜，而山泉之水又得于引传，而备御于天旱。阴岩石窟，可以种水，以浸润自生；合槽埋水，可以积水，而清溃不绝。虑粮食之难运于上，则有粮船斜车，以济夫人力之所不可及；虑贼寇之易至其下，则有浮木溜脚，以绝夫人迹之所不到。方员二色之末，随其山之险易，而不使之妄发；灰火二色之炮，随其贼之远近，而不容于巧避。烧土为圆，可以粉贼人之皮笠；击石为弹，可以破贼人之顶板。硬弩之外，又造踢脚城，以杜贼径，使贼人之兵可见而不可近。强弓之外，又造轮箭车，以避贼矢，使贼人之箭可发而不可及。凡山寨之秘法三十有六，无不毕备，则吾民之老幼皆安，而少壮愿从于战斗；吾民之粮用皆全，而盗贼无从而掳掠。近寨而攻，则上寨甚险，而不得以遂其谋；越寨而过，则下寨甚易，而或得以袭其后。然则今日守边之策，其可后于此邪？

前日国家注意于海、泗、宿、亳之地，而淮南之地反不注意；究心于唐、邓、陈、蔡之区，而襄汉之区反不究心。故大兵长驱于前，而彼适得以蹑我之后；诸道并进于北，而彼反得以䦗吾之南。老幼流亡，而少壮无心于捍御；城邑毁残，而将士无心于战守。遗粮弃谷，皆敌人之赢馀；流马奔牛，皆敌人之辎重。使无二三偏裨极力捍御，则几使长淮之南尽入虎口，大江之北均为鱼肉。有志之士，岂不痛哭于此！为今日之计，莫若行下两淮州、军，每一寨置寨官一员，令借补资秩，以为之主宰。每十寨置一将，令系省特差，以为之提督。民有自备一寨与众同居者，厚以大恩；民有自出钱粮与众用度者，优之以赏。仍令劝谕土豪、形势、总首、统辖及愿补名目之士，纠其迩住之民，依山水二寨成法修治，于官无费，于民有益，庶使沿边之民，或有缓急，各无流徙之忧，而义勇、弩手、忠勇等军，亦安于战斗，而无老幼妻孥之患矣。臣故曰守地而复无其备者，此也[二二]。

恩威

臣闻豆羹之得不得，生死之所由分；羊羹之及不及，胜败之所由系。恩威之不明，三军之大患也。自今观之，诸军之效用、马校，则日请钱三百、米三升；至诸军之吐浑、雄威[二三]，则月请钱三千、米一石五升耳。何重于效用、马校，而轻于吐浑、雄威也？新招之敢死，则日请钱三百、米三升；诸路之将兵，月请米一石五斗或一石八斗争，盐一斤半或钱三百耳。何重于敢死，而轻于诸路将兵也？夫用命当先，奋身不顾，均一死生也，所遇之轻重，乃如此之倍蓰焉，趋事赴功之际，宁无不均之叹哉！借曰效用、敢死皆缓急可托之兵，故宜优其所请，然则吐浑、雄威、诸路将兵，是国家故使之为不可托之兵，而徒费府库邪？安抚司之强勇，日请钱三百、米三升，至安抚司之亲兵，则请与诸州之禁军相为上下耳，何厚于强勇，而薄于亲兵也？两淮之万弩手，则岁免田租三百亩，已及一千余缗，忠义军民兵，令自备钱粮器甲，何厚于万弩手，而薄于忠义民兵也？夫视死如归，效死勿顾，均一性命也。而所予之厚薄，乃如是其不相若也，万死一生之际，宁无不平之气哉！借曰强勇、万弩手皆缓急有用之兵，故当厚其所养，然则亲兵、忠义民兵，是国家故欲使之为无用之兵，而徒费钱粮邪？诸军新招之弩手，则日请钱三百、米三升，而诸将之弩手，则月请一石八斗，钱三百而已。弩手一也，何优于诸军之弩手而劣于诸将之弩手哉！诸路禁军所以逃亡也。诸军新招之水手，则日请钱三百、米三升，而沿江淮之水军水手，则自种自食而已。水手一也，何优于诸军之水手而劣于江淮之水军水手哉！此浮光、正阳诸寨水军之失律也。左翼军、摧锋军之出戍，训练官、部队将则各添支十千，茶汤五千，河南、巢、浮光、襄阳、天长、六合、维扬、黄岗出戍之训练官、部队将，月止得于本券，而添支、茶汤之俱无。诸州军之厢军牢城，月请石五，衣赐在外，买工坐食，而生平不闻金鼓之声，诸衙占破，而终身不辨旌旗之色。何诸州之禁军，居则责以教阅，出则驱以战斗，而所请亦未能远过于厢军也？夫沿淮之水军，自种自食，而与诸军廪给之士例赴战争；两淮忠义民兵之自备器甲，而与诸州有请之兵例从于征伐[二三]；诸州厢军之坐食不劳，而与禁军之出戍者同禄：是三者之弊，庙堂讵可不急为区处邪？

马步三司诸军之制领、在营出戍之将佐，与夫训练官、部队将、旗教头之类升差之法，除伴射获赏及射中铁帘人自合升差，其余遇有窠缺，即合令诸军随其等级。旗教头有缺，即于亲随内拍试武艺最高绝者充补；部队将有缺，即于旗教头内拍试武艺最高绝者充补；训练官有缺，即于部队将内拍试武艺最高绝者充补[二四]；以至将佐、制领，亦皆循序而进，不许越阶而得。庶使所部之人，服其材艺，畏其号令，而无陵犯玩侮之患。不然，职以势荐，官以赂得，而夫人皆得以逞其侥幸之私，而士怨萃矣！劝惩之君子，仍其旧弊耶？抑将以作成士气耶？京淮忠义之统率，万弩之统领，与夫民将付、义军总辖、总首之类升差之法，除曾立战功及累劳绩人自合升差外，其余遇有窠缺，即令诸总随其等级。遇将付、总首、总辖有缺，即于队伍中拍试武艺最高强者充补；统领、统率有缺，即于将付、总辖、总首中拍试武艺最高强者充补；以至旗头、教头、军头、队将、押队、部队将，莫不使之人尽其职能，各逞其所长，所以为中服众人之具。庶使所部之人，推服其材，听从其令，而无欺玩之意。不然，则官以侥幸差，禄有滥及，凡势人之家，掊敛之子，皆得以藉其结托之私，而公议屈矣！劝惩之君子，抑将听其自然而置之不问耶？抑将使头目皆过人之材，而行伍无不平之气耶？夫不历行阵者，皆滥厕于头目，而屡立战功之士，反奔走于下僚；怯懦疏拙者，皆幸迁于将佐，而材武勇冠之人，反淹回于队伍；膏粱刍豢多资之家，皆得以躐取将帅，而孤寒贫乏无依之士，终身老死于马前之卒：是三者之弊，庙堂讵可不急为之变更耶？此臣所谓恩威不明者，亦必待得夫知兵之士而后明也。

利害

臣闻伪为袁氏之旗鼓，故袁氏之军以不密而败；伪建尉迟之帜，故尉迟之将以自泄而擒。利害之不秘，兵家之大患也。自今观之，向来归正之别有三：一曰因人鼓率，二曰远来慕义，三曰军前杀降。因人鼓率者，随众归正者也；远来慕义者，忠心归正者也；所谓军前杀降者，口欲食我之肉，身欲寝我之皮，势力未加，勉强从命。有司一时总名曰归正，而不知其此心所向未尝一日不萌北归之念。今存行伍者有之，擢为将佐者有之，除以麾节者亦有之，然则本兵之地，胡为而不原其归正之初耶？沿淮之凶恶，其别有四：一曰跳河，二曰两来，三曰兴贩禁物，四曰寇掠生事。所谓跳河者，间谍也。所谓两来者，奸细也。所谓兴贩禁物者，铜钱、胶漆军须也。所谓寇掠生事者，谓寅夜骚扰外界，偷盗牛马财宝也。以是四者，或妻孥于异境，或婚娅于绝域，或兄燕而弟秦，或男晋而女赵，此心所向，未尝一日不作过淮之念。今编配诸州，刺而为敢死者有之，刺而为效用者有之，窜而归山林者亦有之，然则将帅之官，胡为而不考究其自来耶？

小将深入，兵家所忌；分兵远击，兵家所戒。古人非不欲持人之家基，倾人之巢穴，而免劳吾之大兵之搏击也。江油之役，虽艾之能，犹几于败；匈奴之役，彼陵诚勇，仅亦不免。古人所以不敢以孤军单将入于无援之地者，深恐敌人或裹其粮，或断其尾，则吾军之机密皆自泄于将士也。伤中之士，不遗于野；逃溃之卒，不近于贼。古人非屑屑于细故，诜诜于末节，而失其大体也，魏刖其足，齐有良谋；楚失其心，汉得良将。古人所以不容逃军病卒留于贼人之地者，深恐贼人巡逻而归，挟策而往，则吾军之机密皆自献于敌国也。

将之所居，固宜与士卒咫尺也。古人必围以重幕，而颜色之不相睹，严以阃阈，而声音之不相闻者，惧其夜出别营，以行闪误之谋。潜归幕府，以白请乞之事，恐其事机之易泄，而勿使知也。将之所处，自宜与士卒通情也。而古人于日中之号，一时一易，夜中之号，一更一换者，惧其众所共知，则易以外闻。士所通晓，则败于难秘，虑其事机之易泄，而勿使久也。彼有惧其递角之泄漏也，故立为名递之法。谓如以「人皆畏炎热」诗二十字为号，写「人」字号者，即知其为乞军器；写「皆」字号者，即知其为乞粮食。主将、中枢各收一本，以为辨对，而文牒之外，全无明文及其所乞之事。此名递之法也。彼有惧其往来文牒之易辨也，故立为数递之法。谓如以「湖上新亭好」诗二十字为号，写「湖」字号者，即知其为乞军器一百件之数；写「上」字号者，即知其为乞粮食二百石之数。主将、中枢各收一本，以为辨对，而文牒之内，全无一字及其所乞之数[二五]。此数递之法也。彼有以色为递者，谓以五色而辨其所申之意。以「蓝、青」而书号者，系乞何人系在何军；以「赤、朱」而书号者，系乞何物系在何处。彼有以字代递者，甲乙丙丁之十干，即以为一二三四数目之代用，子丑寅卯之十二支，即以远近里数殿、润、升、池、江、鄂驻扎之代呼。有以物递者，谓传一箭至，则添一百人，传一弓至，则添一千人之类是也。有以衣递者，谓传一衫至，则一军发，传一裤至，则两军发之类是也。以至水陆山险皆有别名，左右前后皆有异号。递法有二十二等，递文有二百二十字。此远营别屯之所不可废也。然亦时一换易，虽吾军将佐，亦勿令通知，斯为善耳。奈何自田俊迈擒，而虏人出我两淮之师多用吾军之旗帜；自吴曦叛，而虏人袭我荆襄之师多知吾地之险易。臣之私意，莫若使吾教兵之制，反金鼓而为进退，有以破贼人之所已知；使吾布阵之势，反曲直而为方圆，而有以异贼人之所已晓。昔以此旗而招将帅[二六]，今反以此旗而招士卒，复有以误贼人之所已闻；昔以此旗而招统制官，今反以此旗而招部队将，复有以误贼人之所测识。昔焉江鄂之旗五色而红脚，今则易之以他色，而复用青、黄、白、黑之脚。昔焉池阳之刀斜头而红靶，今则截之以平头，而复用青、黑、花、绿之靶。建康之弓旧多黑面，今或裹之以黄桦。镇江之箭旧多白翎，今或换之以斑雉。凡被擒将帅已知之事，皆反其所行；凡被擒将帅已闻之策，皆反其所用。彼果有意于归贼邪，则其所泄与吾今日所用迥然不同，而贼人必惑其所授之非真。果无能而陷贼邪，则其所泄与吾今日所行了然相反，而贼人必疑其所言之不实。夫然后在彼乖其所之，在我乘其所误，失一将而可以擒贼之百将，失一人而可以擒贼之千万人矣。此臣所谓利害之不密者，尤必待得夫知兵之士而后密也。

财计

臣尝闻善生财者不生财，节其用则财乃生；善致富者不致富，去其弊则富自致。自今观之，绍熙、庆元之间，朝廷行下诸路卖田，今虽住卖，而州县之卖者如故，官产所存，已无余蕴矣。何旧卖之钱，提举司未为理解，而新卖之钱，诸州县又复隐匿邪？乾道、淳熙之间，朝廷行下沿江诸路起理芦场租钱，今虽住理，而州县之追者如故，欠籍所存，已无余数矣。何积年已理之钱，总领所不为令项申发，而未理之钱，各州县不为摘出别解邪？江东、西之净课利钱，每贯收桩管钱四十文。省向立桩之初，本为解发京师堆垛贯索之费。而今之净课利钱，截支于诸州之大军矣。此桩管一项之钱果何隶邪？淮东、西之大礼银绢钱，每业钱一贯，科敷二百文[二七]。向起此银绢钱之初，本为三岁一科，以为葳事天地明堂之费。今则无岁不科，而遂成常赋之定额矣。此银绢一项之钱果何属邪？州用三分，军资库分隶之钱也。今入公使库，而国用司之不问也。罚直赎铜，赃罚库之钱也[二八]。今入公使库，而国用司之不根也。营田、力田之租，逃户、绝户之课，不入省司库，而入公使库矣，何国用司之不及也？新建房廊之钱，新填白地之钱，不入省司库，而入公使库矣，何国用司之不具也？

钱会中半，祖宗之旧法也。近日之支散军兵，收买军须，百官茶汤，宗子孤遗，公吏重禄，月帮供给，津发夫轿，过军驿券，养老军员，添差归正，是十者之钱既全支于会券，其赢馀之钱果何归邪？撙节浮靡，兵兴之新制也。近日之朝官白直，州郡馈送，过官船脚，时官月会，亲戚会钱，粜局虚帮，监司助会，交送合食，公用银器，供使陈设，是十者之钱既比旧为尤盛，其妄费之钱果何出邪？白地楼店之钱，秋苗事例之钱，夏税縻费之钱，额外水利之钱，米麦变粜之钱，印簿俵付之钱，实封卖产之钱，误钞突纳之钱，高价搀佃之钱，回易官会之钱，州郡根括而无馀矣，果附于何历邪？抽分竹木之钱，抽解砖瓦之钱，寨兵虚券之钱，弓手虚佣之钱，溢数免丁之钱，卖帖住持之钱，互争没官之钱，犯事家业之钱，吕佃夭野之钱，江滩河步之钱，州郡根括而无馀矣，果解于何所邪？

比较务之要闹拍户，城下务之要闹地分，户部赡军库之要闹脚店，总领所酒库之要闹楼馆，今尽归于公使库，而监司之不举觉耶？城闉之粪土，桥道之朴赁，放生池之菱藕荷莲，新生洲之芦荻鱼蟹，今尽归于诸州之公使库，而御史台之不检按邪？铜监铁监之附铸，倍于畴昔之数，何鼓铸之额比旧为不增耶？银坑铜坑之烹炼，过于祖宗之额，何泉货之数比旧为反欠邪？且酒务之中，打搨炭团之钱，洗榨槽水之钱，淘米泔浆之钱，榨下滓头之钱，卖牌糟粕之钱，筛播糠碎之钱，荡缸喂猪之钱，煮酒浊脚之钱[二九]，以至酒匠量酒专知上牌之钱，昔为官吏之所有，而今为州郡之额解矣，又何以为酒课之不及常额邪？税务之中，官船梢搭之钱，牌筏附带之钱，盐船力胜之钱，上商住税之钱，漏税倍输之钱，过纂赏罚之钱，官茶批发之钱，就务回税之钱，以至猪羊用印、门铺发官之钱，昔为官吏之所有，而今为州郡之帑籍矣，又何以税课之不及常额邪？

州县催科一项，交易未曾关割钱业，俱追则两家俱纳。此叠纳之钱，不入于公家矣。或年例干佃，代名输解，田主被追，则无钞重纳。此透纳之钱，不入于公帑矣。州县受纳，正苗重而义仓轻，故民户以正苗而为义仓，则将重作轻。官司复使之再纳，则先纳之轻者，难以望官司之复还也。本色贱而折帛贵，故民户以本色而纳折帛，则将贵易贱。官司复使之再输，则先纳之贱者，遂以为官司之白得也。今诸州公使库界辖，尽占赡军、比较、都务之要闹界辖，悉令拍请酤卖，犹可说也。今乃侵占四务界辖，而尽立为干息之额，全夺诸务拍户，而尽起为槽榨之店，动置百十处，所过若正库，恣意酤卖，致使邻近常平坊场并抵界省务，尽被攙夺，败坏停闭。公使库之所入虽曰浩瀚，而省务净课利之亏欠多矣。有司胡为而不严禁其干息槽榨，使拍户尽归于省务也？今诸县检放旱潦田一万亩，则重叠写为两本，遂作二万亩细算。及有归熟，妄诉反正者，皆不除克，尽令其衮摊放数。且一县元苗计二万石，虽已申州放一万，而民间合催止一万石。今保长帖内尚催一万五千石者，盖五千石暗催之米，俱系县帑偷匿。县司复恐民户尽将偷匿暗催之米赴仓送纳，突过合催一万之数，则必致败露，遂先于上户并揽户名下预借苗钱，入于县帑，就县自印朱钞，则上司无考究之隙。有司胡为不严禁县官预借折钱之弊，使苗米尽纳于州仓也？

臣尝见当涂有常平桩管米二千石，别贮一廒。缘其所积之米，风飘雨洒，皆已腐烂，不堪食用，时一换支，却于新仓拨填，以足其数。委本州司理，提督月添支二十千，桩管至今已三十三年矣，较其米价不及于三千缗，而提督官之所请已八千缗矣。今所谓廒仓之米，犹能蚕食吾国家八千缗之钱，而况于官吏乎！臣又尝见池阳有民兵甲仗库一所，内有旧弊衣甲数百副，皆破碎不全，不堪披用。遇有春秋两教，自赴都统司关借堪好者，以应其点。乃委本州押队，提督月添支十千，有库至今已五十年矣，计其器甲不及百千，而提督官之所请已六千缗矣。今所谓数百件之弊器，犹能蠹蚀吾国家六千缗之钱，而况于州县之官吏乎！其他如一御书库也，而提督官月给五千者，凡数十员额焉。一书籍库也，而提督官月支十千者，凡五七员额焉。一场务以一官监，而犹不办集也，乃复添一稽察，添一措置，而争渔侵焉，场务皆归于三官之私，而公家罄矣。况所谓稽察、所谓措置者，非监司之亲旧，即守倅之姨表也，是宜场务之亏欠也。一酒务以一官监，而犹不能办集也，乃又添一提督，添一监辖，而争蚕食焉，酒务皆归于三官之私，而公家竭矣。况所谓提督、所谓监辖者，非朝士之阘匾，则当路之宠嬖也，是宜酒务之不敷也。如巡检寨额管一百人，见止有三十人，而州郡皆见破一百人之粮券，彼七十人之粮券归何所也？如县尉司弓级额管八十名，见止有四十名，而州县见破八十名之佣值，彼四十名之佣值归何地也？如钱监之铸卒，或减半，或尽罢矣，其请券尚如故也。如作院之作兵，或减数，或住作矣，其请俸尚未除也。逃阁之苗，逃阁之税，天下州县皆申逃而倚阁也。然足遍天下，而未闻有无人耕种之田亩；目遍天下，而未见有无人拘占之屋宅。今州县之所谓逃阁，皆召佃收租，入于县帑，复妄申为逃绝，而偷阁官赋。国家胡为不委巡尉官，勒本县常平案吏人，下乡标签出无人耕布之地，方为蠲除，而即令召佃。则逃阁一项之赋，不得以肆欺矣。折纳苗钱，折纳税钱，天下县邑皆正苗正税解足，而后始令民户折纳钱会也。今正苗未足，而本县先折收见钱；正税未足，而本县先折收官会。皆县邑恐额少纳多，致赴州仓、州场突纳过数，而致被觉察，故就县叩数而折钱也。国家胡不严行禁戢，而使应干苗税官物，尽令诸州置受纳，而无使县官干预，则折苗折税二项之钱，不得以偷匿矣。

今诸州多收斛面，于交量之官覆出量剩，而勒揽户之买干钞者未戢也。今诸州安装瓶坛，而为供给折色之酒，堆积寄卖，而抑娼家店户之邀买者未止也。朝士生辰献寿之钱，时新土物之钱，侵蠹于公帑者，月发而如旧也，犹可诿也。虚作支单，出官库而入私库者千万也。诸州交送折酒之钱，交送节仪之钱，易入于宅库者，日发而如旧也，犹可诿也。伪作回扎，出公库而入宅库者千万也。茶盐客欠，催理寄库，客死不还，今何入也？官吏犯事，阁罚请俸，任满不还，今何归也？为今之计，莫若将诸监司、诸州军之公使钱库，改为国用钱库，应干科名，尽隶受纳。专差钱粮官一员，独主其事，使一州之官钱，不出此库之收支。州令长贰，路令漕臣，专一稽察其本州应合支破之钱，并令于国用库内支破，具申尚书省，以凭考验。庶使天下之钱，自国用之外无馀钱。州郡辄敢自置专扐，私收分文，即坐入己、追褫、勒停之法。如此，则帑藏不得以自私，而是钱所积，非君则民，而国用充矣。莫若将诸路总所、转运、安抚、都统、州军之激赏赡军公使酒库，权改为国用酒库，应干酒钱，尽隶一所受纳，亦系钱粮官专主其事。州令长贰、路令漕臣稽考其州郡应合干支之酒，并令于国用酒库内支破，具数申尚书省点对。庶使天下之酒，自国用之外无余酒。州郡辄敢造卖涓滴，即坐入己、追褫、勒停之法。如此，则槽榨不得以自私，而是酒之利，非民则国，而国用足矣。印给簿历，省差专攒，使催科之官不得预于受纳，酤卖之官不得预于籴买。钱库不得令寄收，酒库不得令寄造。庶使主是财者，知其不出于己，而不敢以私予；幸是财者，知其不专于彼，而不敢以觊望。在彼者仍不沮其所当支，在我者复不被其所私匿也。他日混一之后，国用充则复还其为监司、州郡之旧，则犹可以为重外之本。此财计之大略也。

马政

臣闻立法之不详，则弊生于用法之人；守法之不严，则弊起于玩法之吏。自今观之，国外之马，买于西夏；国中之马，买于中蜀。西夏之马，为地极远。故置监于宕昌，以便于市易；置使于兴元，以便于巡察。中蜀之马，为地极广。故责马政于文、龙、黎、雅诸州，而专于收买；置马使于陇蜀都会，而专于纠举。然自宕昌而至兴元，其道绝验，驿凡二十有四。本监例将所买之马，差军级夫役，押送兴元马务交纳，直候马步三司差官前来取押，方与给发。自文黎而至成都，其路尤为险恶，驿亦二十余所。诸州例将所买之马，各差军级夫役，押送成都马务交纳，直候江上五军差官前来取押，方与给发。立法之初，盖以为三司取押之卒，自武林而至兴元；五军取押之卒，自京口而至成都。奔走半载，往返万里，不欲其又令深入监道也。夫岂知押马之夫役，有曰「马肥，则吾无预于转官；马死，则吾不该于定罪」。故变草料之费，而为赌博之具；易纲驿之券，而为酒炙之资。或求简帖，而濡沫于县邑之公吏；或买物货，而鬻卖于远道之镇市。其为所押之马，则遇夜不槽，遇晡不粟，遇山成牧，遇涧成饮。驿之为里，虽曰三十，而在道数日，未见驿亭。驿之为数，虽曰二十，而在道逾月，未至马务。迨至交点之际，已成羸瘠；给发之际，半致倒毙，皆未至兴元、成都两务之先，已有以饥渴之也。国家以宕昌为监，为今之上驷，特令马步三司官兵只就兴元取押，而免其远至宕昌。以文黎诸州之马为今之中驷，特令江上诸军官兵只就成都取押，而免其远入诸监。不知所取之人未见优恤，而所取之马已不胜其蠹害矣。候其归军无损，纲官则以一资为赏，纲兵则以三千为率。然则胡为不使三司之官兵，直至宕昌自取，五军之官兵，直至文黎诸州自取，官则优以两资，卒则优以倍赏，而使各尽其心于刍秣之际也？

夫关外诸番及阶、成、和、凤四州招接之马，番马也。然诸番之所喜者在茶榷，而不在银帛。今有司乃谓茶之为货，难以船运于监道之远，反易之以银帛之轻赍焉。故不足以中诸番之所喜，而未尽得夫诸番之骐骥也。况牙保减克，而不得其全价，拣看退换，而当费于多资，又得以扼绝之也。何朝廷不严其制禁也？文、龙、黎、雅诸州之马，蜀驷也。然诸州之所欲者在银帛，而不在茶榷。今有司乃谓银帛之为物，易以船运于中蜀之地，反易之以茶榷焉。故又不足以中诸州之所欲，而未尽得夫诸州之骏驷也。况十分之一而公吏侵除，十分之五而会券折阅，又得以减削之也。何朝廷不严其约束也？押马之官，在路倒死，自用己财，买以填数，虽不及官马之少壮寸尺，犹可诿也。今诸州将帅子弟，取押归军，遇有欠折[三〇]，有得推赏，则择系官入队毛色之相同者，即与牵补，何朝廷之未禁戢邪？

谓易马之货为无弊邪？则银有美恶，茶有新陈，而尚得以邀阻乎贩马之商旅也。谓拣马之官为无弊邪？则平齿一锥可以成区臼，淡毛一染可以成骓马，而尚得以欺罔乎本监之长贰也。谓恃其有统领官以排发耶？则一目之真，不足以敌十目之伪，而招诱议价之人，犹得以诈欺之也。谓恃其有通判以主掌邪？则朱墨之士，不足以晓骊黄牝牡之底蕴，而等量验齿之吏，犹得以指挥之也。发马之处，好恶相间，而欲其无偏好偏恶之患也。今日发马之地，骁骏如龙者，皆拣给于阔匾之膏粱；枯瘦如柴者[三一]，尽发于帝号之将士[三二]。何朝廷之不计也？发马之序，前后相挨，而欲其无搀先乱后之患也。今日发马之日，贫者乞食于道路，而岁月稽留；富者行讬于苞苴，而随至随发。何朝廷之不虑也？一日一纲，此久例也，今胡为而有一日两纲者邪？一官一纲，此定制也，今胡为而有一官两纲者邪？私买补纲之弊，毛色虽同，欠及分寸，尚可计也。今以羊易牛，而受纳之司受其情嘱，不与点对，何欺罔之甚邪？私马换纲之弊，毛色虽同，止惟老病，尚可计也。今以黄为赤，而受纳之司惧其形势，不与拣退，何玩侮之甚邪？有以无顾藉之队部将取押，沿路收买皮毛近似者，故令倒死，取剥其皮，以为具文之照验。而不知官纲非常之马，已为其所鬻卖矣。交纳之司亦合认其毛色之同异，而详究之余，胡为不法以流配，责以千索，而使百姓牙侩之售卖者与之同罪也，有以不堪用之私驽而换易者，养以别槽多粟之料，迨其膘壮，乃积以为圣节生辰之献。而不知入队带甲之马，已为其所暗代矣。　计议都干机宜之官[三三]，亦合体问其此等之弊，而纠察之余，胡为不究其实犯，用示惩戒，而使副官、属幕之知情者与之同坐也？且公吏违法受赇，皆枉法也，何都大司不用此法邪？马步三司，每纲支縻费银一百二十两，付之取押之官以为使用，习以成例。是以三司之取押官，或有侵用而不及其数，则迟以岁月而不与给发，此非枉法之尤者邪？诸路监司公吏皆重禄也，何都大司公吏而不系重禄邪？江上诸军，每纲支縻费银八十两，付之取押之官以为计会，久而成规。其间或被诸军取押之官匿而不发，则尽给羸病而不到地头，此非重禄受财邪？

旧马新交，而已没之火印不验也；甲取乙赏，而未追之驿券不问也。三城九河，桥梁之倒弊三十有五，堕溪而漂溺者不之数也。鸡鸣马嘶，道路之峻极者二十有八，坠崖而齑粉者不之计也。马在路患病久，例不许留滞，庶得随纲医治，不知尪羸枯瘦，椽穿索缚，跬步千里，则一分之病遂变而为百分之病也，何有司之不措置也？马所到驿分，旧制止破一日草料，庶得不致住滞。不知夏秋之间，断桥阻水，动留旬日，则一日之饱，果足以充九日之馁也？何有司之不商榷也？取买之弊，有司未之尽；牧养之弊，有司未之闻。镇宁、广源之马，买之于横山者，有司未知其利害。武安、抚水之马，诱之于邕管者，有司未知其曲折。房陵、郢京之马，草不给刍茭，而给以木叶，何以饱尪羸久枵之腹[三四]。三建、九江之马，料不给稻粱，而折以钱会，徒以资纲兵博弈之戏。为今之计，莫若革去旧弊，立为定法，先令都大司多方措置，应办茶银钱帛，充积诸监。或名件催理来办，合令权拨别项桩积[三五]，应副支遣收买。其所在马监与属，尽差经任选人。其买马之数，岁增十纲，则与当举主两员；增二十纲，当举主四员；增三十纲，与改合入官，则与属知所激劝矣。其所在马监差遣，尽差小使臣。其买马之数，亦令岁增十纲，与转一官；增二十纲，与转两官；增三十纲，与转三官，则使臣知所激劝矣。州县之长贰，以买马之增减为黜陟；诸监之官吏，视买马之增减为赏罚。专令台省岁终比较。民有自用己财收买全纲以献于官者，白身与补大使臣。将帅守贰自备己帑收买全纲以献于朝者，亦加优异之恩。劝诱豪户献纲者，亦议优赏。诸监茶银不敷者，重制典宪。则马政何患其不举也！此马政之大略也。

夫兵者，心也；战者，气也。心之不充，则临敌而无定见；气之不足，则遇敌而有畏心。前日胥浦桥、壮观亭之战，皆诸将之无定见也，故与贼众相望，则疑其有一百万、二百万。吁！彼贼而果如是之多也？一马十刍，则二百万之马，二千万刍矣[三六]，果山积于何所也？一人斗粟，则二百万之卒。四十万斛矣，果廪运于何所也？一马行地一丈，而总地几里也？一人占屋半厦，而总屋几营也？当时诸将不知兵家自有成法，未见贼兵尘埃远起，乃弃甲曳兵而走。彼非甘为误国之人也，其心之不充，而无定见以主之耳。兵家之法，三军可夺心，果如是欤！前日花牖镇、安丰军之战，皆诸将之有畏心也，故未与贼众相对，则曰寡不敌众，弱不敌强。吁！彼贼而果如是之众且强也？叠弩为寨，可以绝贼骑之往来，而彼之众不足恃矣；掘池为营，可以阻贼兵之冲突，而彼之强不足逞矣；坚壁不战，吾有以避其锋，而久自挫矣；绝粮不通，吾有以断其后，而终自弊矣。当时诸将不知兵家自有成法，未见贼兵旗帜远出，乃奔溃四走。彼非愿受其失律之诛也，其气之不足，而畏心主之耳。兵家之法，气实则斗，果如是欤？夫一战而胜，犹不能收拾其残溃之卒。脱其不胜，则家基之器甲裹囊，出战之器甲裹囊，皆为贼人所有矣，何敢望于再合也。一战而利，犹不能安于息肩之所。脱其不利，则分留之弓箭枪弩，入队之弓箭枪弩，皆为贼人所有矣，何敢望于复战也。一败之气，三月不苏，一败之缺，十胜难补。是岂可以轻举耶？是岂可以妄动耶？此曹而果知兵耶，则淮北之尘埃，虚耶，实耶？马之尘耶，步之尘耶？此曳柴而扬者耶？此顺风而归者耶？七色之尘埃，谁能辨之耶？此曹而果知兵耶，则贼营之烟雾，虚耶，实耶？炊烟耶，火烟耶？聚朽木腐草而生者耶？焚仓廪府库而起者耶？此高而走者耶？此低而平者耶？十种之烟雾，谁能晓之耶？十七等之间谍，谁能遣之耶？十二色之采探，谁能分之耶？精锐之兵，疲于转战；新招之卒，昧于教阅。均力之法，何诸将之未谕欤？颍河之败，不战而却；峡石之败，未战而溃。暗伏之法，何诸将之未学欤？破虏之捷，方奏未几，犯淮之寇，已不可遏，非知兵之士未用于陛下耶？邓城之兵，入于广右，清谿之张，遁于京西，非知兵之士未归于陛下耶？五福、君基，间入江南，青门、直使，皆入郑卫，非太乙壬遁之术未献于陛下耶？衮河、邓城不知唐邓之姓名，磨盘、羊寨不知海泗之虚实，非石六缺、张二元之徒未投于陛下耶？

臣岳贯本开德，世禄互符。伏自丱角至今，日诵兵家之书，日习兵家之事，日求兵家秘妙之术，日访兵家先达子孙、名将后嗣家传世袭之论。凡事之有系于兵者，无不遍考；地之有关于兵者，无不遍历；器用、服食、行阵、衣甲之制有资于兵者，无不旁搜远采，以尽其底蕴；山林遗逸、英雄豪杰之士有精于兵者，无不端拜师承，以益其寡陋。以故一步一跬皆有定制，一分一毫皆有成法。耳闻目见者，非众所共读之文，口授心传者，非人所同得之学。卫公、武侯不传之妙，臣得其真；韩信、曹公不著之书，臣得其秘。不遇见知，未甘弃逐。于是易真实之兵为章句之士，变汗血之心为选举之学。庆元己未[三七]，应补胶庠，侥幸前列；嘉泰辛酉，应举胄监，滥厕多士。或参或告，凡七八年，若公若私，凡五十战。校定一成，艰苦万状。乃以上书乞罢兵事，触怒权势，致被诬摭，妄乱敷奏。重蒙圣慈将臣免真，决送建宁府编管。猗欤休哉！楚项之将歼，故韩信不死于滕公之手；李唐之将兴，故李靖不死于马邑之难。天将使我国家恢拓海宇，混一区夏，故英雄豪杰之士几死而不死，无生而复生也。伏自丙寅之春，被旨入建，首尾三载，前后五赦。揆之三尺，合放有馀，而知遇不逢，寇仇相值。尝据池州中军统制孟思齐申请臣为副贰矣，未几而思齐有殒星之变；江淮宣抚使丘崈辟还臣于幕府矣[三八]，未几而崈有易机之命。三年之间，虽自揆废材不复见用于世，然臣下不忍辜平日抱负之学，上不忍负十年教养之恩，待罪以来，无所用心，日著兵家利害，以备采择，不惟篇帙颇多，亦恐传写闻泄，姑标十策，上干圣听。伏望睿慈降付三省执政、侍从、台谏考览。如臣言不妄，乞送枢省，遍牒诸路将帅，参酌行用。干冒天威，罪当万死，不备。臣岳百拜。

校记

[一]雷　元抄本作「电」。

〔二〕弃置　原作「弃之」，据张抄本改。

〔三〕土尺　原空二格，据元抄本、张抄本补。

〔四〕鋌　元抄本作「镰」，张抄本作「锸」。

〔五〕卤　张抄本作「滷」。

〔六〕邀劫　张抄本作「邀截」。

〔七〕践　原作「浅」，据张抄本改。

〔八〕而　疑衍。

〔九〕张抄本题作「攻手得地」。

〔一〇〕臣闻　张抄本作「夫」。

〔一一〕此处原有「以逸等劳」四字，系衍文，径删。

〔一二〕灌　原阙，据元抄本补。

〔一三〕此句，张抄本作：「白衣撑立如人，数枚置近炬火。」

〔一四〕梆子　原作「帮子」，下同。

〔一五〕屋庐　原作「产庐」，据元抄本、张抄本改。

〔一六〕见父老……见幼稚　张抄本作「见其父老」，「见其幼稚」。

〔一七〕廪工　张抄本作「廪士」。

〔一八〕莲花之山　原无「之」，据张抄本补。

［一九］庐　原误刻「芦」，径改。
［二〇］潜涉　原作「潜步」，据元抄本、张抄本改。
［二一］守地而复无其备者　张抄本作「守地无复其备者。」
［二二］雄威　原作「威雄」，据张抄本改。下同。又宋史兵志二步军有「雄威」名称。
［二三］征伐　张抄本作「征讨」。
［二四］部　原脱，径补。
［二五］文牒　文，原刻「支」。形误，径改。
［二六］旗　原作「鼓旗」，据元抄本、张抄本删「鼓」字。
［二七］科敷　原作「科数」，据元抄本、张抄本改。
［二八］之钱　原作「之制钱」。据张抄本删「制」字。
［二九］浊脚　原作「烛脚」，据张抄本改。
［三〇］欠　原阙，据元抄本补。又张抄本作「大」。
［三一］柴　张抄本作「豺」。
［三二］帝号　张抄本作「啼号」。
［三三］都干　原作「多干」，据张抄本改。
［三四］恁　原作「纲」。据上文，知误，径改。
［三五］权拨　原作「权不」据张抄本改。

〔三六〕二千万刍　原作「二十千刍」，据元抄本、张抄本改。

〔三七〕己未　原作「乙未」，据张抄本改。

〔三八〕丘峦　原作吴峦，误，径改。

翠微北征录卷二

治安药石

臣岳闻兵法起于黄帝、风后、玄女，授受于鬼谷子、黄石公、少室山人，而富国强兵之事，尤详于阴符一经。故「将忌三世」，出于道书，至于纵横辟阖，亦莫不本于其说。夫黄、老氏，好生也，兵武何祖焉？盖兵本于不杀，武在于止戈，司马法论杀人所以安人，以战所以止战，是宜道家者流，更相授受无靳也。

恭惟皇帝陛下，视民如伤，偃兵不用。即位以来，百轨顺度，安强之效，超迈前古。粤自奸臣擅朝，专务结托。将不知兵，兵不知战。开衅三边，流毒四海。虽公道开明，元恶剪除，而军国之事，尚廑圣虑。臣愚欲望陛下详黄、老氏好生恶杀之意，明司马法安人止战之方。兵不得轻举，谋不得妄发。迨夫人材既出，机会可投，则越王夫差之举，光武昆阳之事有不足为。而前日之败，乃他日大功业之所由成就也。

臣岳郊野散材，本非书生，承平日久，莫究所长，例游场屋，滥叨教养。偶自开禧乙丑上书，言韩侂胄兴兵误国，致被诬摭，妄乱敷奏，编置建安，迨至三载。虽君门万里，而畎亩不忘之念，日切于怀。待罪以来，无所用心，谨摭当世利害，编次成集，以备采择，其有机密幽深，不敢闻泄者，姑俟他日。今所既者，军国之大计一，边防之要务三，破敌之长技一，将帅之小数八，器用之小节十有三，采探之法五，戒饬将帅之道四，守边待敌之策二，足兵便民之策四，总四十有一篇，分四卷，名曰治安药石，即所谓治安不可无兵，犹膏粱不可无药石之义也。伏望圣慈，特赐睿旨批降付三省、枢密院、执政、台谏、侍从考览。如臣所言不谬，乞札付诸道将帅参酌行用，不特使弃逐之躯得著涓埃，上报君父十年教养之恩，亦使山林江湖英雄豪杰之士，知所风晓，引领辈出，上副任使。干冒天威，罪当万死。嘉定元年月　日国学发解进士臣华岳谨序。

翠微北征录卷三

军国大计一

和　议

臣闻夷狄之为中国患，其来久矣。「蛮夷猾夏」见于书，「獯狁匪茹」见于诗，鬼方见于易，赤狄、白狄、山戎、陆浑、雒戎、戎蛮子见于春秋。自后世观之，四夷不庭，征之可也。考之当时，舞干之化，薄伐之举，三年之克，五利之议，未尝逞威兵革，以从事于杀戮。而古人于此，方且反躬自咎，谦恭退抑，听其自附而信其自去，何耶？盖圣贤论中兴之本，不先于外攘，而先于内修政事。夫子论「远人不服，则修文德以来之」，而兵武之事，绝口不及。如其论至夷狄，乃喻以虎狼之暴，抗以戈戟，则必致于伤人；蚊虻之螫，未伤筋骨，决意于一殴者，必被其虿。伯业之盛，二百四十二年之中，莫晋若也。晋之为晋，宜若曲尽夫制外之术矣，而魏绛之答晋侯，顾以和戎狄为中国之福，未尝举征讨之事。严尤、刘贶论周汉之得策，他不暇恤[二]，独以兵连祸结为戒。其间惟善于交通者，皆躐等而取之。此不特后世之君臣其说尔也。「昔者太王居豳，狄人侵之」，事之以皮币、犬马、珠玉，俱不得免，而后知「狄人之所欲者，吾土地也」。当是之时，「从之者如归市」，似可以决去就矣，太王乃谓「君子不以其所以养人者害人」，始甘心于岐山之阳。故仁人之称，见于当时，培植之意，有及于八百年垂世之远。君子不以太王之避狄为畏怯不武，而取其能屈己爱民，以为周家立国之本。越王勾践困辱于会稽之栖，卧薪尝胆，十有八年，未尝汲汲于兵，以求快意。迨夫黄池之会，有衅可乘，于是一举而败吴，再举而亡之。君子不以其屈意于先者为可耻，而嘉其成功于憔悴无聊之后者为善虑敌。汉高帝诛秦蹙项，力非不足也。而匈奴之事，力主和亲，以为五世之利。文帝海内富庶，兵非不强也。而遣使外夷，结辙于道，一于和议是主。武帝不从韩安国之说，穷兵黩武，海内虚耗，后世至与秦皇同日而非诋之。非治外太严，他日反有以自弊欤？马燧之为将，诚智矣。而其论息师之便，则以盟戎百年无虏患为利。陆贽之论谏，后世未易拟议也。而其论夷狄一节，亦谓和戎虽非善经，亦时事有不得已，不若姑令和亲。噫！尺蠖之屈，将以求伸；鸷鸟之击，卑飞敛翼。凡天下之物，惟其有所抑也，而后有所逞也。

古有常言：缙绅之儒，则守和亲；介胄之士，则言征伐。此固各主一见，以为去就之计，实人情之通患也。且今日之事，中外之臣，初皆以为进取矣。自郭倪不得涟泗，李汝翼、田俊迈、郭倬不得符篱，李爽不得二蔡，皇甫不得唐邓，而后进取之说始不入于庙堂大臣之耳。次皆以为退守矣。自魏友谅不守神马坡，陈孝庆不守南巢，林管不守复沙，郭倎不守胥浦桥，夏兴祖、商荣不守喻口、淮口，而退守之说始不惬于庙堂大臣之心。至进战退守之策两皆不得，而庙堂一意于和议也。中外之士咸曰：「祖宗之大仇未报，中原之块土未复，胡运已衰，虏势尤弱。与其供输币帛，以益其粮馈，孰若效死于一战？」殊不知驱吾之赤子以就锋镝，与夫通金帛以息民者，其失为孰多？耗天下之财馈，以资遗黎涂炭之苦，其与夫卑辞下礼，暂屈一时之重，以免天下元元之愁叹者，其得为孰多？此和议之讲，实今日之先务也。今之窃议者不过曰：「罢招军之令，则挫天下豪杰之心；结宣招之局，则失天下将帅之望。」殊不知将不去边，兵不撤备，外虽住招，而内反有以全吾军息肩弛担之心，豪杰之心实未尝挫；急于自固，缓于求胜，外虽罢局，而内反有以全吾军养锐待敌之策，将帅之望实未尝失。和议何损于豪杰、将帅耶？又不过曰：「昔柳浑谓，『夷狄人面兽心，易以兵制，难以信结』，后果有变。韦伦言，『吐蕃狼子野心，难事信约，宜谨边备』，后果有为所误。」殊不知匈奴之叛，在于汉人恃和无备之时；吐蕃之渝盟，在于唐人恃和罢兵之日。备之既去，则变之所必生。兵之既罢，则误之所必至。和奚罪耶？又不过曰：「靖康之变，始于二三大臣专主和议，而不任兵革。以故虏道无厌，百求皆副，至于穷极，而北狩之祸，终于不免。」殊不知靖康之变，事出权臣，国无良将，忠义之气不伸，守御之备不设。兵则恐其伤于和而不敢言，谋则狃其主于和而不敢发。京师之兵有名而无实，勤王之兵久发而不至。此其为祸，和奚罪耶？

臣尝遍观古今中国之所以待夷狄者矣。兵争之失，在于士大夫逞忿恃兵，而讳言和议；和议之失，在于士大夫惩已往之咎，而耻言用兵。故征伐者不至于困弊之极，则不复言和议；和议者不至于罢兵撤备，为敌所误，则不复言征伐。二者胥失也。人皆知唐突厥寇太原，且遣使和亲，帝问计，德彝曰：「彼有轻中国之心，谓我不能战。若乘其急，击之，势必胜。胜而后和，威德两全矣。」昧者于此[二]，遂以为德彝之论先战后和，足以使终帝之世无突厥患；今日之未胜而和，非威德之不相济欤？臣窃以为不然。考帝之于突厥，小大之战不过数遇，南北之兵不过数万。唐据堂堂中国之全胜，突厥虽曰盛强，不过夷之中一偏虏耳。德彝之论，所谓以大制小；而今日之事，所谓以小制大者也。威德两全之策倒施于今，岂不反速夫败亡之祸耶？今中外之臣，草茅之士，徒知痛二陵不反之冤，洗三朝未雪之耻。见币帛之输，莫不含秽忍忿，思与之不共戴天；见词命之遣，莫不泣血铭心，思与之不并生于斯世。此三尺童子之所通知，而愚夫愚妇之所共晓者也。吁！边民失其故业，内地苦于征徭，版曹内虚，总司外耗，将帅无谋，士卒悖命，军储无蓄，国用不充。当是之时，利于兵争耶？抑利于和议耶？夫万金之囊，穷博于终夜之力，所存无几。取其未尽之资，卷而怀之，以俟夫他日再举，周旋于胜负未分之地，犹愈于索手于一决。奕黑白于一枰之交，智者知其未必胜，宁负已输之名，而掩其终不可救之迹，犹为存体。今日之势，大耻之未雪，未足以为国家之重轻。再战而不利，三战而不捷，则天下乘其弊而起，在国家何以为自存之策？故陵之未反，块土之未复，未足以系今日之安危。生灵之涂炭，将士之死伤，边民之饿莩，父兄死于疆场，复驱其子弟于败衄之场，安危之机，实在此一决耳！古人非不知子女之不可遣，玉帛之不可遗，土地之不可割也。汤事葛，文王事昆夷，君子以为仁。太王事獯鬻，勾践事吴，君子以为智。然则今日之和，非真怯也，全吾仁以待他日可乘之机耳；非真畏也，养吾智以俟异时可投之隙耳。今行人屡遣，词说屡通，币帛之好已成，谕成之使已至，可谓国家之大福，生灵之大幸矣。臣愚犹虑虏庭或有邀求，而庙堂大臣不俞其请；虏使或肆傲慢，而庙堂大臣不加之礼。使前日屈尊忍辱之举，败于九仞一篑之微。师徒无备，边野不实，其利害尤甚于兵争之日，岂不大有可畏？欲望圣慈，上体三代之君所以待夷狄之心，下效汉唐之君所以事夷狄之意，忍一时之辱，图万世之利。毋惑于草莱书生之谈，毋动摇于武夫将士之论，期与斯民同归于安靖和平之域，以寿吾国家千万斯年之脉。实天下幸甚！虽然，和议之献已详于前矣。臣尝闻之，和未成而张兵，则必有以启敌人之疑心。和已成而废兵，则他日之祸盖有甚于未和之先者。故越人卧薪尝胆之举，柳浑后变之论，韦伦后误之策，德彝之计，靖康之鉴，如前所论，未易枚举。倘果以为和可恃而废兵，则将见奋臂一呼，带甲百万，招旌一挥，下城数十，堂堂之中国为无人之境矣。岂不畏哉，岂不畏哉！故臣专以战守之策著于后篇，愿陛下毋以为书生之常谈而忽之。此臣所谓今日之大计。

校记

[一]他　张抄本作「它」。

[二]昧者　昧，原作「暗」，据张抄本改。

翠微北征录卷四

边防要务三

山水寨

山寨器具

聚轿　透筒　就储　曲架　远汲　走水　种水　合槽　粮船　斜车　浮木　溜脚　圆木[一]　火炮　灰炮　土炮　石弹　踢脚城　轮箭车　虚桥　飓毒　土乳头　绵幕　瞥脚水[二]　螳螂拒马　蜻蜓车　挂车　油幕　引车　埋水　方木[三]　土员　顶板　扑灯蛾　布遮箭　绵帘　已上三十六件系山寨器具

水寨器具

伏牛　豁水　游丝钩　水毛蛸　浮钩　暗楗　拍水　独面暗棒　沙针　绵穰　撞竿　撞筏　截汊　鸡距　稻杆　斜桩　自凿　拒板　虚木　乱线　双头筌　钉底　担车[四]　碍父　鬼钻　八角茴香　聚钩　网索　蔑锥　水蒺藜　鬼迷环　火牌　锤

锥　藤蔓　阑河　冲天水[五]　金纲筌　神系　四索番车　已上三十九件系水寨器具

臣闻天下之形势，成于人力之所能及者，必败于人力之所不及。池之可凿，城之可筑，器用之可制作，桥道之可修设，皆人力也。今日以人力而成，他日人力之所不及则终亦败。孰若形势之便出于自然，险要之利不由乎人力之巧？天造地设，自不容以小智私意所可得而增损者，山寨、水寨是也。横涧有山，可屯万人，孔福失之，而濠梁以陷。马鞍有山，可置百家，时俊守之，南巢以安。此山寨之已验也。渭南之地，四围皆水，亮军驻其中，仲达不敢涉水以战。濡须之地，两旁皆水，权筑栅其间，曹公不能破。此水寨之已验也[六]。自今观之，淮水以南二十余郡，州之有城，自山阳、合肥、浮光、濠梁、历阳、黄岗、维杨、仪征、德安、郢州数州，各系近年以来节次修筑，稍成次第。他如龙舒、濡须、盱眙、安丰诸郡，虽有城壁之名，而基址卑陋，砖石摧倒，有不若豪民之墙壁。县之有城，自天长、六合、南巢、应城数县，各系渡江之后渐次增广，稍成规模。其他如舒城、霍邱、六安、庐江、京山、孝感、淮阴、宝应诸县，虽有县官治事之所，而所谓城壁者，间断有无，不足以隔犬彘。平时无高深之备，每有缓急，村落之民奔入镇市，则镇市愈至于伤残。镇市之民辐凑城邑，则城邑愈至于蹂践，反无山寨水寨以为近便安葺之计，则沿边之民焉往而不转徙哉？

承平以来，淮汉州、军凡二十有二，主客户凡一千四百余万。以二十二郡之广，以一千四百万户口之众，而州之有城者不过六七，县之有城者不过八九。纵使亚武接踵，所置几何？况于封域之相远，道路之不通，有非仓卒所能造其郛郭之间哉！臣尝于张士元潜淮南、熊飞帅淮东之日，集诸子深长之议论，萃天下慷慨之人物，邱垤险易，污池深浅，罔不遍历，罔不周知。凡山之高险不容登陟、上有平坡可以屯结者，必因山为垒，扼绝路径，增筑墙堞。使近山之民，般运粮食[七]，携策老幼，盖造庐舍，断截枪梾。万一贼入险隘，劫我山寨，上寨而攻，则矢石不到而人力徒劳。越寨而过，则腹心有忧而或虑掩袭。东自山阳、东乡、宝积、高寨、山城、文贤、横涧、夹山、涂山、施黄、野父、毛工、胡鼻、莲花，西自骨勒、铁脚、辽峰、浮渡、柳子、燕九娘、三湾、龙辰、贾木、挂车、枫原、西安，诸山之上，嶂巅峭拔，上平下险，山势高耸。可以为寨者凡九十有四，而内有无水之寨六，各可屯万人。而又撰为守山之具，凡三十有六。贼人之士卒既有所不可登，贼人之矢石且有所不可及。内则团结乡兵，而济以木石；外则策应大军，而扼其隘阻。贼兵虽强，安能浼我山寨之险耶？凡水势环绕，不通往来，中有洲渚可以居止者，必因水为营，柜筑沙石，扼绝舟楫。使近水之民，圈牧牛马，充积裹粮，明造牌筏，暗设筌刺。万一贼入湫泺，攻我水寨，则家基之利可慕而不可图，犄角之势可望而不可近。水环四围，非子产之乘舆可济；天限一方，非曹公之艨艟可渡。东自谢杨、老鹳、范光、艾陵、温陵、三港、凌亭，西自滋泥、蚌湖、团峰、马肠、九曲、濡须、南巢、白湖、花山、瓦阳、石塘、张湖、破岗，诸湖之中，水势回环。可以为寨者凡四十有九，而内有夏秋泛涨之寨十有一，各可屯数万人。而又撰为守水之具，通三十有九。贼人之舟楫既不可入，贼人之步骑且不可到。内则沿淮水军万弩手分番守把，外则忠义军民兵分地团结。贼兵虽强，安能逸我水寨之险耶？

国家自兴兵以来，惟知恢复中原，而淮南之地恬不介意；惟知袭取商虢，而荆襄之地邈不加察。以故符离之师未入，而贼兵已入于山阳，陈蔡之师方举，而贼兵已入于安复。故前辈谓善守者，敌不知其所攻；能攻者，在于善守。靖康、绍兴之间，淮汉不守山水两寨，千里之民辐凑渡江，内则阻于关隘之不得通，外则绝于津渡之不可过。白沙、北峡，死者山积；杨林、瓜州，江水为之不流。遗弃之粮食，皆贼人漕运；纵放之畜牧，皆贼人之脍炙。此其功业之不振，盖根于淮汉之不守。而淮汉之不守，实自夫山寨水寨之不保也。惟能行下淮汉诸司，劝率土豪、形势，修筑山水两寨。每一寨置寨官一员，令借补官资，以为之主宰。每十寨置寨将一员，令吏部注阙，以为之统帅。民有自备钱粮修筑一寨者，官为推恩；民有纠率众财自创一寨者，官为推赏。如此，则于官无费，于民有备，而守边之政举矣。此臣所谓山水寨。

屯　要

臣闻屯守之地，当其冲要，则一人之力可以敌万夫；非其冲要，则万夫之勇不足以敌一人。故秦人守要害之地，而并吞六国；司马仲达据四达之冲，而吴蜀亦不敢争。齐人之守渤海，郑人之戍虎牢，孔明之屯渭南，孙权之坞濡须，皆是道也。然一国有一国之冲要，天下有天下之冲要。不知重守其所谓要害之冲，而一切泛然于贼人不由之道，则兵旅日增，费用日广。吾见其劳师匮财于非所用力之地，彼间之可乘，隙之可伺，固亦自若。而堂堂之中国，将为无人之境矣。

今日之形势，闽蜀之外，莫淮汉急也。故淮东之地，屯仪征、维扬，以当涟、泗、海、亳之冲；屯合肥、南巢，以当涡、濠、汝、颍之冲。汉中之地，屯黄岗、汉阳，以断安复之冲；屯襄阳、樊城，以断唐邓之冲。此其选择形势，精据利便，固无可议。然地之相去千有余里，其间小径闲道，姑置不论，通都大驿，平原旷野，类皆屯戍遗阙，臣窃忧之。取淮而言，自柘皋、南巢、草鞋岭、野父山、庐江至瓦隔河，固足以入江；自安丰、桃城、金牛、航步、沙湖、板桥、罗场镇至盘小寨，亦足以入江矣。然算陂、巢口之水，峻如泻油，铁脚、杨梅之山，峭如立壁。敌虽云蒸雾集，倍道而至，中间险阻崎岖，林木茅苇，未足深畏。至若自濠梁升高山、丽山、大青山、韭山，定远黄莲、皇甫山，梁县望桑根山、宣宗而至项亭，则东西数合，南北一望。高则半岗小坡，不过寻丈；卑则浅沟狭涧，不过数步。既无关隘可以遏其锋，复无他戍可以绝其后。贼若径从此径突入和州，屯兵杨林、梁山、白山等处，控扼大江。东浚栅江、裕溪，以造舟楫；北凌东关、肥水，以通漕运。借曰未能涉我风涛之险，所谓湖南、江西岁计米麦之运，不敢东下[八]，则版曹告匮，而骨髓先枯；浙西、淮东按月茶盐榷货之商，不敢西上，则诸路总司无措，而肝脑先溃。此濠梁、历阳之虚实，江淮之胜负系焉，可无重兵以守之耶？取汉而言，自长乐、平林、新店、阳城、石井、河步、石河而入安河，固足以入汉；自桐柏、范庄、马岗、浦口、劝羊湖、营河而入随河，亦足以入汉矣。然应山、大靖尚有乡兵团结，土门、九里尚有旧关故垒，敌虽越险而来，亦不足畏。至若自唐州、湖阳分界山至枣阳，自车桥、汤川至郢州，自胡窊、走马岗、道人林、土石至随州，则北自唐邓，南至汉水，无林可依，无涧可隔。虽有衮河守把之卒，而地无关隘，不足以扼其冲；虽有华阳、枣林义勇之兵，而势非险阻，不足以抗其锐。贼若径从此径突入汉右，复取樊城、柳林山、谷石堰、长兰、白木等处，直渡汉水：北据荆门、虎牙、班竹、马梁诸关，以为自固之策；南据江陵、建阳、潜江，以为屯守之计。置襄阳于不攻，前袭荆南，则襄阳已在围阛之中[九]；弃光化于不争，而远凭巫峡，则光化已居其囊括之内。借曰未能舳舻千里，以争我东下之势，所谓三巴之险已塞，而吴蜀有离析之忧；荆襄之区不全，而江淮无犄角之势。此随州、枣阳之虚实，荆襄之得失系焉，是岂可以不问耶？

近日诸将，惟知以重兵固守涡口、南巢，而濠梁、定远反视为闲慢之地，故贼兵大入于环滁、历阳之郊。惟知以重兵固守神马坡、樊城，而车桥、胡窊、土石反视为不急之所，故贼兵大入于安、复、郢、随之境。此其冲要，自今宜令行下淮汉帅臣，搜寻前件险隘，分兵固守，差官节制，明立斥堠，近置策应。吾军进取，则留此以为劲捷之道，而取其有先人之便。贼军入寇，则设此以为掩袭之所，而避其有阚我之谋。则三边之形势可全，而淮汉之津可无潜涉之忧矣。是谓屯要。

捷径

臣闻江湖形势之论有二：曰通衢，曰捷径。两军之所共知者，谓之通衢。吾军之所自知者，谓之捷径。则人所不测而不及关防，古人所谓以迂为直，以患为利，以逸待劳，以饱待饥，兵家所谓后人发，先人至，由不虞之道，攻其所不戒也。是故两军相对，两阵相形，知通衢而不知捷径，则在我之势十得二三，知通衢而能备捷径，则在我之势十得七八。故捷径之利，得之则我常得以袭人，失之则人常得以袭我。以吾之二三，应彼之七八，计算之间，得失已分。善用兵者，较计算之短长，思过半矣。若夫堂堂之阵，整整之旗，斗死生于平野大坂胜负未分之场，孰若潜驱密伺，以制之于不战之地哉？吴元济知有长坂、义武，而不知有张丹阳之贼惟知有三湖巨浸之险，而不知霍山小道，卒成杨素之绩。然观愬之历险断桥，艾之凿山通道，素之缘崖直进，非平居闲暇之时为他日乡导之资，太平无事之日得之于樵苏小子之末，脱有缓急，安能出人之不意，乘人之不及哉！

今日荆淮之地沿边州县，固已分屯大军守把要害。至若淮西舒、蕲、黄、安、六万山之间，京西荆门、南漳、谷城、光化一水之津，小道狭径，可行掩袭之所，不一而足。前后帅臣、边将，措置边防，守把津要，各以己见，申闻枢省，敷奏朝廷者，不知其几，卒未闻有能条具其一二者。是皆非乡导之官所得而周知，搜访之使所得而涉历。边探之将佐既昧于讨论，州县之官吏复惮于工役，樵牧之论，何由闻达？然吾军之不知，不过无以投人之间隙而已，其利害犹有可言者。至若贼军得之间谍，阴驱潜率，反得以捣吾之腹心，冲我之膺背，则虽有韩信、曹公之智，何所施巧？

自今观之，人皆知合肥、寿春，自有南巢一湖，北峡一关，可以绝其奔突之锋，而不知自白陂入小路，至木场河、谢步、陈六公庄、四板桥、桐木镇、乌沙、梅林、九井而涉鲁洪，则可以袭吾枞阳，而广储一仓之运，已自入于贼人咽喉之中。自霍邱入小路，至二郎岗、芦塘、故步、下羌、庙山、枫木岗、辽峰、夹石、挂车、庐州岭、佛岭、梅子岭、上辛岭而入桐乡，则可以袭吾皖城，而龙舒、山口、蕲阳三仓之运，已自炊于贼人釜甑之上。此淮西之二径，不可以不备也。人皆知襄阳、荆门固有淇漳二水，虎牙一关，可以遏其南下之锋，而不知自荆门界至白土、中卢镇、罗坊、萧豁、十会山、黄行岭、双池、郑亚山、平山、阳河、磨石而入谷城界，则曲直相通，最为劲捷。万一贼兵长驱而前，乘我不备，则荆门、江陵果何以为御守之策？自白漳小路，至横林、手炉山、长湖、白竹涧、鼓楼山、古石潭、阳陂而入南漳界。则坦夷相接，略无崎岖。万一贼兵星夜潜发，出我不意，则潜江、建阳果何以为控扼之计？此荆襄之二径，不可以不备也。以至竹山小径，七百里入峡州，两马可以并行；沙涡小径，三百八十里入麻城，粮馈可以肩运；贾木一径，可以入光山；武阳一径，可以入褒信。若此间道，未易枚举。自今宜令行下淮汉诸司，逐一蹋逐前件小路，随其远近险易，多方措置，依兵家守隘断险成法修治。道狭则因山为险，守以强兵，必使我可出而贼不可入，故彼不得以袭我之虚。道阔则因涧为濠，守以强弩，必使我可往而贼不可来，故彼不得以蹑我之后。是谓捷径。

校　记

［一］木　元抄本作「耒」。

［二］水　元抄本作「木」。

［三］木　元抄本作「耒」。
［四］扭　元抄本作「拒」。
［五］水　元抄本作「木」。
［六］已　原脱，据上文补。
［七］般　原作「船」，据张抄本改。
［八］张抄本「所谓」下有「国家」二字。
［九］圚　张抄本作「闠」。

翠微北征录卷五

破敌长技一

陷骑

臣闻吴人善舟，晋人善骑；吴人非不善于骑也。番长于马，汉长于弩；诸番非善于弩也。吴人生于圮泽之乡，故舟楫之事不待于教习而自能；彼诸番生于驰逐之地，故骑射之巧不待于指使而自精。是岂得之见闻，求之阅习，如汉晋之士耶？盖人力之所充，不如天性之自巧。出于勉强学习之所致者，其与夫与生俱生者，过人远矣。况今日之事，地不可同，技非其敌。前代名将固尝讨论番汉短长，以求致其所能矣，彼以骑制骑，犹不足以取胜。况今日三司五驻之马，皆可数计，而虏人一雕所指，动辄数万，固不胜其可忧矣，奈何尚敢言于进取哉？吁！燕冀之游騣，非淮汉之骀驹。秦晋之骑士，非江浙之刍牧。马产于西夏，而军招于江淮之间，固已物性之不相谙。刍秣于营槛者有年，于兹而驰驱千里，脊破骨穿，乃藉水草于荒山之芦苇，是又风土之不相得。此其相去有若天壤，今日诸将讵可不急料其长技乎？议者谓：御骑者无出于车，陷骑者无出于弩。臣尝献轻车之制于后矣。然车徒能制骑于三百步之外，而于锋交刃接之时，锋之未交，刃之未接，何以使骑之不可逞？弩徒能制骑于三百步之外，而三百步之内何以使骑之不可逃？故江湖陷骑之法，必欲运机缄于冲突之时，使其雷轰雹击之锋，皆有所不及施；设器具于驰骋之际，使其风回雾转之巧，皆有所不及逞。彼方恃其一骑当八卒，吾必使其八骑不足以当吾之一卒；彼方恃其一骑射足以敌吾之十戈矛，吾必使其十骑射不足以敌吾之一戈矛。番马之骏，反不如吾步卒之能驰；骑射之精，反不如吾戈戟之易中。是谓反主为客，易短成长。正前辈伏弩于林，可败其骑，而骑果败；断木于道，可得其马，而马果得。皆此类也。然陷骑之法，江湖传袭不止一端。大率不过虏骑众多，不容斗敌，伺其所行之道，制为陷骑之具，勿令贼知。然后示之以弱，以诱其必来；啖之以利，以致其必至。使其堕我之圈圚而不自知，入我之陷阱而不可脱。

其法有六：一曰伏枪。谓用火炼竹枪，斜埋成列，却于枪头所到处掘地成窟，长一尺五寸，阔半之，用竹一尺八寸埋在内。次以竹圈挽枪着地，覆以草茨，不令知见。复用挽枪竹圈，从窟内系提头索，别曳于枪头所指处一丈许。遇贼马踢动提头索，曳去挽枪竹圈，则枪头向敌，起地三尺，贼马无不中伤。二曰绊索。用麻索各长五丈已下，两头及中间各长一丈，用木桩系索，钉之于地。用青竹竿五条撑索腰，控低着地，扣以机结木钩，如猎之制。遇马足触动机结，则撑索竹去地三尺，贼马无不被绊。三曰马拖。谓用竹削成筋火[一]，其长数倍于筋。其锥甚锐，用以簪地；其尾则用热汤煮过，令槌碎和麻各以成索；索尾又安扣头，扣转于竹片之上，仍将枪杆曳索于竹片之首。遇马被套而走，则索尾之枪自卓其腿腹。四曰马筒。用掘地成阱，深一尺，阔三寸，内置攒锥。遇马足被陷，则攒锥自刺其蹄踵。五曰青阱。谓于麻麦草芥之地，掘而成阱，不拘广狭；上以芦席、箬盘、竹席之属覆之，而掩以麻麦草芥，随其物之类色，使敌马不觉足陷。六曰白阱。谓以尘沙土石之地，掘而成阱，不拘广狭；上以芦席、竹笏之属覆之，而掩以尘土、沙石，随其地之颜色，使敌马不觉足陷。已上六法，皆于道路预先修设，以待其来。

然器用之设，非瞬息可成；制作之艰，非顷刻可办。乃若仓卒相逢，不期而遇，前不得以婴其锋，后不得以避其锐。当是之时，不费寸土尺木，而贼马自抵于损伤；不劳匹马只轮，而贼骑自至于颠覆。其法亦六：一曰刺球。四方有锋，中间有蒂，以铁为之。二曰蒺藜。砺之以锋，萃之以毒，以铁为之。三曰茅针。其形如针而稍大，以铁为之。四曰鹅项。其形两曲而上下皆锐，以铁为之。五曰菱角。以铁为菱角。六曰皂角。以铁为皂角。已上六法，皆预先打造，遇欲用则令筌插、撒掷在地。

然平原旷野，我知而敌不知，乃可施巧。道狭路隘，敌险而我亦险，将何以为两难见巧之策？莫若因地设险，使敌骑之来，可入而不可出，吾军之利，可见而不可夺。其法有八：一曰踢圈。以竹为圈，插于马道，以索续于竹圈之上，用套马足。二曰截径。用竹弩一张，竹檐七片，菠菱一只，以马尾、头发之属曳之马道。马头触之，则箭发马倒。三曰伐木。马行于林樾之中，令伐木横道，则马不可过。仍止令半折，不得伐断，恐为敌人下马拖曳离路。四曰结草。谓马行于草野之中，其正路故令断绝砖石，堆塞柴茨。却于四围用草结缚其稍，令阑绊过路。马急走则被绊，众队皆倒。五曰种冰。谓道路险峻，或高坡峻岸，或斜城陡岗，当令迎风灌水，水结成冰，则滑溜不可过。六曰裂石。谓马道窄狭，两旁皆土木，当令抄掘塞路。七曰断桥。谓马经过桥梁必毁拆，令不得度。八曰琅琊版。谓用版钉琅琊钉于上，行则载于粮车之上，用则埋于沙砾之地。已上八法，皆能陷贼骑于道狭险要。

且扼贼于险，此固可用。贼知险而不入，将安用之？在我则有诱骑之术，使贼马见此，踊跃而前，奔腾而至，自抵死亡，自投陷阱，而不容止遏。其法有四：一曰刍诱。谓敌马行远，久阙草刍，故下置陷阱、枪刺，而上覆刍秣，使马见之，自投死地。二曰饵诱。谓贼马饥饿日久，故下置陷阱、枪刺，而上覆菽粟豆料，使马见之，自投死地。三曰献青。谓贼马入境，久不牧放，有草茨青苍之地，设陷阱、枪刺，使贼马望见草色，而不顾险陷。四曰献白。谓贼马入境，久不汲饮，即于陂池溪涧之地，设陷阱、锥刺，使贼马望见水色，而不顾险陷。已上四法，皆令贼马自越水火而前。

凡二十四法，皆陷骑紧口。其他如水药之秘，风沙之变，虽曰奥妙，然杂以浮诞，姑置勿论。诚能明此，复类推而意该之，吾将反虑虏骑之不多至耳，何虑其长技之不制哉！今日国家西南之程驿，既断续而不登，淮汉之驹养，且收买之无术，三司、江上之刍牧，复不闻于增益，而陷骑之策，诸将未闻有知其一二者。臣故摭其大略，而僭言之。若夫江湖琐细之论，臣不复为陛下献。是谓陷骑。

校记

［一一］筋火　疑当作火筋。唐冯贽云仙杂记卷二中有「火筋」。唐陆羽茶经器：「火筴一名筋。」宋吴自牧梦粱录诸色杂买中亦有「火筋，火夹」。

翠微北征录卷六

将帅小数八

搜伏

臣闻天下之事，耳之所闻、目之所见者，皆可以预备。耳目之所不闻见，则预备之术何自而施？声音之相接、颜色之相睹者，皆可以巧致。至于声音之不相接，颜色之不相睹，虽欲巧而致之，讵可得耶？兵家攻其不备，出其不意，以逸待劳，以饱待饥，乘人之不及，攻其所不戒者，皆伏兵说也。孙吴之书，韩曹之术，皆有出奇设伏之名，而不及九伏、十一伏之法。虽遗逸之士言其大概，而得其传者类皆粗略。故其所存惟九伏而已。一曰山伏，谓山岩崎曲，关隘险阻。二曰土伏，枯壕堤岸，古城旧垒。三曰草伏，草蒿蓊郁，茅苇掩映。四曰林伏，蒹葭荆棘，茂林修竹。五曰夜伏，天色昏暗，夜气晦冥。六曰烟伏，山岚气雾，罩占郊野，七曰水伏，束苇流身，覆荷盖面。八曰沛伏，桥梁枯涸，屋舍幽暗。九曰伪伏，我欲设伏，而窘于无兵，欲不设伏，而恐其袭我。故就险阻之处，伪为尘埃、旗帜，如设伏之状，使贼疑而遁。以是九者，出军之日，先选机巧合于人一名为伏，兵将应行军下营，专一拣择形势，多设奇兵，伏以备盗劫。故伏兵之法，一人不知，万人不期，一夫不睹，万骑失措。至于曳柴扬尘，而中有突骑；断木成庵，而后有伏弩，皆所谓流伏是也。善伏兵者，藏于九地之下。善发伏者，动于九天之上。鬼神有所不能测，雷电有所不可及。微乎微乎，至于无声；神乎神乎，至于无形。伏而至此[一]，讵容以言尽耶？盖伏生于奇，奇生于机，机生于正，奇正发于无穷之源。非员机之君子，安能与于此哉？

然善于设伏，而不善于搜伏，恐我之伏以陷彼者，将转而为陷我之具矣。故搜伏之法，远入虏地，营垒生疏，道路险隘，恐其设伏，尤当先发伏。兵将纵横搜索，斯无疏失。故草中走兽突出，则伏必在草；林中飞鸟鸣噪，则伏必在林；无风而竹苇自动，则伏必在山；无雨而滩碛自湿，则伏必在水；溪涧浑浊，则伏必在流；凹坞昏暗，则伏必在僻野；无风起尘，则伏必未定；未晓鸡鸣，则伏必夜动。故善搜伏者，必依四搜之法：炬木组竹，击石运弩[二]，搜生而纵死，搜向而纵背；纵火于东，而静搜于西；发弩于左，而静搜于右。是谓搜伏。

反　泄

反号召　反旗帜　反金鼓　反烽燧

臣闻我秘敌泄，则胜常在我；敌秘我泄，则胜常在敌。近日边政正堕乎此。故自田俊迈擒，而虏人出我颍河、安丰之兵，尽识吾军之旗帜，而吾军每败于辨认之不真。自吴曦叛，而虏人入我安、复、荆、襄之兵，尽识吾军之队伍，而吾军每泄于机械之不密。此兵家反泄之法，盖不可不讲也。然反泄之法有四：一曰号召。谓昔以青旗而招将佐，今以青旗而招士卒；昔以白旗而招统制官，今以白旗而招队部将。二曰旗帜。谓昔以青为左、白为右，今则以青为白，使敌人不得以知吾左右之名；昔以青为直、黑为曲，今则以黑为青，使敌人不得以知吾曲直之势。三曰金鼓。谓昔闻鼓而进，今则闻鼓而反止；昔闻金而止，今则闻金而反进。四曰烽燧。谓昔以一燧为遇寇，二燧为索救；今则反以一燧而为索救之号。昔以无烟为无事，有烟为有警；今则反以有烟而为无事之验。是为反泄。

暗认

臣闻晋师伪旆曳柴，而司马得脱。虞升卿易衣入质，而戎虏果信。曹公伪为袁氏之旗，而焚袁氏之辎重。于仲文伪建尉迟之帜，而袭尉迟之守将。皆吾军诈以诱敌，而致其师也，况使敌人诈以致我哉！此暗认之法，不可不讲也。一曰旗号。谓恐敌军诈作吾军，合于相遇之际，先逐将队旗帜三伏三起，尽行卷轴；复将旗杆三伏三起，尽行舒展。若彼军起伏皆如我法，然后合阵。否则番军，即时掩杀。二曰金鼓。谓恐贼军诈吾号令，即令诸军于相见之际，一鼓一金，次二鼓二金，次三鼓三金。彼既同此相应，即是吾军，然后合阵。否则番军，即时掩杀。三曰阵法。谓恐贼军诈吾军号令，诸军于相遇之际，不以人马多寡分为两队，左队左旋，右队右旋，至一周遭而止。彼既同此相应，又令诸军急合而为一阵，双日左旋，只日右旋，至一周遭而止。彼又同此相应，即是吾军，然后合阵。否则番军，即时掩杀。是谓暗认。

潜易

一、易将　一、易兵

臣闻以将闻于天下者，易将不易兵。以兵闻于天下者，易兵不易将。吾之能将，素为三军倚重，一旦他出别营，则贼军必瞷吾后。吾之精兵，素为敌国震服，一旦改发他道，则贼军必伺吾隙。故兵家秘法，易将则兵不随行，所以使两军之皆重。易兵则将不同往，所以使彼此之兼全。兵发之日，去藉御爨，而炊宿无踪；晓出夜行，而尘埃不起。将发之日，不御仪仗，以愚敌军；不落号带，以安我士。故易将而兵无失将之忧，易兵而将无失兵之虑。是谓潜易。

急据

据山　据水　据林

臣闻争山不得上，则利在赵而不在秦。争水不得渡，则利在汉而不在楚。两军相遇，不据利地以抗之，讵能扼敌人于仓卒之际哉？此据利之法，不可不讲也。然其法有三：一曰据山。谓三军遇敌，既无城邑，又无沟垒，即于近便有山，不拘高低，据以为险，静以待敌。登高望远，可见虚实，而施吾破贼之谋。发石断木，可避锋锐，而扼其逼我之势。二曰据水。谓三军遇敌，进无可依，退无可保，即于近便有水，不拘浅深，急据为险，静以待敌。敌渡则候其半涉，而击其济薄之师；敌逼则誓众以死，而激其背水之战。三曰据林。谓三军遇敌，既无山阜可依，复无川泽可据，即于近便有林木掩映，急据以为待敌之所。敌将而愚，则依林设伏，而敌不及备；敌将而智，则缘林发矢，而敌不可入。林燥则畏焚，而敌兵不可搜；林密则畏绊，而敌骑不敢逼。然后张翼伪遁，而反击之。是谓急据。

分　渡

兵多地广则分十为一　兵少地狭则分一为五

臣闻涉水为兵家之至险，「半渡可击」见于书，「半济而击」详于法。故分兵而涉，则过路多，而敌无御我之谋；合兵而涉，则过路少，而我无绝敌之策。此分渡之法，不可不讲也。然其妙有二：兵多地广分一为十，使对敌一军，先至水次，而不得渡。敌军必相持于水岸，而又不容吾军急涉，即佯与交锋于水之两旁。使其余去敌差远九军急涉彼岸，直冲敌军之后，与敌邀战。待其反顾而拒我九军，则吾对敌之军可不战而自涉矣。兵少地狭分一为五，使对敌一军，先逼水岸，而不得渡。敌军必相持于水岸，而不容吾军急涉，即佯与交锋于水之两旁。使其余去敌差远四军急涉彼岸，直冲其军之后，与敌邀战。待其反顾而扼我四军，则吾对敌之军可不战而自涉矣。故分渡之妙，后涉之兵先发，先涉之兵后发。彼诚能拒我之二三，则我之已涉者盖已七八；彼诚能拒我之一二，则吾之已涉者盖已三四。是谓分渡。

自认

雪迷　烟迷　尘迷　雨迷　夜迷　人迷　马迷

臣闻阴陵之失，项羽之勇无所逃。霸陵之失，李广之智不能免。吾骑远出，吾军远探，或雪迷路径，而士卒易忘；或烟暗山川，而士卒莫辨；或尘埃草莽，而难认形势；或风雨晦冥，而不见山坡；或星昏月暗，而夜入他路；或人疑马惑，而误行别径：是谓军迷，最为恶证。在我有自认之法，一则采探马军及吾军将士，常带五色花纸钱替代数沓，及造小布袋一枚，内贮石灰令满，安在搭袋之内。遇白昼兼程，星夜潜发，路无辨认，野无踪迹，雪则用五色花纸钱替代之属，系挂于茅苇草木之上，仍以数之多寡而辨其远近、次序，则积雪之中不致迷道。雨则用石灰布袋之属，印灰点于地面之上，仍以点之多寡而寓其远近、先后之别。前队先回，则添纸钱，增灰点，而使后队之不相失。后队先回，则又减纸钱，乱灰点，而使前队之不相误。纸钱则青、黄、赤、黑、白五色，以表远近；灰点则以一、二、三、四、五数目，以表往来；纸钱则收以便袋腰复，而以备缓急；灰点则曳以鞭梢，而用以印点。贼人见此，将谓村民祈福之具，猎人捕兽之迹，而不知吾军用为乡导。后军欲寻前军，则望此趋向；前军欲追后军，则得此记认[三]。是谓自认。

就顺

顺山　顺水　顺风

臣闻势不两立，术不两全。处己于顺，则在彼皆逆；处己于逆，则在彼皆顺。故争山不得，魏兵以败；拒水上流，蜀军以胜；顺风扬尘，贼军以溃：皆古人就顺之验也，兵家未尝明言之。近者诸将失紫金山，而花靥受敌；失故镇河，而符离受闭。夏风多南，冬风多北，不占风势，而淮北之师败于暴风霰雹之所震鼓者，屡矣。此就顺之法[四]，不可不讲也。一曰顺山。必使吾军先居高险，则贼自陷于低下。故矢石击发，我远彼近；人马驰逐，我逸彼劳。我则前峻后险，而无向不济；彼则内卑外高，而数面受敌。二曰顺水。必使吾军先占上游，则贼自堕于下流。故顺水行舟，顺流济兵，而利害之势已分；拒水为营，背水为阵，而难易之形已判。自上而下，在我有摧枯折朽之易；自下而上，在彼有登高涉险之难。三曰顺风。每遇战斗风起，必使吾军先背上风，则贼自不能免于风。故曳柴扬尘，而敌军莫知吾之虚实；吹沙走石，而敌军莫当吾之冲突；顺风扬药，而敌之口鼻可以受毒；因风纵火，而敌之营壁可以延烧。是谓就顺。

校 记

〔一〕伏而至此　原无「伏」字，据张抄本补。

〔二〕运弩　张抄本作「连弩」。

〔三〕记认　原作「计□」，据元抄本改。又，张抄本作「计记」。

〔四〕就顺　原作「顺就」，误。

翠微北征录卷七

器用小节十有三

甲制

臣闻周礼有函人之职，司马法有甲士之制，朝错以「五同」论兵甲弩矢，马燧以「短长三制」造铠衣士，皆所以避锋镝、全肢体、称大小、便进趋也。然造甲之法，步军欲其长，马军则欲其短；弩手欲其宽，枪手则欲其窄。其用不同，其制亦异。否则，拘于定式，昧于从变。肥者束身太紧，甲身则可周后背而前胸不交，甲裙则可闭后膺而前跨不掩。瘦者挂体太宽，挽弓发箭则甲不贴体，而胸臆絣扑，有断弦脱筈之忧；挥剑刺枪则甲不附身，而腰背松虚，有抵手碍足之患。长者不过膝腕，而矢石可及；短者垂及脚面，而泥泞不前。小有不便，则拆去甲叶，而遗弃不收；大有所妨，则割去全段，而抛掷不顾。制作之艰，费耗之广，不几于徒费乎？故君子谨其微于制作之初焉。是谓甲制。

人甲制

一、第一等甲：　腰圈四尺五寸，批膊五吊止数直下五吊，横搭不计。　头魁覆釜二尺五寸。

一、第二等甲：　腰圈四尺，批膊四吊止数直下四吊，横搭不计。　头魁覆釜二尺三寸。

一、第三等甲：　腰圈三尺五寸，批膊三吊止数直下三吊，横搭不计。　头魁覆釜二尺一寸。

一、第一等甲裙：　直下长一十五吊不计横段。

一、第二等甲裙：　直下长一十三吊不计横段。

一、第三等甲裙：　直下长一十一吊不计横段。

臣闻物之不齐，物之情也。秦人越人之肥瘠，不可以同彳；吴人越人之好恶，不可以同舟。心广体胖，心剿形瘵，此固赋分之不侔。在我岂容以逆其所赋，而强之以必同哉？故士有肥瘠，甲身不可无广狭；材有高下，甲裙不可无长短。故第一等甲，所以给肥胖之士也。肥胖之士亦有长短，故甲裙又分为三制，使肥而长、肥而短者皆可披带。第二等甲，所以给中常之士也。中常之士亦有长短，故甲裙又为三制，使中常而长、中常而短者皆可披带。第三等甲，所以给瘠弱之士也。瘠弱之士亦有长短，故甲裙又为三制，使瘠弱而长、瘠弱而短者皆可披带。每遇给散，则随其肥瘠长短而选给之，则肥瘠长短无一不称其用。人瘦甲宽，则都管皮柱定，不可行坐，甲小人大，则掩不及而不避金矢，皆为弃物[一]。是谓人甲制。

马甲制

一、大全装六件

甲身一副　搭尾一件　鸡项一件[二]　大秋钱一件　小秋钱一件　面子一件

一、小全装六件

甲身一副　搭尾一件　了项一件最紧　鸡项一件小　面子一件　秋钱一件

已上，诸军见造大全装，而小全装未闻造用，近年独殿、江、池、鄂四司新造披带。

一、未带甲先用衬副两件，免打破马脊。

驼滑辣[三]　甲圈用布袋裹草把　已上，诸军不曾造用，亦无上件制度。

一、甲身欲平鞍鞴，不得太长，免驰骤绾绊，多费甲叶。

一、鸡项合用棉衲，免头项重滞。

一、式样合用小全装，免多费工匠、甲叶，及披挂省便。

一、马面子合用臣新制贴额。

臣闻周马之身，最为利害惟头面、胸臆。马面子旧制虽巧，近日符离、陈、蔡之役，马多被伤中寿星脑额而死。臣今制为贴额，用绵布衲作一片，贴在马面子内[四]，脑额之间。脱遇矢石，可透铁面，尚有贴额可隔。此马面子所以合用贴额。大全装鸡项大而秋钱小，或暑月闷热，雨雪冰结，彻去秋钱[五]，尚有了项可蔽肌肉。此马甲所以合用小全装。我军马甲，甲身例是垂下过鞍一尺许，所以披带重滞，驰骤绾绊。贼军马甲，甲身只是平腹，下用虎斑布裙，遇箭皆被矫揉，所以披带轻捷，驰骤俏俊。此马甲身所以合用平鞍。鸡项重则头低项曲，而马被控抑；鸡项轻则头高项直，而马臆松宽。此鸡项所以合用绵布夹衲。赤身带甲，则擦损肌肉，而久成臭烂。衬以藉褥，则护惜皮毛，而不致破伤。此马甲所以未带甲先用驼滑辣、甲圈两件。是谓马甲制。

马军甲制

一、腰圈，合用四吊。　一、甲身，合用左掩。

一、腰裙，合用过膝三寸。　一、吊腿，合用摘吊。

臣闻马军与步人之甲有四不同：步人则直身起立，马军则蹲坐低控。马军腰圈若依步人皆用五吊，则上柱两腋而不容低昂，下擦双胯而不堪转动，所以独用四吊。步人则两足循行，左掩则背安结项，而穿扣不顺；马军则缓急上马，右掩则搯定左足，而跨蹬不及，马军甲身所以独用左掩。步人则直身行立，短则露足；马军则曲膝蹲坐，长则绾绊，马军甲裙所以独用过膝三寸。步人则甲身、腰圈、吊腿连成一片，名曰全装，而易为披带；马军则吊腿、拖泥遴作二段，名曰摘吊，而便于去取。故截为两段，上安结项四枚。遇敌则挂上吊腿，而用避矢石；退师则解入搭袋，而免被牵制，马军吊腿所以独用摘吊。是谓马军甲制。

弩手甲制

一、甲裙欲移向后　一、甲裙吊腿欲短　一、甲身欲宽

臣闻弩手与枪牌、弓箭、剑斧手、马军之甲有三不同：盖马军、枪牌等手，例欲身材长大，独弩手不嫌矮短，故军中类选不及等仗者为之。马军、枪牌、弓箭等手已为最短，况举足入蹬，而易被兜绊；曲膝靠桩，而易为走衮。此弩手甲裙所以独欲短捷。其他甲裙，后交前控，则恐被矢石；弩手甲裙，前交后控，则有碍桩镫。盖古法阵前有车，车后伏弩。今制阵前有牌，弩随牌后，弩手之甲虽不庇两足，而车高一丈一尺，牌高六尺五寸，全身亦可庇护。此弩手甲裙所以独用向后。它甲惟欲紧束，则挽弓刺枪无所牵制；弩手惟欲松宽，则踏镫衮桩无所靠倚。此弩手甲身所以独用宽绰。是谓弩手甲制。

弓　制

一、马蝗面弓：谓用大牛角解截成面而阔，遇拽满则曲如扇圈，受力均匀，不爵不走，不闪不肭[六]。

一、泥鳅面弓：谓用小牛角解截成面而狭，遇拽满则曲如折竹，受力不匀，易爵易走，易闪易肭[七]。

一、披肶筋法：披筋一版，晴暄合待半月，阴雨合待一月[八]，方令再上。或连披数版，

则内湿外干，射不旬月，解脱可待。

一、漆弓背面法：用漆一重，晴暄合待十日，阴雨合待二十余日，方令再漆。不可日漆数重，则内湿外干，射不季月，断脆可待。

一、裹弓之法：或用黄桦，或用桃皮，或用朱红，皆不若黑生漆，免被水透。

一、弰弓之法：或用白角，或用鱼枕，或用绘画，或用红绿花采，皆不若用黑生漆，免费工绩。

一、步射弓，诸军皆用一硕一斗。一硕一斗并一硕，此皆废物。今制合用九斗、八斗、七斗，内九斗放少，八斗、七斗放多造。

一、马射弓，诸军皆用一硕九斗。此皆为废物。合用八斗、七斗、六斗、内八斗放少，七斗、六斗放多造。

臣闻军器三十有六，而弓为称首。武艺一十有八，而弓为第一。其紧切尚矣！今之制者，何灭裂之甚耶？盖筋角不能自相固结，故假之以胶漆；胶漆不能自相坚实，故壮之以筋角。然二物相资，必经隔旬月，候其自干，然后再用。是谓「年弓月箭」。否则，功虽易成，胶亦易脱。马蝗面阔，而受力均匀，受弦端正，故发矢可期于破甲。泥鳅面狭，而弓爱走反，面爱断爵，故临用多至于误人。皆由择角之初，大角价高，小角价低，有司喜贱而恶贵，故凡所在买到军须，小角常多，而大角常少。有司非喜用小角而恶用大角也，大角之价常倍于小角，小角之价常半于大角。此固价之不相若矣。况角之大者至为艰得，若全用大角，则作匠所选愈难，而仓卒亦无收买去处。戎监只得兼用大小角。小角界成狭面，面狭则力软，故令面厚，遂成泥鳅之状。大角界成阔面，面阔则力硬，故令面薄，遂成马蝗之状。泥鳅乃负滑之水族，马蝗乃阔匾之介虫，此取喻耳。至若用黄桦、桃皮以裹弓面，牛角、鱼枕以裹弓弰，徒为观美。不若用出山生漆，刷鬃两重，则雨不能湿，水不能透，亦必弓力软小，饥疲之卒方能牵挽满箭。不然，则拽不过面[九]，箭去无力。是谓弓制。

校 记

[一] 为 张抄本作「成」。

[二] 搭尾一件，鸡项一件 原缺，据元抄本补。

[三] 驼滑辣 原在上行末连写，不合。

[四] 马面子 子，原作「之」，据张抄本改。

[五] 此处疑有缺文。似应补：则马体裸露，而小全装彻去秋钱。

[六] 马蝗面弓……不闪不朒 原缺，据元抄本补。

[七] 泥鳅面弓……易闪易朒 原缺，据元抄本补。

[八]披肚筋法……阴雨合待　原缺，据元抄本补。

[九]则拽不过面　则拽，原缺，据元抄本、张抄本补。面，原误刻「而」，据元抄本改。

翠微北征录卷八

器用小节（续）[一]

弩　制

一、跳镫弩：牙里一尺八寸五分，葫芦头四寸，木檐长五尺八寸。一名马黄，一名克敌，一名破的，一名一滴油。张宪伏之于中林，而捉真珠即。时俊用之于射狐关，而败四太子。

一、神臂弩：桩牙里一尺八寸，葫芦头四寸，镫二寸[二]，桩长二尺三寸，角檐长四尺五寸。

一、锹头弩：桩二尺，葫芦头五寸，镫五寸，山口五寸，锹头五寸，桩凡长四尺，木檐长七尺。

一、春夏雨长蒸湿，宜用木弩。

一、秋冬筋角坚固，宜用角弩。

臣闻番长于马，汉长于弩。制骑以弩，此旧说也。然近日诸军弩手，皆欠指版。人身通以五尺为率，上顶至项一尺，则下止四尺。泥泞五寸，则上止三尺四五寸。弩手进则踏弩以射，退则肩弩以归。檐长若过六尺，桩长若过三尺，肩弩则檐梢拄地，而下有绾绊之忧；踏弩则桩头拄胸，而上无牵挽之力。草莱藤蔓之地，惧其牵绾，必弃弩而空走。涂潦泥堑之地，被其踢绊，必为弩而丧躯。今欲使弩斗力自二硕至三硕，不许太硬，令久疲之兵易于蹉踏；使弩檐自五尺至六尺，不许太长，令矮短之兵易于肩射。夏暑之月，梅雨蒸润，筋角易脱，则用木弩。秋冬之月，风色严冷，木索重滞，则用角弩。其锹头等桩檐太长者，悉令诸军减令短捷，则庶无废器。是谓弩制。

弓箭制

一、箭镞五：石莲头　凿子头　乔麦棱　寸金凿子　破甲锥　已上，惟寸金凿子、破甲锥易入甲，最妙。

一、箭翎六：皂雕　白鹇　野雉　鸿鹄　鹅鹳　雁鹜　已上，惟雉、鹇、雕翎三色最妙。然雕、鹇艰得，不若皆用雉翎。

一、箭簳五：脑节　巴翎　腰咽　通簳　天注　已上，惟通簳、天注最妙。

一、箭笴三：山茧　采漆　桐油

一、黏翎三：漆　胶　兼胶走丝

一、镞重不得过三钱，箭重不得过十钱。

臣闻矢不破坚，与无矢同；矢不破甲，反资敌用。造矢不可无法，尚矣。近日所制箭镞太重，箭簳太粗，胶易解散，翎易脱落。其故何耶？盖古人之制箭，欲其去之劲直也。故翎之羽曰鹅、曰鹳、曰鸿、曰鹄，所用不拘于一名；欲其去之锋利也，故镞之以金，曰石莲、曰凿子、曰乔麦棱、曰破甲锥，所制不拘于一样。簳有脑节、巴翎、腰眮之辨；笴有山茧、采色、桐油、柿漆之别。然考其已验之迹，翎则雕、鹕、野雉为最捷，镞则寸金凿、破甲锥为最锐，簳则通簳去直而易中，笴则漆易成而省费。余皆徒事观美，不堪实用。虏中军器，上皆有元监造官姓名、年月，遇有损害，有误使用，即将元监造官吏依法施行，断不轻恕。所以虏酋器具，一一如法。而吾军制作之司，一切不问，则欲速成[三]，可以逃责、备数，足矣，此所以类皆苟简灭裂，而不中用也。况镞重则弓软，而去地不远；箭重则弓硬，而中甲不入。旧法箭头重过三钱，则箭去不过百步[四]，箭身重过十钱，则弓力当用一硕。是谓弓箭制。

弩箭制

一、弩箭用竹翎、鹅翎

一、弩箭合用随弦至檐，更放镞出檐一寸，不得太长。惟一滴油只依旧法。

一、弩箭皆用竹簳，或遇无竹，亦可用柳。番贼皆用柳竿。

一、弩箭镞合用寸金凿子、破甲锥。

臣闻弩箭之制与弓箭不同，弓箭瞰弦，而安筈颇难？弩箭平头，而安筈甚易。弓箭太长，而择簳甚费，弩箭太短，而择簳甚省。比者帅臣造华车弩，而箭用铁簳，故失于太重，而不能及远；造克敌弩，而箭用索翎，故失于太钝，而不能取亲。均于无用。要之，镞用石莲头、乔麦棱，则光滑而不能入甲。不若用破甲锥、寸金凿子，则凿上有锋，而易入窍隙。翎用禽羽，则得箭者尚堪再射，不若用竹片裁制，则翎口如刀，而易穿肌肉。是谓弩箭制。

鞍制

一、名西桥：前后桥皆高，压不着肉，不打破马脊。可用。

一、名海糊桥：前后桥皆低，压即着肉，虽有连替，亦踢脊损马。不可用。

一、名太师桥：前桥虽高，而后桥亦低，受压则打伤马后脊。不可用。

一、名错结裹：后桥虽高，而前桥亦低，受压则打伤马前脊。不可用。

一、鞍桥鞔座，合用黄油皮，不得用粉皮，惹水湿衣。

一、鞍桥下发替，合用摘筈相连，不得用凉替，攀桥上马，则鞍倒垂马腹，误人性命。

臣闻鞍桥制有数等：一曰太师桥，二曰错结裹，三曰海糊桥，四曰西桥。近日三司、诸军，皆用太师、错结裹、海糊三样，池阳、江鄂、京南、襄阳多用海糊一样。海糊之制，前后桥低贴马肉，其摘笤低压马脊。师出日久，马膘瘦减，受重则鞍颊打破马脊，脓血溃烂，不堪乘骑，以至死伤。前岁海泗、符离、唐邓之役，皆坐此患。海糊桥及错结裹[五]，后桥虽高，而前桥亦低，故伤马前脊。太师前桥虽高，而后桥亦低，故伤马后脊。惟西桥一样，前后桥比他桥皆高数寸，搭袋常系后桥之下，虽上载甲军，下□梢搭，鞍颊亦不着肉，鞍桥亦不砑脊，甚为利便。关西人多用，故曰西桥。然诸军鞍座尽用粉皮，欲使骑坐者不被瘾阁。不知粉皮惹水，遇雨则湿浸内透，坐马者衣裤皆湿，大为利害。不若用黄油皮鞔之。及鞍桥虽用高空，下用连替摘笤，免有转侧，缘凉替与鞍相离，上马攀桥，则鞍与替不相粘着，多致攀转鞍桥，坠下马腹，临阵误人性命。是谓鞍制。

靴 制

一、靴凹，合用粉皮熟软。

一、凹口，合用软皮带系。

一、靴面及鞋底[六]，皆用硬皮。

一、靴鞋底，皆用漆蜡。

臣闻马军骑马则吊腿欹斜，而两足可忧；下马则筌刺暗设，而鞋屦可破。靴之功大矣。然近日马军类多脱去马靴，或怠于附带，而弃之郊野，或宁使赤露，而束之鞍镫，殊不可晓。及考其所自，盖今日诸军之靴，皆用牯牛皮制造，故皮性太硬，未着则不能穿足入脚；袜凹太深，既着则不能抬足起步。牵马下程，则夹破脚砑，而久成疮痍；落马坠地，则拄定膝胯，而不能起立。不惟肌肉不保，且反伤于磨擦。其视金贼所制之靴，万万不同。今后宜令袜用软皮，而上则系以皮带。鞋用硬皮，而下则抹以漆蜡。其制与今人软凹泥靴相类，而不用钉距。是谓靴制。

马枪制

一、正带甲马军一百人。

一、准备带甲二十人。

一、傔兵五十人。

一、火头三十人。

一、额外辎重三十人，近添作四十人。

一、正旗头三人。

一、副旗头三人。

一、小枪一十八条。

臣闻呈试有四门马枪，拣指有马上单枪。岳飞教荆襄之兵，有稽枪射。李显忠教关西之兵，令弓手带枪，枪手带弓。马军之有枪，尚矣。自近代，善马射者不善马枪，所以海队只选马枪一十八条，正副旗头六名，其余皆系弓箭，立为定制，不容增减。盖新刺马军，新补马校，不练教习，不熟弓马，两手挟弓，犹恐不能施放，更责以马枪，兼人之能，则彼安能独办？要之，一队皆系老旧马军，则令各稽小枪，而不拘以十八人之数；皆系新招生疏之人，则令专事弓箭，而不拘以正副旗头之额。庶不强人以短，而反害其所长。是谓枪制[七]。

叉枪制

一、叉杆：蒺藜条为上，柘条次之，枫条又次之。余木不可用。

一、穿斗枪叉：合拣择枪大小与筒口相等，然后穿套。

一、造枪，须令枪头叉口有钢，筒并枪身、叉身尽合用常铁。

一、穿斗叉枪：先比量杆头相等，次用胶漆面调涂，倾入筒口，令盛满，却倒用杆斗上。庶无动摇脱落之弊，至枪杆朽腐而杆头犹不脱，及雨水不入。

臣闻旧制淮东敢死军，多系枪叉手；淮西忠义军民兵，多系枪刀手。刀姑置勿论，而枪叉之弊有四。一则近年收买枪杆，全无选择，多用杂色轻木，临用脆折及被脱误。今后枪叉杆须用蒺藜条、枫木、赤仙木，方免杆身易折。二则诸军穿斗枪杆，不问筒口、杆头巨细，例用锉斫令小，便行装斗。才遇中物，则枪杆皆从锉斫处断作两截。今后须令比量筒口、杆头一样，略削放尖，不得锉斫令小，方免杆头断落。三则诸军枪叉，例皆用团钢打造，故倍费磨削，虚费钢火。今后枪尖、叉口皆令用钢，枪身、叉背皆用常铁，方免倍费工绩。四则诸军穿斗枪叉等军器[八]，只此削得巨细相等，便用铁钉钉上枪头、叉头，以故临用或枪头中物而摇动、脱落，或钉头入木而杆头损折。今后须令煎胶入漆，和面调涂，倾入筒口，方行穿套。庶免动摇伤折。是谓叉枪制。

校　记

[一]（续）　原无，今补。
[二]寸　原作「尺」，据张抄本改。
[三]则　张抄本作「只」。
[四]不　原误刻「衣」，径改。
[五]海糊桥及　据本节提要，此四字为衍文。
[六]鞋　原误刻「鞍」，径改。
[七]枪制　据小题，当作「马枪制」。

［八］四则　原脱，径补。

翠微北征录卷九

采探之法五

采　探

臣闻兵家之有采探，犹人身之有耳目也。耳目不具，则为废人；采探不设，则为废军耳。一身之聋瞽，徒能废吾之四体；而三军之聋瞽，则其所废者可胜计哉！故候吏不严，君子以为无耳目之军。杜预设绛白之旗，而见敌有辨。马成设烟火之燧，而事皆预知。赵充国之破先零，得高山远望之便。吕蒙之袭关羽，必先缚其屯候，使不闻知，而降其二将。浑镐之讨义武，知其边备不设，故能深入贼境，而大败其师。李愬之入蔡州，乘其候吏不知，故能直入贼营，而生擒元济。兵家惟其先人，故有能夺人之心，关中之王在于先入，北山之胜在于先据。彼有贼至帐中，军吏未觉，兵至城内，箫鼓未绝，皆由其无采探也。

国家承平以来，庙堂恶闻边备，将帅不买间谍。无事而修边防，则谓之引惹边事；有事而论形势，则谓之泄漏兵机。所谓夹山之张，合肥之魏，磨盘之王，正阳之边，涂山之石，花𦬊之解，安丰之倪，小王衡之张，芦塘之朱，桐木之周，九里关之胡，石门之王，桐柏之吴，界山之江，故家遗俗，世相传袭。其所谓子弟，非过淮盗马，则越汉运盐。其所谓牙爪，非私贩铜钱，则私通榷货。河南之地，如其室家；商虢之间，即其堂奥。绍兴年间，如张刘诸臣，皆广行招致，以备缓急。近年以来，诸将例皆庸驽不材之士，上自宣招三司帅臣，下而江上诸军将帅，未闻有一人能搜访间谍、收拾遗逸以资听闻者。所谓采探之法，视为何物？甚至边候不严，边铺不设，无赏赉以维人心，无金帛以壮士气。得事者无功，误事者无罪。故士不出境，探不入贼。盱眙、山阳之于涟海，安丰、花𦬊之于寿春，桐柏、唐城之于褒信，招信、濠梁之于汴泗，相隔一水，相望一舍。烟火之气腾空相接，而莫知屯兵之多寡；鸡犬之声朝昏相闻，而不知敌国之虚实。所谓贼将之姓名，贼技之能否，贼势之进退，贼情之勇怯，盖殆若异世之事耳，敢望得其万一哉？此无怪其丧败也。惟能依此置铺，召募间谍，明远斥堠，则屯边之兵，无事得以休息，有事不至窘束。是谓采探。

候望

旧法日递烽烟，其弊有四不可用：一烟雾　二暴风　三雪雨　四尘埃

旧法夜用烽火，其弊有三不可用：一风雨　二烟雾　三尘埃

新法日递旗号，有三不可用：一阴雨　二烟雾　三尘埃

新法夜递金鼓，有五不可用：一地远　二风逆　三暴雨　四贼鼓　五溪涧

臣闻兵法：视不相见，故为之旌旗；听不相闻，故为之金鼓。所以传递相报，瞬息百里，而非人力所能及也。然旧法日用烽烟，谓如烧一烟则贼不至，烧二烟则贼尘起，烧三烟则贼步至之类是也。然其患有四：一则烟雾罩占，二则暴风吹鼓，三则雪雨昏暗，四则尘埃遮蔽。此烽烟之不足恃也。旧法夜用烽火，谓如举一火则贼不至，举二火则贼骑至，举三火则贼步至之类是也。然其患有三：一则烽火以双只而见贼之远近，阴雨晦冥则双只不分。二则烽火以纵横而见贼之东西，遇烟雾则纵横不辨。三则烽火以巨细而见贼之多寡，遇尘埃则巨细不测。此烽火之不足恃也。新法日用旗号，谓举青旗则贼不至，举白旗则贼尘起，举黄旗则贼骑至，举赤旗则贼步至之类是也。然其患亦有三：一则阴雨而不辨其高低，二则烟雾而不辨其青黄，三则尘埃而不辨其远近。此旗号之不足恃也。新法夜用金鼓，谓如一金一鼓则四顾平安，二金二鼓则贼兵发动，有金无鼓则贼步起，有鼓无金则贼骑至之类是也。然其患亦有五：一则相去太远，声音不闻；二则风势不顺，声音不接；三则暴雨击剥，声音不辨；四则贼振金鼓，声音混乱；五则溪涧湍急，声音交杂。此金鼓之不足恃也。四者之法，既不足恃，故山林江湖之士有所谓聚探、硬探之法者，良所以济四者之不及也。然此四法，行军用师不可时刻废，废则为人掩袭。是谓候望。

聚　探

淮东：

一、外沙、官庄、马逻三处，地高可以置铺。属喻口差官部辖，所以探东海、山东海道动静。

一、横沟、渡塘、磨盘三处，地高可以置铺。属楚州差官部辖，所以探涟水、淮阳、狗山动静。

一、小清口、柴阳、龟山三处，地高可以置铺。属淮阴差官部辖，所以探撩林、利国、清河动静。

一、栅头、河口、明王山三处，地高可以置铺。属盱眙差官部辖，所以探泗州、灵璧、虹县动静。

一、淮陵、浮山、朱庄三处，地高可以置铺。属招信差官部辖，所以探五河口、故郡、凤凰山动静。

淮西：

一、黄溪、义馆、石阜三处，地高可以置铺。属濠梁差官部辖，所以探濛河、蕲县、鼓楼岗动静。

一、延陵、马蚌、沙涧三处，地高可以置铺。属涡口差官部辖，所以探宿州、清河、涡河水陆动静。

一、孝义、新城、塅涧三处，地高可以置铺。属合肥差官部辖，所以探颜庄、故镇河、下蔡动静。

一、茅涧、石涧、鲁村三处，地高可以置铺。属花靥镇差官部辖，所以探慈鸦、榷场、寿州动静。

一、紫金山、淝口、淠口三处，地高可以置铺。属安丰差官部辖，所以探颜湾、颍河西、正阳动静。

已上，各系踏逐到上件地形高险，可以登陟望远置铺去处，边郡将帅未尝讨论者。自淠口以西，至梁安滩、蛤蚌及汉江八十一烽，山皆有望坡。此难概具。

臣闻独力所胜，不如兼力之为轻；假目于人，不如亲见之为审。事之出于独力之所成就者，有不若兼听集视之为易得其真，至于事不切于其身，利害不系于其心者，往往失于不知缓急之变。采探之法，尤患于此。况夫采探之迟速，系乎三军之劳逸；采探之得失，系乎三军之胜负。采探之吏，乃万人之司命，一将之权舆也。故古人于先锋立将，白旗立队，札探立铺，皆所以重采探、专候望也。然旧法惟令安丰有警，则特令安丰之兵传报花靥、霍邱等处；盱眙有警，则特令盱眙之兵传报招信、淮阴等处。不知安丰之人，视霍邱、花靥外戍为不足恤；兼安丰受敌，方自顾不及，奚暇恤其所谓花靥、霍邱之事？盱眙之人，视招信、淮阴别军为不切之务；兼盱眙受敌，方自顾不暇，奚问其所谓招信、淮阴之事？此断递之患，每见于边铺，死铺之患，每闻于边探也。况入探不远，方见尘埃，贼已邻境，急报本戍，已为稽缓，复何责其能报它所之营壁？是皆立治不良，为谋不审，临敌之际，多至误事。今日聚探，尽革前弊。谓如沿边十五铺，每铺三十人，每屯各有三人。或遇有故，则甲探报甲，乙探报乙。彼此互见，而不至于隔越，远近交通，而不至于断绝。是谓聚探。

关　递

一、硬探：谓遴募胆勇材士，逼入贼境，必更探知虚实。

一、游奕小探：谓拣募轻捷骁勇马军，往来于边铺候望不到之地，探伺虚实。

臣闻立法之不详，故临事而多阙。人力之所不及，事皆可以言天。而兵家独不敢以言天。故烽候之相远，利害不得而周知；探访之不密，动静不容于遍觉。而后有硬探、游奕小探之制，皆所以济数者之不及也。硬探，谓遴募胆勇材士，远出贼境，必要探知贼人虚实。谓如安丰硬探，直至龙湾、颍口等处。盱眙硬探，直至临壁、青阳等处。游奕小探，谓拣募轻捷骁勇马军，往来于边铺空阙去处，必要探知贼人消息。谓如安丰游奕小探，常出没于花靥、渒口、夹淮等处。盱眙游奕小探，常往来于龟山、栅口、夹淮等处。硬探则差出之日，重借资赏，日帮五券，合千、头目人又加倍支。候其探伺得实，即令正补。仍令添支钱银，买觅间谍，招募奸细。其有贼将至而不知姓名，贼军至而不知多寡，并依军令。游奕小探则差出之日，亦借资赏，日帮三券，头目、合千人又加倍支。候其采探得实，即令正补。亦令添支钱银，以助其用。其有误事，并依军令。如此，召土豪则有其资，买间谍则有其具，被邀劫则可以赎躯，遇关河则可以逃命。是谓关递。

密 辨

一、掠候　一、误候

臣闻有间可乘，不可谓良谋；有弊可指，不可谓良法。候望之法，固足以测敌人之远近，而其弊患所在，世将皆未之晓也。故候望之弊有二：其一曰掠候。谓烟火则蹂践，而不令然炙；烽火则漂洒，而不令点举；旗号则拔去，而不令展布；金鼓则掠去，而不令鸣击：此掠候也。吾则有聚探、关递之法。二曰误候。谓烟燧则易一烟为二烟、三烟，而使吾军之不知其情；易一火为二火、三火，而使吾军之不谕其事；旗号则易青为白，而使吾军之不辨其色；金鼓则易金为鼓，而使吾军之不得其实：此误候也。吾则有暗辨之法：烟火则三隐三见，三聚三散，敌不知其数目[一]；旗号则三高三低，三展三卷，敌不知其节奏；金鼓则三击三止，三急三缓，敌不得以仿学。是谓密辨。

校记

［一］数目　原无「目」字，据张抄本补。

翠微北征录卷十

戒饬将帅之道四

将帅轻死

臣闻人之身所以能自立于天地之间者，其见面盎背惟忠与义而已。忠义不足，而徒欲全生，虽堂堂六尺，备冠具裳，存亦亡耳。朝闻夕死，圣人可之。杀身成仁，君子不恤。古先圣贤龙逄、比干、首阳、汨罗之士，皆以一死见称于千万世之下。至于忠臣义士，每以所欠一死为恨。是知见危授命，以身徇道，乃古人亘亘之节。而明哲保身，全身远害，诚趋利避害者之为耳。苟无愧于忠义，则死奚足靳也。至于将帅则不然，操两国之死生，司三军之性命，吾之安危，系社稷之存亡；吾之忧乐，系生灵之休戚。别将远征，恐败于无扰，汉武所以戒李广；孤军深入，虑有围困，后世所以议邓艾。梁惠王东败于齐，南辱于楚，西丧地于秦七百里，至于国之根本，竟成一俘者，皆基于庞涓之一死。赵括不恤乃躬，直出搏战，他日上党、虎牢、太原诸郡皆为秦土。成武安之名者，由其不能自保厥生，遂致身殒国辱，为万世笑。

今之为将帅者，每有委命，不曰死节，则曰死敌；不曰愿效一死，报答国家，则曰愿以一死，上报君父。吁！「有死之荣，无生之辱」，兵家固有贵死贱生之说矣，然言士卒而不言将帅也。奋死则生，幸生则死，兵家固有好死恶生之说矣，然论士卒而不论将帅也。尝闻士卒用命矣，未闻将帅之用命也；尝闻士卒不爱死矣，未闻将帅之不爱死也。以是观之，忘命轻死者，士卒之事也；重命恤死者，将帅之事也。自今宜令戒饬将帅，无轻生而深入，无易敌而挑战。以沈厚不挠为法，以玩忽轻举为戒。庶使将帅、士卒之事不至倒用。虽然，死一也，有爱者焉，有畏者焉。愿与将军决死战，此爱死也。寇将率其众来降，此畏死也。爱死者足以死人，畏死者足以死身。兵势不敌，堕于重围，庙算莫施，陷于重地。当是之时，将束手以就擒耶？将忘命以死战耶？吁！郭倬不死于符离，而死于市朝之戮；皇甫斌不死于下蔡，而死于南郡之囹圄。是皆不死其所当死，终死于其所不当死，抑又可为将帅幸生者之戒。是谓将帅轻死。

将帅好战

臣闻兵家之法，战则败，不战则胜。兵家之秘，有战则有败，不战则无败。兵，非果不事夫战也，战则胜负之事均矣[一]。兵，危事也；战，死道也，胜负可听于自然也。夫斗胜负于死生之场者，谓之战；知其必胜而后战者，谓之谋。伐谋者，孙子谓之上兵；而攻城、伐兵之策，皆为次下。故齐人之得舒，不曰战，而曰取〔一二〕。鲁人之于蔡，不曰战，而曰入。齐人之于纪，不曰战，而曰如。韩信之于安邑，不曰战，而曰袭。曹公之于江陵，不曰战，而曰下。皆不战也。夫邀整整之旗，击堂堂之阵者，战也，士卒之事也。「立于不败之地，而不失敌之败」者，不战也，将帅之事也。以将帅之事而责士卒固不可，况以士卒之事而责将帅哉？今之将帅所以动辄败衄者，皆专学战，而未得夫不战之妙也。学战易，学不战难。司马法论「国虽大，好战必亡」。梁惠王败辱于齐楚，丧地于秦，盖专于糜烂其民之战。故王者有征而无战。孙子以「不战而屈人之兵」为「善之善」，舍是之外，虽百战百胜，亦所不取。不得已则斗，未有得已而斗者也。臣愚欲望朝廷严饬诸军将帅，招致谋夫策士，讲求不战之法。则臣之后篇亦其万一。若夫斗智角力于胜负未分之地，臣所不取。是谓将帅好战。

材财相用

臣闻聚天下之材者在乎财，散天下之财者在乎材。材之于财，其音虽同，其为物则异。而其为义则相为盛衰，而不容两立也。夫子论何以聚人，不归之于它，而独归之于财。志食货者，亦以财为役天下之具。古人间人之君臣，报人之仇怨，未尝不以此为首谋。至于受千金之恩，而甘心于图穷之诛者，将不止于荆轲一人而已也。何者？壮士之颜色，不在乎血气之刚衰，而在乎床头之有无；通神明，役鬼神，亦系于所积之多寡。故古人一则曰轻利好施，二则曰尽将家资散施乡里朋旧，三则曰不事家人生产作业，是皆轻天下之财，重天下之材。而英雄豪杰之士，感其解衣推食之恩，蒙其得利则均之惠，他日可卜其不我鄙而乐为之用，虽赴汤蹈火不恤也。故壮勇之士则曰募，以财而募之也；岩穴之士则曰聘，以材而聘之也。

今之将帅率昧是道，不知人材之得失，系乎货财之聚散。顾以为财不可妄用，与其奢而不足，不若俭而有余；赏不可滥予，与其散之于人，不若蓄之于官。吁！鹿台之财，纣不散而散于周；殽函之粟，秦不散而散于汉。三军之众，十万之师，弃性命如草芥，赴锋镝如衽席，买间谍以破其腹心之谋，求乡导以乘其藩墙之隙，非有赏赉以维其心，非有金帛以壮其气，彼安能乐为我用哉？不然，鄙吝之私，一萌于临财报功之日，其视士卒之身，为秦人越人之肥瘠。当甘苦患难相同之日，犹不能与我均有其所有，则分国而王，他日必无是理。而兔死狗烹之喻，将见于吴人未灭之日矣。兴师之国，务先隆恩。欲望朝廷明诏大臣，厚赏赉，重恩予，无令将佐聚敛货殖，专欲误事。是谓材财相用。

豪杰为间

臣闻孙子论「间」之一篇有曰：「殷之兴也，伊挚在夏；周之兴也，吕牙在殷」。夫殷周之王，固天命之所攸属，何伊挚、吕牙之能为兴亡也哉？盖天命之去留，系豪杰之去就。罗其英雄，则敌国自尔穷。秦实无人，始为可图。季梁犹在，则腹心之忧未去。故用间之法，不以豪杰之未至为可忧，而以豪杰之已去为足虑；不以人材之未附为国家之急，而以人材之外附为国家之大患。「五就汤，五就桀者」，所以为造邦之臣；之虞而虞亡，之秦而秦伯者，所以为伯者之佐。韩信不用于楚，而用于汉，此高祖之所以得天下。樊若水不官于南唐，而官于我宋，此艺祖之所以得江南。盖豪杰之士，致之于朝廷，用之于幕府，则可以为忠臣，为义士；遗之于郊野，弃之于山林，则可以为乱臣，为贼子。得之于我，则可以成帝王之功；弃之于敌，则适以资奸宄之策。古之圣贤务揽英雄之心，如黄石之著三略。延揽英雄，如邓禹之告光武。解衣推食，以固其乐为我用之心；吐哺握发，以启其无鄙我之意。斯为善耳。不然，则杨朱之歧多于南北；孟轲之水决于东西。天之所以资我者，将转而为资彼之具矣。夏虽未亡，而挚去则亡；周虽未兴，而望至则兴。岂不畏哉，岂不畏哉！自今宜令二三大臣广行招致，幕府将帅精加延揽，使无遗于草莱，使无逸于郊野。取之不拘于势分，用之不嫌于细故。将见襄淮之翘楚，江湖之豪放，荆楚剑客，烟波钓徒，风闻雾集，臂奋鬣鼓，求备吾之采择矣。是谓豪杰为间。

校记

[一]事　张抄本作「势」。

[二]取　原误刻「败」，据张抄本改。

翠微北征录卷十一

守边待敌之策二

禁 涉

臣闻吴魏之争，不相与斗智角力于长淮平阪之地，而蒙冲斗舰终岁勤动于东关、濡须之间，凡经数年。蜀魏相持之地，西自上邽，东至官渡，皆足以抗孔明、刘禅之师，而仲达诸将，乃沾体涂足于渭滨蕞尔之地。何耶？盖人力所至，不如天险之易守；巢渭之得失，三国之胜负系焉。此夹水立邬之策，所以力行于仲谋，而吴人之江东安；背水为垒之策，力争于孟德，而渭南之地至是始非蜀有矣。夫长淮百倍于东关，何吴人力争东关，而今日之不守淮？汉江十倍于渭水，何魏人死战渭水，而今日之不守汉？况我国家兼有吴蜀之地，而无吴蜀守地之谋；全有淮汉之险，而无淮汉守险之策。有志之士其能恝然于此耶？且载舟覆舟，天下之险莫过于水；向水背水，天下之巧莫出于兵。因天下之至险，以行天下之至巧，此兵家之上谋，而今日之急务也。夫淮之为水，清、汴、颍、涡、蔡可以通虏道者五。汉之为江，秘、白、舟、甲、洵、洋可以入贼境者六。二水之险，百万之师莫越也。诸将于此，料其浅深阔狭之势，而曲为之防；随其顺逆利害之处，而切为之备。则不惟淮南之地可保无虞，而汉北之地取若探囊；淮南之区可以自固，而淮北之区殆若唾手。而今日之事不足患矣。江湖禁涉之法，不一，而足，臣未暇详究也，请举其略而敷陈之。

故惧其浅而步骑可涉也[一]：吾则曲铁为钩，曳之以索，谓之聚钩，所触无不死伤。直铁为针，透之以木，谓之沙针，所过无不残灭。捶竹为索，纽篾为刺，谓之水毛猬，所以锥涉者之肌肤。断木为轴，钉铁为锥，谓之水蒺藜，所以刺水兵之胫股。炼竹为筌，伏之泥泞，谓之踢筌，所以毒人之脚面。理柘为距，置之沙浅，谓之鸡距，所以碎人之脚板。凡此六者，虽有滩碛，贼安能涉我境哉？

惧其深而舟楫可航也：吾则缀铁钩于浮筒之上，谓之浮钩，遇贼船则底版可沈。系索网于江流之中，谓之拒橹，遇贼船则桨棹可得。采棉穰，采禾稳，以裹贼船之梢舵，而杆橹难摇。割缠芦，割藤蔓，以碍贼船之划水[二]，而车板难蹋。水势湍急，则立刀口木，而使贼船之底不凿自破。水势浩渺，则立曲膝锥，而使贼船之板不锥自透。置挽索于水底，使贼船遇之而尺寸不移，兵家谓之神系。卓倒纂于水涡，使贼船椁之而旋转千匝，兵家谓之鬼钻。凡此十者[三]，虽有舟楫，贼安能及我岸哉？

惧贼兵浮罂、浮环，以袭我之津岸也，吾则造木杵、造豁水于滩碛，而贼不可用。惧其驾飞翼、搭浮桥，以跨我之河道也，吾则造火牌、造樯筏于急流，而贼不可施。惧其纽芦束苇以济也，吾则断木为查手木，穿木为皂角木，置之半渡之处，而使其物之不可施。惧其附缆结杆以济也，吾则横木为阑河，连木为截河，置之未渡之时，而使其具之不可至。惧吾步岸之易登也，吾则立伏牛、交马，使贼人之船近岸不得以下卸。惧吾濠堑之易通也，吾则钉暗桩，使贼人之船挂席不可以顺流。惧贼船之乘风而前也，吾则有撩风、搨水，以绝其帆樯之不可过。惧贼船之拽纤而至也，吾则有碍竿、虚木，以阻其纤笮之不可通。上流高而下流低，吾则占其上流，立堰板以灌其军。彼势阔而我势狭，吾则因其势，堆沙囊以没其卒。贼船迫岸，则立四索番车，以碎其船。贼卒上岸，则立独面暗棒，以掩其卒。

淮自桐柏以东，沙浅可渡之处凡一百一十有一，而备御悉严。汉自复河以西，滩碛通道之处凡八十有九，而备御俱设。详其禁涉之法，制其绝险之具，贼虽带甲百万，粮运千里，徒使涟、泗、宿、亳之兵流涎于淮堧，而不能绝我淮水之波；唐、邓、陈、蔡之兵张目于荆岘，而不能越我汉水之险。此其为利，顾不伟欤！然胜在于敌人之不及知事，败于吾军之不能秘。事机之无穷，一或不密，则我之所以制敌者，敌反得以制我矣。公孙述扼岑彭，述为浮桥、攒钩，以拒彭之船舰，其术似矣。未几，彭乃预知，纵火焚桥、钩，而述兵以败。章昭达征岭南，贼为竹笼盛沙石，以拒昭达之舟楫，其智非不巧也。不知昭达得以预知，使士卒持刀斫笼，而贼兵以溃。吴人之拒晋，可谓得策，然铁锁截船之术一泄，而不能免王濬大筏火炬之烧。杜弢之御晋师，可谓尽善，然桔槔打船之具一彰，而不能免周访长岐枨之拒。是皆败于轻泄，而贵于善秘。至若今日淮汉守御之策，缺然不讲。一滩之险，守以数枚之义勇，徒有以启贼人饵餤之心。一渡之津，防以数夫之乡兵，反有以省贼人辨认之力。舍淮泗千里之险，而退守大江，则藩篱毁而门户可忧。弃襄汉万全之利，而归保岘城，则唇颊亡而齿牙何恃？欲望朝廷急令边将，讲求禁涉之法，保淮则淮甸可全，而长江之险不被其平分。保汉则荆襄可守，而唐邓之区可行于掩袭。倘以为淮不可守，而退守大江，不知江不可守，则又将退守何地？倘以为汉不可守，而退守襄阳，不知襄不可守，则又将退守何所？愿陛下急赐施行，无以为书生之常谈而忽之。此臣所谓禁涉之大略。

观衅

臣闻兵家论整整之旗，则曰「无邀」，堂堂之阵，则曰「勿击」。何畏宁尔也？盖善用兵者，惟因其衅而已。衅之未至，虽卧薪尝胆十有八年，不以为缓。衅之既至，虽一日一夜去阏与九十里，不以为速。夫衅应于我者谓之机，见于彼者谓之隙。决在我之机，投在彼之隙，敌诚智者，将败亡之不继矣。然衅之在人，其别有二，有天衅，有人衅。故衅出于天，良将乘之，惟恐其失敌也。衅出于人，良将审之，惟恐其诱我也。所谓天衅者：一曰淫雨连作，营垒卑湿，人马泥泞，筋角解脱。二曰久雪，谓积雪寻丈，草木冰结，居乏樵爨，行迷道路。三曰暴风，谓旌旗卷折，庐舍摧倒，尘埃四兴，行阵不分。四曰大雹，谓霰雹乱掷，人马惊击，帷幕破伤，坑堑填没。五曰星变，谓天狗日飞，天鼓夜击，星流彗扫，坠泪其营。六曰妖祥，谓鼎釜自鸣，戈甲自动，瓦缶有声，屋舍摇撼。七曰暴水，谓江涨河决，潮作泉涌，漂荡寨伍，淹没人马。八曰火焚，谓延烧城邑，自燔积聚，或火昼发而行惊乱，或火夜焚而披带不及。九曰雷击，谓风雷电雹，震击营壁，燎灼林木，霹雳泉石。十曰旱魃，谓天时亢旱，赤地千里，河枯井竭，人马烦渴。十一曰人疫，谓久负苦役，士多病患，次舍卑湿，士多疾疫，递相传染，不容医疗。十二曰马瘟，谓风土不伏，水草不甘，刍秣不时，劳佚不节，一马受病，百槽传毒。是谓天衅。凡两军相持，衅见于我，急宜厌避；衅见于敌，急宜乘击。

所谓人衅者：一曰移营，谓旧营未彻，新营未安，空便未知，行阵未定。二曰涉水，谓道遇溪涧，急涉未得，城有濠堑，急攻不利，士卒泥泞，人马劳役。三曰分兵，谓将佐或去或留，士卒或行或止，未安厥居，未及所至。四曰易将，谓君臣疑贰，而废置不平，长贰离间，而去守不一，士卒不服，号令未孚。五曰绝粮，谓粮食不通，三军外掠，漕运不继，将士饥馁。六曰未合，谓抵暮入营，行阵未设，达旦出队，摆布未定。七曰阵乱，谓鼓不知进，金不知止，旗不随将，卒不随队。八曰兵疲，谓涉险千里，士不去甲，劳师数月，马不解鞍。九曰令杂，谓将帅离心，而士卒无所适从，朝夕异令，而缓急无所听信。十曰主疑，谓将帅有功，而忌嫉易生，屯戍无功，而间谍易入。十一曰惊畏，谓士不谙战斗，而遇敌惊惶；将不经行阵，而陈师懦怯；行伍夜呼，而将不能禁；行阵相结，而令不肯前。十二曰将骄，谓恃胜而将佐骄矜，屡捷而师徒无备。十三曰得间，谓间谍得实，而营垒可破。十四曰下离，谓士卒离心，而号令不行。十五曰内变，谓家国多难，灾变屡兴。十六曰失险，谓贼方恃山为固，而忽移营于四达之衢，拒水自安，而忽移屯于圮陷之地。是为人衅。凡两阵相持，衅生于我，则急使秘避；衅生于敌，则急令访察。

古人之用兵，所以为是进退攻守之计者，一任乎衅而已。故胜兵先胜而后战，不于已战之后而始求其所谓胜；合于利而动，不于已动之后而始求其所谓利。今日沿边诸道将帅，所谓天衅者，不知其为何物；所谓人衅者，不知其为何事。兵入宿州，天雨不止，正犯天多淫雨之戒。师宿蕲县，涣水暴兴，正应半渡可击之法。不惟天衅之不知，且反以在我之衅，而示敌人以可破之机矣。蔡州之役，大将欲进，而制领已归。泗州之役，士卒欲守，而招抚先遁。不惟人衅之不晓，且反以吾师之衅，而献敌人以可投之隙矣。欲望朝廷明诏将帅，使循观衅之法。深沟高垒，观衅而后动；锐兵利器，待衅而后发，多设间谍，厚赂采探。有衅可攻，则战如风发，攻如河决；无衅可乘，则外闭其营，内休其士，庶无轻举妄动之失。是谓观衅。

校记

[一]故　疑衍。
[二]划水　划，原误刻「别」，径改。
[三]十　疑为「八」之误。

翠微北征录卷十二

足兵便民之策四

劝募

臣闻圣贤之举事，所以不令而行，不约而从者，固自有感化之道。至于驱之以刑罚，而民犹尔违，迫之以势力，而民愈我戾者，皆狃于蹈常袭故之中，溺于形格势禁之内，而未得夫感化之妙也。弧矢之利，发于东而西自应；桔槔之利，运于左而右自随。天下之理，未有无激昂劝励之术而能直施之者。国家近日招军，惟知给降度牒、官诰，发付诸州变卖，以供招军之费，不知省、部倦于行移，而州、县视为常度。告命积于架阁，而支遣急于星火，文榜遍于通衢，而投买几于绝迹。是何调度之劳，而成效之邈耶？殊不知以官诰、度牒而卖钱，则钱难卖而倍费支持。以官诰、度牒而招军，则军易招而两皆径便。盖今日招军之资用有三：曰鬻爵，曰献粟，曰度牒，皆所以调招军之费也。然鬻爵之文布满墙壁，而爵未尽鬻；献粟之谕遍下州、县，而粟未闻有多献者。盖买官、献粟，素系杂流，人皆知其不能远到。虽优之以免铨，比之以奏荐，而民间终不愿售者，以绍兴之间皆以此诱天下，至承平则又以流外官待之矣。此所以终不见信于天下也。魏公张浚尝得此济时之策。晓谕民间：招军一百人，与补下班祗应；招军二百人，与补进武校尉；招军三百人，与补承信郎。已上各有等差，令不两月，军致数万。此其为效，速若影响。其招军之家，自备钱粮，部辖起发至枢密院及两宣司者，比类与补文资，并依军功转行，立为定制。画一加详，昭告天下。至于度牒，则招军五十人，与剃一僧；招军一百人，与剃两僧。如此，则招军之费不繁，而招军之门自广。是谓劝募。

省运

臣闻士不赍粮，古人所虑；师不宿饱，智者所忧。盖养兵所以卫民，岂可为兵而殃民哉？此省运之说，不可不讲也。韩信有百战百胜之才，非萧何之不绝粮道，则何以成诛秦蹙项之功？孔明间关百战，卒窘于馈饷不足，终身于区区之陇蜀，不能复中原一块之土。是知兵食之有余、不足，可以卜事业之成否。而转输之劳，漕运之苦，有司皆不暇恤也。况夫用兵之策，莫大于足兵；足兵之策，莫患于扰民。扰民则心失，心失则怨起，怨起则衅生。衅生，则吾舟中之人皆敌国矣。盖足军则民力必劳，裕民则军食必缺。较二者之重轻，盖有不容偏徇其说者。果何道以处此哉？兴屯田以省支费，浚水道以便转输。二者，当今之急务也。

屯田之策，姑置不论，而水运之利，盖有可考者。萧何发敖仓之粟，以饱韩信举秦、下赵之师，皆得之于河渭之顺流。诸葛孔明下巴蜀之粟，以济江陵、荆州、官渡之兵，万山之间，跬步千里，乃寄漕于木牛流马，而借其力于嘉陵一江之水。隋人开汴水以通淮漕，吴人置京口闸，以通江南之粟，是皆凿山成池，掘地通流，以济人力之不及。况今日屯兵之地，非依淮泗之利，则凭江汉之滨；非通津于淮东川泽之乡，则接境于巢湖、芍陂波涛之险，初不劳一毫开垦之力。而今之漕臣，皆不能讲求沟洫，讨论源流，修填起塞，修废起旧，以备缓急转输之用。乃驱涂炭之民，肩山阜之粟，赍万死之命，赴千里之役。中有室家流离之忧，外有霜雪暴露之苦；进有贼人虏劫之险，退有监临驱迫之诛。一戍樵苏，千里鱼肉。其可不求夫形势之便，川泽之源，舟楫之利，而使征夫、役吏息肩弛担耶？迫淮自喻口至山阳[一]，自山阳至淮阴，自淮阴至招信，自招信至盱眙，则高邮、邵伯皆通大江。风帆浪楫，一日千里，何待于肩运耶？自濠梁至定远，自定远至涡口，自涡口至合肥、至南巢，则大涧、淝水皆通巢湖。樯杆所指，一舟之载，万夫之负，何待于肩运耶？自花靥至安丰，自安丰至舒城，自舒城至北峡，自北峡至三湾，则乌沙、陶域皆与芍陂、巢水相通。决堰作滩，犹胜于仆仆道途，顾何在于重劳民力也？以至德安则有安河，复沙则有复河，郢州则有汉江，襄阳则有襄江，荆门则有淇漳二水，京南则有千金一堤。以至华阳、枣林、青岗、白石，皆有小溪曲涧，可通汉右。惟能葺治水道，川陆俱运，坦夷则车推毂载，马驼驴负，险阻则舟行缆解，风送水流，不惟可以少纾民力，而粮出多道，亦可以免断劫之患。至如淝水可以灌合肥，东关可以灌西县，黄姑可以灌庐江，乌沙可以灌舒城，桐陂可以灌桐城，吴塘可以灌龙舒，芍陂可以灌安丰，西流河可以灌英六，复河可以灌复沙，杨林江可以灌历阳，后湖可以灌郧都，凡川源之于州、县，皆有高下丈尺平水之法，毫末不差。此又江湖不传之妙。是谓省运。

广士

一、轻捷将 招善上竿立索者充

一、听望将 招耳聋目瞽者充

一、筋角将 招善制弓弩者充

一、偷劫将 招善攻营袭寨者充

一、波涛将 招善弄潮泛水者充

一、烟火将 招善飞烟走炮者充

一、伏兵将 招善搜伏隐踪者充

一、游猎将 招善罗弋禽兽、笼槛教使者充

一、楼阁将 招善缘墙上壁者充

一、窟穴将　招善穿窟穴者充

一、洋海将　招善识海道者充

一、风云将　招善辨风验云者充

一、间谍将　招善听探事务者充

一、乡导将　招曾历内外道路者充

一、皮革将　招善熏皮双线者充

一、楼橹将　招善斤斧绳墨者充

一、油漆将　招善煎油髹漆者充

一、机柱将　招善机织罗锦者充

一、锋刃将　招善炼钢团铁者充

一、丹青将　招善挥染绘画者充

一、机巧将　招善雕镌装塑者充

一、医人将　招善医人病者充

一、医马将　招善医马病者充

一、毒药将　招善修合药饵者充

一、辞说将 招善游谈辩说者充

一、营寨将 招善辨形验势者充

一、孤虚将 招善灼龟、揲易、六壬、太乙者充

一、潜身将 招善无火夜行者充

臣闻高祖以贩缯屠狗之徒而得天下，田文以鸡鸣狗盗之徒而保其躯，韩信驱市人而破赵，王霸募市中人而败王郎。是皆招军取士不拘于一门，兼收并蓄不徇于一节。故随所遇以用人，随所用以成事，使在彼无弃材，在我无遗用也。近年以来，国家招军，立为定法：及等仗者方为招收，而身材矮短，所欠毫末，则虽勇如关张，亦所不招。无残疾者方为刺补，而指断目眇，略有小疵，则虽智如良平，亦所不刺。自侍卫三司至江上诸军，例皆扼以等仗，扼以年齿，更扼以犯徒刺环，而未尝破格收刺一人。岂知及等仗者，未必皆可用之士；有残疾者，未必皆可弃之材；虽年未十六，年逾六十，而武艺过人；虽脊尝犯徒，项尝刺环，而材武无敌。岂可拘于定制，并行弃逐，使居山林，伺生他变？是必广行招致，随材佐用。故自正兵之外，复收诸色材技，分为二十八将，各置队伍，教以本色材技，兼习武艺、战斗。则普天之下，无非可招之军；四海之内，无非可用之卒，三司、五驻与夫沿边诸屯戍，自无兵少之虑矣。是谓广士。

实边

臣闻汉募民塞下，而匈奴不犯。唐招募雄边子弟，而剑南以安[二]。前日淮汉之民，相望千里，其不死于兵革者，皆流徙于江南诸郡。大江之南，山多田少，平居无事犹藉两淮全汉马驼驴负，川推陆运，以给岁月。今淮汉之民，反聚食于倚籴之地，是宜米价腾涌，并与江南之人均成饿莩。甚至都城之间，张指于道者，步武相踵。朝廷惟知行下淮汉州、军，召人归业，不知淮汉之民，疲于科需，惮于征役，视守令如仇雠，畏吏卒如夷虏。今虽摩顶放踵，挈而置之衽席之上，彼亦将疑彼有司拘籍为伍，复驱而之死地耳。为今之计，莫若行下沿江渡口一带州郡，沿路夹截。官舍寺观，置为程驿。措置钱粮，各给小券。分差官吏，置局起发。限以里数，拘以程限。分道立驿，遣还原所。先令有司立为赏格，出榜晓谕淮汉土豪、形势之家，召集其乡里，招收其佃仆，结为甲伍，使之总辖。计口给券，沿路批支。候归本所，无屋可居者给瓦、木，无田可耕者给牛、种。招集千人者补副尉，三千人者补承信郎；其多寡远近，以此为差。如此，则不惟淮汉之土豪、形势，咸愿鼓率流民以归乡里，将见江浙富民，亦愿输其家资，倡率土民渡江，以求招致之赏矣。是谓实边。

校　记

[一]迫　疑有误。

[二]安　原作「平」，据元抄本改。

附录一　史传摘录

宋史·华岳传

华岳字子西。为武学生，轻财好侠。韩侂胄当国，岳上书曰（略，见翠微南征录卷一）。书奏，侂胄大怒，下大理，贬建宁圜土中。郡守傅伯成怜之，命狱卒使出入毋系。伯成去，又忤守李大异，复置狱。侂胄诛，放还，复入学，登第，为殿前司官属，郁不得志。谋去丞相史弥远，事觉，下临安狱。狱具，坐议大臣当死。宁宗知岳名，欲生之，弥远曰：「是欲杀臣者。」竟杖死东市。

宋史·宁宗纪

开禧元年夏四月甲寅，武学生华岳上书，谏朝廷不宜用兵，恐启边衅。以忤韩侂胄，送建宁府编管。

开禧三年十一月甲戌诏：韩侂胄轻启兵端，罢平章军国事；陈自强阿附充位，罢右丞相。乙亥，礼部侍郎史弥远等密旨命权主管殿前司公事夏震诛韩侂胄于玉津园。

嘉定元年冬十月丙子，以钱象祖为左丞相，史弥远为右丞相。

嘉定十四年闰十二月戊申，以殿前司同正将华岳等谋为变，杀之。

宋史·韩侂胄传

韩侂胄字节夫，魏忠献王琦曾孙也。父诚，娶高宗宪圣慈烈皇后女弟，仕至宝宁军承宣使。侂胄以父任入官。

开禧改元，进士毛自知廷对，言当乘机以定中原，侂胄大悦。诏中外诸将密为行军之计。先是，杨辅、傅伯成言兵不可动，抵罪；至是，武学生华岳叩阍乞斩侂胄、苏师旦、周筠，以谢天下。谏议大夫李大异亦论止开边。岳下大理劾罪编置，大异斥去。

宋史·史弥远传

史弥远字同叔，浩之子也。

开禧元年，授司封郎官兼国史编修。二年，兼资善堂直讲。韩侂胄建开边之议，以坚宠固位，已而边兵大衄。

都城震摇，宫闱疑惧，常若祸在朝暮，然皆畏侂胄莫敢言。弥远力陈危迫之势，皇子询闻之，亟具奏，乃罢侂胄，就诛。

附录二　历代诗文评说

题华岳江城图

杨　载

华岳能诗世有名，学画丹青亦豪放。此图似写安庆城，雉堞楼台俨相向。北风将至江面黑，千艘万艘争避匿。沧溟涌溢水倒流，南岳动摇天柱侧。蛟龙戏落秋潭底，素练平铺八千里。时清好作钓鱼翁，闲弄轻舟烟雾里。（杨仲弘集）

华子西论

佘　翘

华子西论事似晁错，谙兵似孙吴，文武才也。令开禧时委国而听之，即不能复中原，何至增币、割地、献首谋，贻千古笑哉！侂胄一螫而子西窜，弥远再螫而子西死，其主欲生不可得，而宋遂无能国矣。夫子西困于侂胄，三年乃解，闲关幽絷之苦方脱于目，而复挑弥远以死。此诚烈丈夫折而不回者哉！余从里中求子西后，犹有存者。读书遗址在齐山麓，每过之未尝不心向往之也。乃郡独无专祠，则缺典也。（翠微南征录郎刻本）

华状元里宅记

刘廷銮

池州齐山之麓，有华岳旧居，今山川坛是。其地古松偃盖，即岳所手植者。齐山之蓝，有绣春书院，岳读书其间。入明更新之，以祀包孝肃拯、华殿司岳、赵文节昂发，佘翘诗所谓「赵公墓近华公宅，赵有祠堂华馁而」者是也。齐山市济礼坊，亦宋时为岳立者。由山达翠微堤三里，距府济川桥之南有巷，巷口向堤，宋时呼状元里，以岳武进士及第也。今宅与坊皆不存，独巷口石狻猊高七尺许，相传为岳里门故物。岳上书劾韩侂胄，系狱而见怜于守傅伯成，伯成知己也；宁宗知岳名而不能救，宁宗知己也。岳可以死矣。侂胄及史弥远皆宋贼臣，而岳一劾之，一谋去之，此其人岂可多得，惜所为谋秘不传。夫岳，贵池人也，史不载所产，疏矣。当其时或无表章忠节之人，史官据临安所传，录而纪之，宜其不详。又张世杰、陆秀夫传，有苏刘义同死厓山之舟。刘义，贵池人，史亦不载所产，池之人何俱泯没不彰也？池之兜鍪，明初自顾镇远而外，寥落无几。镇远本从龙之彦，积功列侯，不由科目。逮万历中，贵池武科始数见，崇祯中则特盛。风土习俗，厥有由然，亦时为之也。赵昂发殉难，元伯颜葬而表之，宋加封谥，至今祠祀不绝；岳杖死后，谁为褒异之者乎！佘翘诗所以感愤而作。或曰：岳有墓在华度岭，去齐山二十五里，以华子西所经涉及墓而名；或曰华状元祖墓也。巷前石狻猊，今称狮子口。或曰：「成弘间桥南蒿没，渔船暴蓑于此，呼网墩。后桥成，始有居室，故老往往能言华状元里巷。齐山近已无市，其坊所在，可意而知。狮子口去齐山三里，岳居齐山以堤之，尽为巷口，当日第宅亦大巨丽。或曰：桥南别有岳宅。齐山树坊，桥南树石狻猊也。或又曰：榜题「济礼」，与岳云何？此必齐山古坊市名，而人误以为岳立也。万历甲寅司李秦懋义修齐山堤，求石狻猊所自。父老曰：「齐山背郡治，面青阳，华岳恶其不内向也，于里门外设此以对山之阴，如俗所竖石敢当者然，盖厌胜遗意。」秦颔其说，亟伐材肖形以配之，于是两狻猊左右立。匠石运斤时，窍忽通，有香累累下注如子，知者谓为石乳，疡医竞取入药，称上品。今新者方三十年，已有倾欹之势矣，窍悬如故。当正德丁卯，邑绅桂鏊游齐山记：嘉定十年华岳故状元坊趺石尚无恙，是非所云济礼坊也，趺今安在？岳齐山诗曰「寺觉重游好」，曰「功名应有待」，故是未第时语。或其先非居齐山，不可知。岳文采陆离，所散见诗章，惟贵池秋晚一首，游齐山一首，皆五言；东流道中一首，七言。

郎按：岳筑室齐山之麓，尝读书于翠微亭，因别号翠微。登第后，以劾史弥远，杖死东市，第宅俱废。弥远于庆元六年由太常丞兼刑部郎，改宗正丞，匄外，知池州。嘉泰三年刻石齐山寿字岩，西去岳书堂甚近。今题咏不传，以其人而没之耶！　郎遂识。（翠微南征录郎刻本）

题子銮华岳里宅记后

刘　城

杨升庵集载华子西谏书及其事，直云：傅伯成去后，华遂瘐死狱中。不复言登第杖死，杨一时趁笔疏脱乃尔。乃陈晦伯、胡元瑞掊击升庵，毛举深文，靡所不至，而独漏此，则陈胡于宋史亦不详读故也。弇州谓杨疏于正史，陈胡又曷尝熟正史哉！（翠微南征录郎刻本）

池州书画记

吴非

宋华岳字子西，贵池人，为武学生，轻财好侠。尝读书齐山，烟云变灭，岩石皴叠，所熟赏者。以故工画山水，有手写安庆江城图传于世。又尝手植数株松于山侧，蟠曲偃盖，如龙爪、如凤翼也。时宁宗朝韩侂胄有事北征，岳上书切责侂胄檀权，患在腹心，视北尤甚；忤之，下大理，贬建宁圜土中。侂胄诛，还，入学，登嘉定武科第一名。为殿前司官属，郁不得志，谋去奸相史弥远，事觉，下临安狱。宁宗欲生之，弥远曰：「是欲杀臣者。」竟杖死东市。论曰：「韩侂胄以伐金诏告四方将以恢复，自文其奸也，名甚正，岳岂不之知？盖其时与势已迟，而有所必不能行，必不能得者，徒决裂耳。金请罪首谋，侂胄诛。当是时，岳即言，必伐金，岳即不言，必诛侂胄。然则以忠君为国之岳，而肯已于上书乎！宁宗庆元间，始升安庆军为府，理宗端平末，始徙安庆治江南罗刹洲，岳之图江城，其甫立安庆未久时也。图传至元，诗人尚犹题之。所植松在齐山侧者，至今存，即池所称山川坛是。雷震电篆，枯朽摧折之余，惟三株矣，嗟夫！

（翠微南征录郎刻本）

附录三　名家序跋

翠微南征录题语

王士禛

宋华岳集十一卷，名翠微南征录，第一卷开禧元年上皇帝书，请诛韩侂胄、苏师旦，语最伉直。馀诗十卷，率粗豪使气。上侂胄诗云：「十庙英灵俨如在，漫于宗社作穿窬。」及诛侂胄，函首请和，又有诗云：「反汉须知为晁错，成秦恐不在於期。」皆不肯附和浮议，盖陈东一流人。如岳诗，不以工拙论可也。又考吴兴掌故云：「翠微集，华廉字仲清著」[一]。渔阳山人记[二]。（翠微南征录四库本）

校　记

[一]华廉字仲清，自号翠微子，元长兴人。乃异代异地另一人。渔洋失考。

[二]渔阳，四库本原文如此。

翠微南征录序

吴　非

余尝记池州书画，撮华子西佚事为传，以补宋史之所未逮。岁己巳，黄俞邰徵君从史馆秘书抄翠微南征诗，则子西著也。不远三千余里，驰书于余，欲为余补池事之缺略。以此集之传，属郎子赵客，因特请其抄本来，傍蒐互订，较讹正疑，殊费苦心，庶可剞劂。为序之曰：夫诗岂不以人重哉，人岂不以忠直重哉？屈原矢忠直，被谤、见疑、放逐，乃著离骚以自鸣其不平，沈江而死。子西负忠直之性，莫可改移，黜佞疾邪，不容并立。始以欲诛韩侂胄，复欲以逐史弥远，南征之诗则以侂胄之怒而贬建宁也。诗词每抗脏不平，略无忌讳，在屈原犹且比物託讽，子西则宁玉碎，无瓦全，其致祸杀身也宜然矣。使无诗，子西之必传，而况以有之，又悉如其人，夫岂不以子西传哉！故非此不足以成子西之诗，非此不足以成子西之人，而因以知子西当日之传于世者，不惟上书也。此特其南征诗耳，焉知不更有遗于南征之外者。若读书而皆如俞郃徵君之广大，成人之美，公人之善，岂尚有遗佚而不传者乎！则此集之光于吾池者世世矣。赵客重父母之邦同里先贤，且秉忠直，又焉得不亟表彰，以永传之世世也，有子西乃足为池重，若赵客之为池重其所重者见，顾不大哉！嗟夫！紫阳于千二百余年后注离骚以传，赵客于四百余年后傍蒐互订，较讹正疑，勉力剞劂，无异于注异世知己。其亦忠直之性，古今有同然也已，即于黄徵君之抄传何负焉。同里后学吴非题于瓮牖。（翠微南征录郎刻本）

编刻翠微南征录序

郎　遂

往者，广陵吴菌次先生过池上，谓遂曰：「余读三唐名人集，自元和以后，江东诗人推池州独盛。如张承吉、孟须中、费子军、杜彦之、顾垂象、周惟宪、殷文圭、张乔、康骈、伍乔诸人，皆手劈天荒，号称人杰，大江以上，吾固知池阳原风雅渊薮也。今余从事宋元诗选，子当蒐其遗编，以资采辑。」时余笥中所藏，仅得陈清隐、冯彦思一二种，出以相较，若曹纬之秋浦集，杨少愚之九华集终散佚不存。因叹极盛之后，其难为继乎！或曰：郡邑中得百科名易，得一诗人难；得今诗人易，得古诗人尤难。今秋浦、齐山之间，津津乎犹有张孟诸君子之流风，不可谓非韵事矣，复求如古人之遗秘曾有几耶？岁己巳，温陵黄俞部先生，从史馆秘书抄得华子西殿帅南征录，亟贻书于吾蹬斋师，谬许余耽情古籍，并属阐扬是编，用备吾池文献。越庚午，先生奉旨赴洞庭纂修之役，便归白下，始以所抄本见贻。余按是编为殿帅贬建宁作也，数百年来，桑梓并不知有此书名，何其泯没乃尔！岂殿帅所重在忠节，而诗故不传耶？今读其诗，声调豪放，格律高举，亦可想其丰采岳岳，秉道嫉邪之大概矣。使殿帅即无是编，而大名已赫赫在千古，矧既得是编而传之！殿帅固不以诗重，殿帅之诗不足重故里乎！余由是以思：殿帅之撰著当不仅南征录也，是编出，安知海内藏书家不更发其秘本梓而传之，与唐张、孟诸君子颉颃千秋乎哉！如曰宋之不逮于唐也，夫岂其然？吾知池上之人将涵濡性情，媲美前哲，彬彬入风雅之林，庶几不负生长斯乡矣。同里后学杏村郎遂赵客氏谨撰。（翠微南征录郎刻本）

翠微南征录跋

王　著

古之人声名传于后世，不过事功、科第、文章而已。当世视事功、科第为重，然何代无事功，何地无科第，及至后世而转因文章以表著者，事功、科第固以文章传矣。又以其人之贤愚、忠佞定其重轻，岂不更有所重哉！殿帅华公以武学生魁天下，上书忤权相致祸，宋史已载列传，而后世未知其人。南征录传于世，而方知其事功、科第，则郎子杏村之有功于前人不浅。

公，秋浦人，居近翠微坡，因筑书院，自号翠微。后近二百年，地有侍中黄公，以三元殉逊国难，重筑翠微书院以读书，似上慕于公，不独事功、科第同，且忠节后先照耀于乡闾，则华公诗文可使不传耶？今读其书，俨然抱儒术有经世才，既不能以文名显，屈于权奸，又不能尽其事功之设施，良以为憾！吾知杏村用是以传先达而劝后贤，其意深远也。　绣水王蓍虑草氏题于瞰浙楼。（翠微南征录郎刻本）

翠微南征录跋

江　表

邑有文献，泯没不传，后人之咎也。是书为吾池文献，黄楮园徵君从史馆钞寄山师，以属赵客。赵客订正讹谬，旁搜佚事，颇费苦心，拮据授梓，则殿前司之藉以不朽，两君传之矣。因叹人力有所能为而不见及此者，多误用耳，亦必不肯用。若赵客之稽古博学，闭户著书，以表彰前哲，岂不高于俦人也哉！盖亦重视吾池矣。　九华江表书。（翠微南征录郎刻本）

四库全书总目提要·翠微南征录

翠微南征录十一卷　编修汪如藻家藏本，宋华岳撰。岳字子西，贵池人。为武学生。开禧元年上书，请诛韩侂胄、苏师旦，下大理寺鞫治，编管建宁。侂胄诛，放还，登嘉定武科第一，为殿前司官。又谋去丞相史弥远，事觉，下临安狱，杖死。其集名南征者，皆其窜建宁时所作。翠微，则其别号也。此本卷首有新城王士禛题语曰：「宋华岳集十一卷，名翠微南征录，第一卷，开禧元年上皇帝书，请诛韩侂胄、苏师旦，语最抗直。馀诗十卷，率粗豪使气。上侂胄诗云：『十庙英灵俨如在，漫于宗社作穿窬。』及诛侂胄，函首请和，又有诗云：『反汉须知为晁错，成秦恐不在於期。』皆不肯附和浮议，盖陈东一流人。如岳诗，不以工拙论可也。」其持议颇允。士禛又引吴兴掌故云：「翠微集，华廉字仲清著。」不知何据。案岳著史册，此集亦著录艺文志，昭灼无疑。华廉所著翠微集，当别自一人一书，与岳集不得相混。士禛乃录以存疑，则失于裁断矣。（四库全书总目卷一六二）

翠微北征录题记

顾广圻

翠微先生华岳，字子西，在宋史忠义十。其南征录、北征录，皆不著于艺文志。南征录诗居十九，即其别集；此北征录皆兵家言，近卢氏召弓志补亦著于别集，从类列也。唯云十一卷者，依此是十二卷，盖俗本误并其一卷耳。世鲜传者，得观于读未见书斋，楮墨间古香喷溢，三数百年物也。令人于肃然起敬中，仍爱玩不忍释手云。嘉庆庚申顾广圻记。（翠微北征录刻本）

翠微南征录校跋

鲍廷博

宋华子西先生翠微南征录，凡十一卷，元明以来，世鲜传本。国朝康熙间，温陵黄俞邰始于史馆抄得之。池州郎遂字赵客，重以乡里文久失其传，重加编次，刻以行世。此则其原本也，第一卷为上皇帝书，二卷以下为古今体诗。古诗先七言后五言，律诗亦然，终之以绝句。赵客析上书为首卷，而于皇帝上加宁宗二字，则似后人追述之辞矣。原本于当时宵小姓氏颇有空缺，宋时刊行尚有避忌，因而讳之。而郎以明嘉靖间王崇志本改攛填补，又大加删削，竟至失其本真。编诗为十卷，古、律俱以五言冠七言，此似可也。然原本七古中伤春一首、柴氏一首，通体五字，末结以七字，前人多有此体，郎以入之五古，遂删去末句四字，以合其格，重失作者本意，是则不免截鹤之讥焉。且于题下注，往往删繁就简，时又攛入他书以乱之，爱古者似不应尔也。索居无事，偶出旧本，就郎本雠比，以消岁月。乃得其谬误，肆加涂抹，后有得吾书者，勿以有刊本而废弃之，则此书之大幸也夫！　嘉庆癸酉正月杪八十六叟书于知不足斋[一]。

校　记

[一]此跋又见于旧抄本翠微南征录（上海古籍书店影印）卷末，署嘉庆丙子十有一月既望钱塘吴锡麒书于有正味斋。按嘉庆丙子比鲍撰跋之癸酉迟四年，当为吴录鲍作。

翠微南征录题记

黄丕烈

余向藏翠微先生北征录，系旧抄本，外间罕有也。顷书友携此翠微南征录来，却与北征录作合。检旧时藏书，家无有也。适吴枚庵来，余讯之，云：「浙江采集遗书目录有之。」云十卷刊本，谓是黄虞稷从史馆抄得，㕑池人郎遂刻之。盖华岳贵池人，故刻诸也。然此本亦鲜流传。今抄本虽甚旧，而取此俪北征集，适为两美之合，因置之。书共九十五番，合缗钱一千五百余文，可谓贵矣。　甲戌中元日，复翁记。

案此抄本却是十一卷，疑目误也[一]。（翠微南征录四部丛刊三编本）

校　记

[一]黄丕烈原按。

翠微南征录题识

劳　权

道光乙巳冬，见知不足斋校本此集，摘其校改，冀得郎本传度。去年得此帙于鲍氏，亦渌饮先生手勘本，盖前所未见者，乃转抄净本，而此其底本也。以勘一过，识于下方，颇有补初校之漏略。据后村千家诗补逸七首，此本未经增补，按目据楝亭曹氏刻本写入。鲍氏覆校在嘉庆壬申、癸酉，今并其卷后题识传之。右手病风，殊不自聊，借此消遣，作字艰涩，分布亦不匀整。顷就医针治，倘成痼疾，窃恐此事便废矣。子西尚有北征录，乃兵家之言，非诗文也。初见之本，今归城中瞿家，而余幸得此本重校，要知乙巳之摘录，不为徒作矣。既录原跋，附识于末。咸丰癸丑五月朔，沤喜亭主人仁和劳权书。

（翠微南征录刘刻本）

重刊翠微南征录序

桂迓衡

谓志士仁人有德必有言，人固以诗传乎？龙逢、比干胡阒寂无一词也。谓忠臣烈士以实不以文，人可传、诗不必传乎？「好水好山」之句，「斜阳芳草」之吟，又何以称焉。人可传，无诗亦传；人可传，诗又可传。则诗以人重，人益以诗重，传之愈久而愈不能忘。

翠微南征录诗集，宋华子西先生谪建宁时作也。先生没，诗佚不传。康熙中，温陵黄俞邰徵君从史馆抄寄吾邑吴蹬斋，转属郎杏邨蒐罗考订，梓而行之。历今百数十年，板已无存。加以兵燹后藏书毁尽，后学者又几不知有是书矣。光绪壬午春，余赴省，道出郡城，适先生二十四世孙名忠者检得是录，乞余为校正，将重刊之。余携至敬敷书院，翻阅数过，鱼豕颇多。抉其显误者为厘正十余字，有疑及漫漶不可读者，仍存以待考。校毕，还诸忠。今寄言：同里刘丙卿孝廉出资付之剞劂，乞序于余，为志其缘起如此。

呜呼！先生在开禧初，一武学士耳，抗章劾权奸韩侂胄及其党苏师旦等丑，诋之不遗余力。遂得罪，至陷建宁圜土中累年。迨韩败，放还。嘉定中以第一人及第，授职殿前司，志亦稍纾矣。而又察知史弥远之必误国，愤欲去之，事露，竟杖东市以死。忠肝义胆，百折不回，观录中闷题、怒成诸作，冲冠裂眦，略无避忌，以视屈骚贾鹏，直欲突过前人，先生真铁汉哉！昔人谓：史阁部为文文山后身，谓其事迹有相类也。余读先生全传，绝与明嘉靖中杨忠愍公相似。忠愍故宅，至今在京师宣武门外，西街中有谏草堂，刻疏稿于壁。而齐山里宅，久成邱墟，即手植古松，蹬斋记所云「仅存三株」者，亦复成龙化去，人鲜不为先生惜！独幸一线遗孤，抱残守缺，能表章先烈，俾翠微一录与椒山遗集并传不朽，在天有灵，其亦有顾而色喜者乎！同里后学桂迓衡谨志于梅溪之漱芳堂，时光绪己丑良月。

（翠微南征录郎刻重刊本）

编刻秋浦双忠录序

刘世珩

秋浦，今之贵池，隋开皇间，复析南陵西五乡，并石城故地所置县也。唐因隋之旧，仍名秋浦，天宝时，郡亦以秋浦名，偏附江裔。秋浦有水西南来，绕郡城东北入江。山水隽异，代有畸人。唐之季世，费、顾、张、殷，皆以诗显，而不濡节于朱氏。宋南渡，华子西先生岳，先以韩侂胄当国，谏北伐，窜建宁圜土中。放还，欲谋去史弥远，事觉，下临安狱，竟杖死东市。宋史列之忠义。迨明初，黄文贞公观与于靖难。福王建南都，未几而社屋，死节之士又若吴先生次尾者，起兵江上，九死不折，卒之成仁取义，授命不怍。国朝乾隆四十一年褒谥忠节。是皆吾县之荣焉。文贞、忠节，县人合祠之，额曰「双忠」，伟矣哉其称名也！兵燹而后，山水如故，书籍、祠宇同委劫灰。文贞文无存，先君子已编纪略刊行矣。余有志刻贵池先哲遗书，于吾县先正名迹，锐意搜求，尝获华先生翠微南征录、吴先生留都见闻录。乡邦文献，谋永传之。岁丙申夏，料量庋书，偶繙昭文瞿氏铁琴铜剑楼书目，有华先生北征录元抄本，四库书目及宋艺文志、府、县志乘都未载。乃浼江阴缪丈艺风函，重值购之，不得；假抄之，又不得，此心终怏怏焉。戊戌应礼部试，在都下得江宁傅苕生书云：「偕艺丈至杭州钱唐丁氏八千卷楼，见北征录传抄本，卷数与瞿目合，亟为录副见贻。」大喜过望，如接奇珍。然则志有所著，莫不相副，非适有以成之也乎！归而艺丈复以楼山堂原刻启祯两朝剥复录属同刻焉。读书止观录亦楼山原刻本，为同县王君子坚于辛丑之冬自里中寄来宁寓。大侄贻慎得南都应试记，旧抄本也。此二书世鲜传本，尤为瑰宝，铁函未见之书，一旦自井中出，一何幸耶！遂并付之鄂工。北征录从元抄本，南征录从文澜阁本，复据鲍、黄、劳三家勘校本。剥复录、止观录从楼山堂刻本。见闻录从旧抄本，并以南都应试记附录录后，于卷尾各详识之。今年锓板成，定录之总名，题曰秋浦双忠录，录凡四十卷。夫华忠于宋，吴忠于明，义声忠节相望五百年，其人之振奇同，其国之末造同，而其文章郁勃，同得山水蕴结百世不磨之气。同为著录，谁曰不宜？吾县前之合祠者黄与吴，今余之合刻者华与吴，正殊其事而不殊其志也。噫！先哲有灵，冥会楮墨，扶世翼道之风教，可常凛凛于秋浦山水间，不独为是录永寿珍重已耳。光绪二十八年壬寅九月初五日，县后生刘世珩谨叙于江宁城南蒋家苑寄居一印一砚庐。（贵池先哲遗书第十一种）

校刻翠微南征录跋

刘世珩

翠微南征录十一卷，吾县宋华子西先生撰。先生名岳字子西，翠微其别号也。为武学生，轻财好侠。韩侂胄当国，上书谏北伐，贬建宁圜土中，侂胄诛，放还，复登第，为殿前司属。郁郁不得志，谋去丞相史弥远，杖死东市。事迹见宋史忠义传。名南征者，多在窜建宁时所作。明嘉靖间有王崇志刊本，国朝黄俞邰虞稷从史馆秘书抄出，县人郎赵客遂受之师吴蹬斋非，始为雠校付梓行世。光绪己丑，县中以郎本活字印行，间有讹夺。岁戊戌，抄先生北征录于钱塘丁氏，并从文澜阁抄得此录，两本互勘，文澜阁本分诗为十卷，卷五以上与郎本同，卷六以下不同。曾在厂肆见郎刻作墨口本，卷首郎遂自序，吴非序，凡例，节宋史本传，上宁宗皇帝谏北伐书，刘廷銮华状元里宅记，吴非池州书画记。附杨载题华岳江城图诗，余翘华子西论。卷一五言古，卷二七言古，卷三五言律，卷四、卷五、卷六、卷七七言律，卷八、卷九七言绝句，卷十诗，卷十一杂记。后有王蓍题识。又从张菊生比部元济假得黄荛圃丕烈藏抄本，傅沅叔太史增湘假得劳平甫权校鲍渌饮廷博手勘本，都作十一卷，与四库提要所称十一卷相合。卷一上皇帝书，卷二以下为古今体诗，与文澜阁本分诗为十卷亦合。古诗先七古、后五古，律诗亦然，终之以绝句，卷二以下有渌饮校记按卷二题嘉庆壬申十二月初五日校，介叟。一题癸酉元宵重阅，改正一字，时年八十有六，辰刻。卷三题初八日晨起校。一题癸酉元宵覆阅，改正一字，介叟午刻。卷四题腊月初六日郎遂刊本校，午刻长兴周霭春四兄见访。一题癸酉元宵覆阅，改一字，补五言二联，深愧初校之疏也。介叟。卷五题初七日晨起呵冻校。一题癸酉元宵覆校，是日戌刻月食。卷六题嘉庆壬申腊八日辰刻校。一题癸酉正月十六辰刻覆校。卷七题嘉庆癸酉正月十六日覆校。卷八题癸酉正月十六日覆校，已刻。卷九题癸酉正月十六日介叟覆校。卷十题癸酉正月十六日覆校，巳刻。一题十七日补千家诗冬晴第二首。卷末题壬申十二月二十日校毕，一冬晴暖，是日阴寒，饶有雪意。八十五叟廷博呵冻书。一题癸酉正月十六日覆校，阴寒呵冻了之。放翁云：「待饭不来还读书」，腹馁甚，放笔一笑，午刻。一题嘉庆癸酉正月十八日通，介叟补录于知不足斋。一题是月二十六日以郎遂刊本再校，又改正二十余字，至二十八日辰刻毕。鲍勘据后村千家诗补逸诗七首，平甫按目写入。鲍跋谓：「赵客析上皇帝书为卷首，而于皇帝上加宁宗二字，则后人追述之辞，殊失体例；且原本于宵小姓名多有空缺，在宋时刊行，因避忌而讳之，郎以明嘉靖间王崇志本改撺填补，又大加删削，竟至失其本真；编诗为十卷，古、律皆五言冠七言，此似可也，然原本七古中伤春一首、柴氏一首，通体五字，末结以七字，前人多有此体，郎以入之五古，遂删去末句四字，强合其格，重失作者本意，已不免截鹤之讥焉；又每于题下注，往往删繁就简，时又搀他书以乱之，爱古者似不应尔」云云。或以郎在国初，过于谨慎，致多忌讳，删节之故，其因此欤？然定凡例，辑卷首，搜轶事，编杂记，于此书不为无功。而余曩刻有据郎本者，以杂记作十一卷，实误矣。乃合各本详加厘正，从文澜阁本，并据黄藏本、劳校鲍勘本，复以郎本参订鲍、黄、劳三抄本，五七古、五七律多未分别：卷二皆七古中错入五古二首赠祝跛、富沙道中述怀。卷三五古中又错入七古十首别王泰之次王养正韵、江上双舟催发、严陵方市次方子严韵、月岩、热中呈楚南僧、送春约友人李景山仍次其韵、僧画、野菜吟、醉酒歌谢同舍叶南陂、琴。卷四首列二首次李信州七十韵、丹青阁次朱载之韵。皆系五古，以下七言律诗，郎以此二首作排律编为卷十。卷五、卷六、卷七皆七律，中脱一首丹青阁；卷八末错入五律十一首宣城道中次壁间韵、当涂道中次冯子扬新林韵、寿昌道中别刘仲芳次韵、自小峰访王泰之话别、游溪西寺次府判汤丈韵、登西楼晚眺次朱师几韵、安分呈李竹斋次韵、拜茶、邸食责庖者、秋意次项子礼韵、书堂遇雨，卷九前半五律，后接七言绝句二十九首读汉史、寄王五四将士二首、约叔叔贞二首、题窗间、过西溪、题莲华峰和壁间李次高韵、赠吕元玘、初抵富沙二首、呈周及之贡元、宁州泠渡次壁间韵、宿灌头次壁间韵、南浦水阁、秋晚独步次刘彦礼韵、后溪舟中二首、杨花、杜鹃、闷述二首、酒禁次项仲山韵、赠美人别次男氏蒙鼎才韵、寄宗上人、寄赵及父、有感、桃花、弦月，卷十、卷十一皆七言绝句。今以上皇帝书为卷一，卷二七古，卷三五古，卷四首列五古二首并入卷三后，卷四、卷五、卷六、卷七、卷八皆为七律，卷八后半之五律、卷九前半之五律并为卷九，卷九后半七言绝句并入卷十前，卷十一如之。郎本卷八七言绝句，起读汉史，迄怀九江友人荣仲樵；卷九七言绝句，起渔父，迄群鸥「群」误作「郡」，脱去一首春夫，次第先后与三本同。兹虽依体分卷，其次第亦依三本之旧。黄从原本无目录，正如郎凡例所言，惟书题小注[一]独详于鲍劳诸本，有从黄本，皆标明题下。鲍从后村千家诗补逸诗七首中复一首重午次邓信甫送菖蒲钗符之韵，实只六首，均照鲍本补入，重为刊行。后之人慎勿有改此本，以失其本真也。郎撰凡例、杂记暨诸家题记、论、诗、序、跋，另编杂录，附录十一卷后，盖其功诚有不可没焉。广陵诗事云：「池州郎赵客每言『友朋文字中及赵客名者，我当于泉下肃拜。』」今以诸本正所刻之误，先生于泉下其亦肃然起敬也夫？光绪二十六年庚子正月人日，县后生刘世珩谨跋。

前以郎赵客所撰杂记作十一卷，误也。今从文澜阁本，并据鲍渌饮、黄荛圃、劳平甫三家勘校本详复雠比，厘为十一卷，与四库本亦相合。郎撰杂记、凡例，具见苦心。乃重加编订，于顾阿瑛草堂雅集录张翥华岳江城秋晚图诗，刘伯宗峄桐集录题子峦华岳里宅记后。至如郎遂序、吴非序、王蓍识、王士禛书后、鲍廷博跋、黄丕烈跋、劳权跋皆入之杂录，别作一卷以为附录，附十一卷后，庶不紊矣。光绪庚子正月初三日，县后生刘世珩重编谨识。（翠微南征录刘刻本）

校　记

[一]书题小注　「书」，疑当作「诗」。

校刻翠微北征录跋

刘世珩

宋华翠微先生撰北征录，先生事迹详见南征录跋。此书为十二卷，卷一、平戎十策，卷二、治安药石自序，卷三、军国大计，卷四、边防要务，卷五、破敌长技，卷六、将帅小数，卷七、卷八、器用小节，卷九、采探之法，卷十、戒饬将帅之道，卷十一、守边待敌之策，卷十二、足兵便民之策。平戎十策分目十取士、招军、御骑、陷骑、得地、守地、恩威、利害、财计、马政，为文十篇。治安药石分目九[一]，子目四十一和议、山水寨、屯要、捷径、陷骑、搜伏、反泄、暗认、潜易、急据、分渡、自认、就顺、甲制、人甲制、马甲制、马军甲制、弩手甲制、弓制、弩制、弓箭制、弩箭制、鞍制、靴制、马枪制、叉枪制、采探、候望、聚探、关递、密辨、将帅轻死、将帅好战、材财相用[二]、豪杰为间、禁涉、观衅、劝募、省运、广士[三]，实边，为文四十一篇。所谓平戎十策，治安药石，乃分篇总名也。四库未著录，宋史艺文、省、府、县志亦未载，仅昭文瞿氏铁琴铜剑楼书目见此书。有顾硐宾跋，云「世鲜传者，得观于读未见书斋。」今从钱塘丁氏十万卷楼抄得，是即传录瞿氏本。卢抱经志补云十一卷，顾云：「依此是十二卷，俗本误并其一卷」。盖卢云十一卷者，专指治安药石言，顾云十二卷者，连平戎十策言。按治安药石自序云分四卷，实乃一书中隶二总篇，曰平戎十策，曰治安药石，若平戎十策为一卷，则五卷矣。有为十一卷，或为十二卷，皆非原分次第，然无他本校定，当仍其旧，亦世希有之书也。昔吾乡郎赵客校订南征录，以为桑梓数百年来不知有此书，而吴翌斋序，言「焉知不更有遗于南征之外者」。此书一出，是南征录之外犹有北征录焉。则亦忠义之气为百灵所呵护，虽千百年终暴诸世，堪以补宋史艺文与夫省、府、县志之阙，岂惟桑梓之光，而予小子不尤有荣幸也耶！　光绪二十五年己亥五月初五日，县后生刘世珩谨跋。（翠微北征录刘刻本）

校　记

〔一〕此处原有双行小字「军国大计」等九目，已见上述卷三至卷十二卷目，避复从略。
〔二〕材财，原作「将帅」，误，径改。
〔三〕广士，原作「广土」，误，径改。

校印翠微南征录跋

张元济

亡友贵池刘葱石刊秋浦双忠录，以是书为之首，其自序称抄自文澜阁。明嘉靖时，有王崇志刊本，外间罕见。清初，黄俞邰从史馆秘书抄出，同邑郎遂为之付梓。所抄阁本即从郎本出。涵芬楼有郎刻原本，与刘氏本不尽合。四库开馆，浙江采进者为郎刻，而总目所收却为汪如藻家所藏，以刘氏后序证之，库本与郎本又大同而小异。是本旧抄原为士礼居故物，不详其所自出，就卷一上皇帝书「陛下」字均提行观之，其源当出宋刻。郎本凡例谓：原本诗分体，而以五、七言相杂，且先七言，后五言，七律先于五律，排律又先于律，五言绝句阙。所言均与是本合。然吾颇疑郎氏所见并非是本，何以言之？是本所载上皇帝书，其重要辞句多于宋史本传者凡二百七十余字。书中所指佞幸之徒，有某某之阿谀仆辈，某某之甘心鹰犬，某某之奴事奸恶，某某之先事迎合，某某之私立异议，宋史均已不载，此则姓名虽失，而罪案犹存。郎氏谓：「上书有阙文，今补之，字句微有点窜，照嘉靖间王崇志本」云云，所谓点窜，不知何指，以意度之，或即书中指斥金人之语。夷狄、戎虏，皆当日违碍之字，曲避时忌，情理宜然。然何以于所揭宋至室罪臣摘补者，仅程松、鲁韶、富宫三人之名，而削迹者反在五人以上观原文空格可知？郎氏欲彰其乡贤之忠直，当无为之灭削之理。不仅此也，卷中诗题及题下附注有与是本全异者，此又何涉而必加以点窜？揆之郎氏自言订正存疑之意，亦可断其必非所为，故余谓郎氏所见与此不同。黄荛圃跋谓郎刻已鲜流传，况此更为郎氏所未见，而出于俞郃所抄之外者乎？讹文夺字，郎、刘二刻有足以参证者已悉校出。友人瞿凤起复出汲古阁毛氏抄本校正如干字，尤见精审。其有疑不能明者，则仍阙之。海盐张元济。

（翠微南征录四部丛刊三编本）

翠微南征录题记

傅增湘

华子西集世间久无传本，清初黄俞郃自史馆抄出，付邑人郎赵客刊之。然郎本亦颇罕觏，至光绪之季，贵池刘世珩乃重校付梓，列之秋浦双忠集，由是子西遗集始得广传于世。学者诵其诗文，因以考其忠节，未尝不动高山景行之思焉。

此旧抄本十卷，以字迹定之，当为清初人所录，观其次第行款，必系从明嘉靖刊本所出也。余昔年于南中得郎刻本，后又见鲍渌饮、劳季言两家校本。取郎刻对勘之，差异之处颇多，盖郎氏就抄本重编，轻改旧第，又展转抄传，颇病讹失。遂依鲍、劳二氏本校之，改订凡数百字，其上皇帝书夺文尤多。其后刘氏重梓，曾假余校本悉为纠正，学者称善，垂为定本。今睹此抄帙，以余前校证之，一一都合。其上皇帝书中脱文，此本咸在，而原所缺字，亦未妄加增补，以视郎本，远出其上。异字既多，旧观未改，良足珍也。辛巳十一月二十八日，藏园记。（藏园题记）

附录四 翠微南征录郎刻本概貌

凡例

原本无凡例，无目录，今先之以凡例，而目录次焉。

原本无序文，开卷即上宁宗皇帝书，而卷尾附宋史本传。今以本传先之，而上书次于其后，并录里宅记附焉。

宋史本传著其大节，甚略。耕馀堂著述有池州书画记，采拾碎细，另立小传，可以详本传之未逮，并佘翘论、杨载诗，俱增入卷首。

原本诗虽分体，而以五、七言古相杂，且先七言古，今以五言古先之。七律不应先五律，七排律不应先五排律，且排律不应先于律也，今以其次订正之。惟五言绝句缺。

原本上书有阙文，今补之，字句微有点窜。照嘉靖间王崇志本，诗有遗句者，今仍之；有逸字者，避讳也其有小注不当提头者，今合之。

原本抄自史馆，字多讹不可读。千顷堂随阅，先以硃笔正数十字；耕馀堂改正百六字；余手自重录，略序编年，逐字逐句细加考订。间有疑者仍存之，俟博雅君子教我，是望。

原本仅以诗分卷，今旁搜幽讨，录其轶事，列之卷末。诵之读之，可以尚论古人矣。

诗题及诗注中「番易」二字叠见，当是鄱阳，仍依原本。经史鄱、皤皆用番。

早春十绝之三注「麦坡二」，其四注「楮衾二」，然皆只一首，去「二」字。

矮斋杂咏自注「于此得诗有百篇」，亦不能指何诗何题。

「那条路不通长安」注「通，读去声。」其有所本耶？按韵书去声无「通」字。

集中游溪西寺诗，一作游齐山寺，刻入郡邑志及齐山志。相传亦题于东流宝林院，或偶书壁间，原非为宝林题也。

翠微有贵池秋晚诗，传于郡志。诗曰：「暮色千林薄，秋空万里长。寒蝉鸣晚树，归发斜阳。水远天同碧，风高叶脱黄。星星老蓬鬓，不觉到潘郎。」今集中有秋晚即事诗，韵次同而意亦略同，仍并存备考。

集中诗注或称名岳，或称号翠微。齐山故有翠微亭，本于唐人诗句。

同郡而同志稽古者，有王子绍李尔纲，与余辑唐至德二周曰繇曰繁纪略四卷行世，亦为桑梓起见也。今笥中纂辑有先贤冯彦思勉土苴集，洪徵士仲遵丹崖集，皆拟次第授梓。即南征一书，本欲共成，因从事名家诗选，不暇及此。余特纪之，以彰同好云。辛未夏五杏邨郎遂书于杜湖钓艇。

按　语

按宋仁宗天圣八年亲试武学，至靖康、绍兴以后无不御殿亲策。自神宗熙宁八年诏武举与文举同时锁试贡院，以防进士之被黜而改习者，其法重墨义文学而后骑射，寻至试换文资。自孝宗乾道二年廷试武举，赐及第出身，及淳熙初，依文科状元除馆职例，以武举榜首为閤门舍人矣。盖宋制武举统属于祭酒，其视生徒与国子等。而元祐时应举者入流，比文学太优，淳熙时又专立武学国子。迄乎绍兴以来，太学诸生久不第者，多去从武举，已乃锁厅应进士第。岳之所由入武学，不可知；其登第后授官，不曰保义郎，不曰成忠郎，不曰秉义郎，亦不曰閤门舍人，而仅称曰「殿前司属」，亦略辞也。终宋之世，武举习程文，专举业，博衣大袖，温然儒生，天子策之于廷，其制重矣。观于岳之负气节，抎词章，益信国家养育造就，而人才自应运而兴焉。

杂　记

一、齐山龙爪松，乃华子西手植。古干奇特，拳曲如龙，乡先辈方南极时来，因名之。吴牛岗先生非尝取而图画焉，或大幅，或便面，藏之赏鉴。家有自题华家枯松图，诗曰：「如龙奇见骨，鳞鬣蜕何存。五百年来种，心馀托此根。」药地无可智所题华家松，亦即此也，诗曰：「山川坛里华家松，一阵风雷化作龙。倒挂雨中将地卷，等闲却被墨痕封。」近人题咏甚多，俱入齐山志。邑人吴彦有华家松树歌，选入建初诸子集泊名家诗，永久传艺林。

二、开禧元年岳上书，已称「国学发解进士」矣，本传则曰：「侂胄诛，放还，复入学，登第」，王崇志本因误注岳为诸生上书。按汉制太学生通经者，其高第者上名牒，以次赏进。近科会试登第者，间有不即殿试，即明朝武举亦必须中三科也。岳上书时，当已试进士，至嘉定十年乃登第第一人，传胪赐宴，称状元，与文科同。存此可以近今事例与前史传参考。

三、集中诗注曰：「谪居建安，郡守以下皆迎合韩平原，囚之囹圄。自舍人张公嗣古提狱闽峤，特令自便。」按史传「贬建宁，郡守傅伯成怜之，命狱卒使出入无系」，微有异同。又按伯成本传：少从朱熹学，诚实无妄，每称人善，不啻如己出。语及奸邪，词色俱厉，不少假借。由集贤殿出守建宁，多善政，岳之见怜于伯成也，亦信其必然矣。

四、思故人有诗二首，一注「以诗寄子明叔，询诸故人动静」。其子明即叔耶？

五、与幼弟诗有「十幅蛮花寄鹡鸰」之句，惜弟之名与字俱不传。

六、贬建安三载，烽火转徙，不闻弟妹消息，作诗忆之，有「眼底不闻鸿雁信，鼻头常为鹡鸰酸」之句。

七、佘燕南翘作赐环记，称华妻张氏字淑姬，必有所考。

八、翠微得雷霹材，断曰「天籁」，镌二十八字于底，今存集中。

九、贬建宁，有寄清溪友人诗，此必指同里故旧也。池之清溪在宋亦多闻人。

一〇、上宁宗书列「程松纳妾求知」。松为青阳人，官资政殿大学士，与岳同郡，略无忌讳，刚正不阿，于此可见。

一一、读汉史注：「阅纪信、韩信传」，诗曰：「汉将假帝为真帝，齐乞真王作假王」，按史记未为纪信立传，亦阙典也，翠微亦只就史言之耳。

一二、翠微同赵贡元渡鄱阳湖，方及中流，风涛大作，篙师束手，翠微恬然哦一诗而止。见鄱阳湖诗纪。

一三、夜发雷江，有捉月者出舟尾，因酹以酒送之中流，集中有诗，题曰捉月仙。

一四、赐环记称岳观天象：紫微星无光，孛星径入三台，知为侂胄乱国之象；又见旄头有焰，白气径入西方，流入吴越之分，知为北卤南侵之兆。今阅流萤诗自注，子西果通天文矣。

一五、子西以画名，只有安庆江城图传于世，惜遗笔不多见。

一六、桃花诗曰：「牧童若向青帘见，应认枝头作杏花」，又花村诗曰：「牧童不见枝头杏，空向青帘问有无」。此皆以杜樊川清明诗而变用之，余因采入杏花村志，作诗话一则。

一七、子西见染发者，以诗嘲之，有「无情霜雪催年少，闲似青山犹白头」之句。

一八、再祷海山有「曾许英雄第一签」之句，后果状元及第，神之灵威，洵不爽也。

一九、周鹤樵齐山怀古诗曰：「岂独登临瞻胜概，文章节义与科名。」指宋状元华岳、明状元黄观，皆读书齐山也。

二〇、闽连江陈元钟齐山歌曰：「谓齐山高，高不天止；谓齐山大，大不数里。不用碓蜷自特立，在昔遭逢唐刺史，刺史之姓山之名，千载悠悠一知己。我至池阳夏色深，冒暑寻游陟其屺，大都石骨壮层峦，磷磷可视不可迩。深者为洞高为崖，出纳云雾幽峡里。魂礧绝无软美形，谅为烈士应尔尔。试向古今诸游人，标格如山有谁氏？在宋殿帅华先生，在明侍中黄夫子，丰棱竟与石争奇，二百年间相继美。此中名字尚有人，天光黯淡石怒峙。我欲呼与山灵言，吊古凭高竖壁垒。山灵知我意思长，云师风伯备驱使，不遣纤暑侵巾履。旷我心眼，烟霞苍紫；涤我襟怀，湖光澄泚。望江亭上望江水，江天一碧鹭飞起。九华诸峰，撑拳列指，似欲招我说宗旨。齐山，齐山，千秋声气无时已。」见会山楼集

二一、壬戌九日，太守喻公正庵招同齐山登高，命赋怀古诗，曰：「千秋漳浦此山题，十八翁中独姓齐黄石斋先生告辞十八翁诗 齐山与焉。幻化有仙留脚迹云梯上有仙人掌。飘零何地倚岩栖宋沈辽徙池州，筑室云巢。亭迎月到忠魂泣华殿帅、黄侍中读书齐山，有亭台故址，寨起风回战马嘶岳忠武于绍兴间驻节翠微寨。安得洪流重泛滥，尽穿洞壑涤尘泥。」见焕园集

二二、妙空岩有题句曰：「石溜天藏左史洞，坛边雷篆华家松。」岩在岳书堂后。

二三、贻诗瑛上人觅柴度腊，有「扁舟若有东归便，断竹枯松寄一担」之句。瑛上人素工诗，当与子西为方外诗友。

二四、老球上人素谈风月，子西以诗嘲之，曰：「窗疏不碍东西月，帆过始知南北风。」见临清阁诗注

二五、烹笋集，亦佳话也。王君庸与翠微岁有此举。

二六、翠微嫌家童甚顽，不忍夏楚，而以诗训。此童谅亦能诗，惜其名不传。

二七、幽居诗曰：「帘常碍月钩常挂，酒不逢花盏不空。」予拟筑杏村别业于湖滨，书此为一联。

二八、诗集中姓名有：陈模官池守，毛智通官池帅，张平国初任池阳西楼酒官，次任铜陵宰。按府县志皆失载，后有纂修，当为补入。又程廷老乃平国侄婿，居九华，别号双峰，疑廷老即秳九万也。淳熙中，

官文华阁待制，尝筑书堂面双峰，号双峰居士。

二九、康熙己巳，余应太守李公命，较阅九华志，搜讨前贤艺文。惜未得子西雪潭、双峰诸诗编入，以南征录抄寄史馆在庚午秋也。

三〇、谪居建安，惠绵衾者有刘判院，惠米者有仵判院，分羹者有陈平仲，贻黍米者有刘文卿、刘挺卿。羁旅中应无饥寒之色，此南征录所由作也。

三一、狱中纪事诗曰：「煮饭只烧沽酒罐，读书权借守囚灯」，可谓忘遇好学。

三二、寄两庠同舍曰「远谪南州七度春」，呈徐商卿曰「十年忧患谪东南」。按子西赴建安，自开禧二年丙寅始，至嘉定己巳春被命东归，是秋复准部符再还建上。

三三、翠微约叔真归隐九华山，有诗曰「归斯千载约芙蓉」。九华山亦称芙容山，本李太白「秀出九芙蓉」之句。

三四、池州府学乡贤祠，宋朝崇祀者只三木主：一、殿前司华岳，二、少保苏刘义祥兴二年与陆秀夫同死厓山之难，三、清溪二生德祐元年同赵昂发殉难，姓名不传，四公皆以忠义传也。

三五、翠微入建，以铁圈竹筒贯之以索，为系囚之具，皆取而咏之，事固因人而传。明李崆峒狱具诸绝句，方孩未和之未尝不韵。杨椒山临刑，有「风吹枷锁满城香」之句，世相传讽。黄石斋被执，有见一士身缠九锁诗曰：「九锁银铛烈士躯，宛如藤刺刺松须。世间可有真貘子，日啖锥条一尺无。」又曰：「一节干将铸不成，自投炉冶陨精灵。可怜岛上半千士，无与田横说姓名。」取譬抒怀，可谓绝妙，因附录之。

三六、翠微月岩诗，作于广信道中。按杭州凤凰山有石如片云，高数十丈，绝顶一窍，亦名月岩。当中秋之夕，月穿窍出，题咏详七修汇稿。吾池九华有最高一峰，当山月初上，皎皎从峰而吐，王文成以四月望夜候之为准。宋陈岩诗曰：「笑问月边人在否，中宵有梦到青天」，可与翠微「冰轮推出月中月，玉斧劈开天外天」句并传。

三七、宋玉悲秋之来，子西惜秋之去，作惜秋二绝，有「何当领取秋容去，收拾诗囊带得归」之句。

三八、音云集有题华家松树图赠郎亮莽，诗曰：「青松长不改，百尺尚参天，俯仰如乔梓，龙鳞种有年。」

三九、拟华岳赴临安别故园，作桂枝香词曰：「尘缘未竟，行踪无定。要观上国风光，难舍故园风景。况这翠微猿鹤，这翠微猿鹤，免不得松关夜冷。蕙帐昼静，莫移文，待了经纶事，归寻泉石盟。」见浮斋别集

四〇、某，酸果，古文与「梅」同用，经文皆借为不知其名之称矣。穀梁春秋：「蔡侯郑伯会于邓」，范甯注：「邓，厶地。」陆德明释：「不知其国，故云厶地。」此岂其以「厶」代「某」之始耶？厶，古公私之「私」也，翠微纪梦诗中用「厶」字，缮写者易而作「某」，则与其诗之文不合，诗意省「去」字之上半，而存下半之「厶」也。此不过就俗隶论字文耳，「厹」，本文，从大，厶声。

四一、吾池山溪间多产嘉鱼，类至繁而名不一。杜邬以内皆所谓秋浦也，有石穴鳊，形甚薄而味甚美，土人呼为压鱼，尔雅疏谓魴为鳊也。翠微在建诗曰：「瓮有扶头酒，厨无缩项鳊」，亦犹张翰鲈鱼之思，动故乡之感矣。

四二、万历间，铜陵佘翘作华状元赐环记，表扬忠烈，惩戒奸邪，进呈御览，神宗改容称善。翘所著传奇，别有鏁骨菩萨、量江、冰夷诸种，又作三忠传，岳其一也。

四三、郡志载：殿前司华岳墓在齐山山北之原，今失其处。或曰：在华度岭。贵池境内有东塘、陈村、石罗山，诸处皆相传为华祖茔，尚俟后考。

四四、曾不知集有曰：孔茶坞以苏赋「山高月小」之说见问：「其赋在十月望，岂十月之月小乎？当何所考据？」余时无以应，仅和一诗去，以古人论日之远近、论大小，通之于月耳。及读南征月岩诗序：「午夜月出于岩之中，桂影于月之上，月有大小，桂有广狭」，按此从午夜立说，亦犹吾赋诗之意矣。复书以答之，其可据矣。瓮牖集又曰：谢灵运诗「晓闻夕飚急，晚见朝日暾」，凡风起必以夕，即此之「晓闻夕飚」，与杜子美之「乔木易高风」可知也。「晚见朝日」，倒景反照如朝日耳。孟郊诗「南山塞天地，日月石上生，高峰夕驻景，深谷夜先明」，亦皆可以悟午夜「山高月小」之说，并可以证翠微诗序「月有大小」之说。

四五、帝赉之梦，高宗已后不闻有两。而子西诗多寓之，曰「寐假高宗曾得说」，曰「见说九重新有梦，济川人在北岩西」，曰「昨夜高宗闻有梦，不知曾到傅岩无」，曰「商野何尝识梦书」，曰「若非推入高宗梦，须是驱成太史占」。无聊感触，前后互见，寄慨深矣。

子从编书年、从绣臣礼正字，从维鲁亭封、从纯大一、从绂裒三录稿。

《安徽古籍叢書萃編》書目

定本莊子故
康輶紀行　東槎紀略
北山樓集
疑庵詩
方望溪遺集
識小録　寸陰叢録
東萊詩詞集
明太祖集
王侍郎奏議
朱楓林集
敬孚類稿
施愚山集（全四册）
吴敬梓吴烺詩文合集
張孝祥詞箋校
竇山公家議校注
翠微南征録北征録合集
阮大鋮戲曲四種
老子注三種
杜詩説
朱書集
論語解注合編
郭祥正集
皖人詩話八種
績學堂詩文鈔
唐詩評三種（上下）
鈍齋詩選
老子注譯
莊子詮詁
説文假借義證（全五册）
劉銘傳文集
包世臣全集（全三册）
田間易學
莊屈合詁
田間詩集
田間文集
古事比（上下）
安徽出土金文訂補

道聽途説
蘭茗館外史
青泥蓮花記
秋崖詩詞校注
舌華録
明語林
夜雨秋燈録（上下）
包拯集校注
毛詩後箋（上中下）
壹齋集（上下）
孟子講義
楊仁山全集
不得已（附二種）
歙事閒譚（上下）
惜抱軒詩集訓纂
張孝祥詩文集
吴汝綸全集（全六册）
青溪集
藏山閣集

田間詩學（上下）
俞正燮全集（全三册）
皖人戲曲選刊　鄭之珍卷
詠懷堂詩集
所知録
文選箋證（上下）
七頌堂集
程瑶田全集（全四册）